Le fiancé de Bluebell Farm

*

Séduction sans scrupule

KATE HARDY

Le fiancé de Bluebell Farm

Traduction française de
ANNE DAUTUN

AZUR

HARLEQUIN

Collection : Azur

Titre original :
TEMPTED BY HER FAKE FIANCÉ

HARPERCOLLINS FRANCE
83-85, boulevard Vincent-Auriol, 75646 PARIS CEDEX 13
Service Clients — https://www.harlequin.fr/contenu/contactez-nous
ISBN 978-2-2805-1597-9 — ISSN 0993-4448

Édité par HarperCollins France.
Composition et mise en pages Nord Compo.
Imprimé en mars 2025 par CPI Black Print (Barcelone)
en utilisant 100% d'électricité renouvelable.
Dépôt légal : avril 2025.

FSC
www.fsc.org
MIXTE
Papier issu de sources responsables
FSC® C159065

Pour limiter l'empreinte environnementale de ses livres, HarperCollins France s'engage à n'utiliser que du papier fabriqué à partir de bois provenant de forêts gérées durablement et de manière responsable.

1

— Ella, tu gères bien les budgets serrés, dit Rav. J'aimerais te confier un projet en particulier.

Ella Newton avait une énorme charge de travail, et elle bossait encore plus dur depuis que le chef de l'agence avait annoncé une restructuration et le recrutement d'un nouveau ou d'une nouvelle chargée de clientèle senior – poste qu'elle voulait obtenir. Pourtant, elle sourit à son patron.

— J'accepte. Il y a une réunion d'information de prévue ?

— Pas vraiment. Le client connaît ton travail et l'apprécie. Il est de passage à Londres et désire te rencontrer pour un brief, afin d'envisager la campagne de marketing.

— Pas de souci.

Si elle travaillait pendant l'heure du déjeuner – encore ! – elle parviendrait à tenir ses délais. Elle était sûre de pouvoir trouver le temps de s'informer sur son client et ses concurrents avant l'entretien.

— Il vient à quelle heure ? s'enquit-elle.

Rav toussota.

— Il patiente dans la salle de réunion.

— Oh...

Elle n'aurait donc pas le loisir de jeter un coup d'œil sur le site web du client, et moins encore d'avoir des idées.

— Encore une chance que j'aie l'esprit rapide et inventif ! dit-elle, un peu contrariée.

— C'est le talent qu'il nous faut pour la nouvelle recrue, observa Rav.

Ella eut un léger coup au cœur. Son patron laissait-il entendre que... ?

— Hugo est enchanté de ton travail, ces derniers temps, continua Rav.

Hugo, le directeur de l'agence, était notoirement difficile à contenter. Il repérait la plus infime erreur à mille kilomètres, et sa propension à claquer les portes était proverbiale.

— Nous discutions hier de la restructuration, continua Rav, et de l'opportunité d'un recrutement interne ou externe. Nous sommes du même avis, lui et moi. Débrouille-toi pour que cette campagne devienne virale, Ella, et tu deviendras chargée de clientèle senior.

Ce n'était donc pas un sous-entendu, mais une affirmation claire ! Ses longues heures de travail allaient enfin se révéler payantes, si elle réussissait cette campagne. Et Ella était résolue à sortir le grand jeu pour y parvenir.

— Merci, Rav, dit-elle sobrement.

— Je t'emmène voir le client.

Mais les présentations ne furent pas nécessaires. Ella reconnut l'homme assis à la table dès qu'elle entra dans la salle de réunion. Les superbes yeux bleu-violet de Charlie Webb rappelaient les jacinthes sauvages qui poussaient dans le bois de la ferme familiale des Newton, et elle ne les avait pas oubliés. En dépit de son costume d'homme d'affaires, Charlie évoquait plutôt un présentateur d'une émission sur le monde sauvage, avec ses cheveux bruns coiffés en arrière et son hâle de baroudeur. Elle aurait parié que le tissu luxueux de son costume masquait des muscles impressionnants.

Un léger frisson la parcourut. Elle le réprima. Charlie Webb lui était définitivement interdit ! Pour commencer, il était l'associé de son père. De plus, la dernière fois qu'elle l'avait vu, elle avait sangloté sur son épaule. Le bal de fin d'année scolaire, dix ans auparavant, avait été le pire moment de ses années de lycée.

L'épisode avait perdu de son importance, aujourd'hui. L'adolescente malheureuse, harcelée, qu'elle était alors s'était réinventée en Ella Newton, une jeune femme sûre d'elle et de ses charmes. Elle était à sa place parmi ses collègues et elle se savait bonne dans sa partie !

— Bonjour, Charlie, dit-elle jovialement.

— Salut, Ellie.

Il avait recours à son ancien prénom, bien sûr. Ses parents aussi l'appelaient toujours « Ellie », et elle n'avait pas le cœur de les reprendre. Cela aurait amené trop de questions auxquelles elle ne voulait pas répondre.

— On m'appelle « Ella », maintenant, lui indiqua-t-elle avec un sourire poli.

— Vous vous connaissez ? dit Rav, surpris.

Qu'allait divulguer Charlie ? se demanda Ella. Elle n'avait aucune envie que sa vie à Londres entre en friction avec son ancienne vie, tant haïe, dans le Norfolk !

— Oui. Ellie... euh, Ella, rectifia Charlie, était dans la même classe que ma petite sœur.

Ella faillit lâcher un soupir de soulagement. Elle était dans ses petits souliers. Elle ne voulait pas que son patron sache quelle jeune fille vulnérable elle avait été. Rav devait continuer de voir en elle une femme sûre d'elle, compétente, une parfaite future chargée de clientèle senior.

— Puisque je n'ai pas à faire les présentations, dit Rav, je vous laisse...

Ella attendit qu'il ait refermé la porte derrière lui avant de reprendre la parole.

— Tu veux qu'on élabore une campagne de marketing car tu apprécies mon travail, à ce que m'a dit Rav.

Pourquoi diable Bluebell Farm aurait-elle besoin d'une agence de marketing ? se demandait-elle. Charlie avait-il trouvé un nouveau job et laissé ses parents en plan ?

— Je suppose, continua-t-elle d'un ton qui se voulait sans jugement, que tu quittes l'exploitation ? Et tu t'adresses à notre agence pour un nouveau projet ?

— Non. Je suis venu pour Bluebell Farm.

Ella s'assit et, les sourcils froncés, demanda :

— Désolée, Charlie, mais je ne comprends pas très bien.

— J'ai dirigé la ferme, ces deux dernières années.

— Je sais.

Et elle n'était toujours pas délivrée d'un sentiment de culpabilité. Son père avait toujours voulu qu'elle reprenne Bluebell Farm. Un job qu'elle ne supportait pas d'envisager, et encore moins d'assumer. Elle était consciente, pourtant, qu'il devenait trop dur pour son père de se lever aux aurores afin de traire les vaches, les nourrir, remplir d'eau claire les abreuvoirs, veiller au bon état des clôtures, à la santé du troupeau, nettoyer l'étable, s'inquiéter du temps et de la moisson…

Elle savait aussi qu'elle aurait dû, deux ans plus tôt, proposer de renoncer à sa vie londonienne pour rentrer à la maison. Mais elle n'avait pas pu s'y résoudre.

Enfant, elle avait adoré la ferme. Adolescente, elle l'avait prise en grippe. Sa vie était si difficile ! Dès le premier jour, les élèves populaires l'avaient surnommée « Ellie-qui-pue », prétendant qu'elle sentait l'étable. Même si c'était faux, car elle se douchait après la traite, et se vaporisait plus que de raison avec de l'eau de toilette. Les petites brutes avaient mis le doigt sur sa vulnérabilité avec une joie mauvaise.

Les autres élèves, trop heureux de ne pas être les cibles des railleries constantes de leurs camarades, avaient rejoint le camp des harceleurs. Le fait qu'Ella était boulotte alors, malgré le labeur à la ferme, n'avait pas aidé… Quand ils ne l'appelaient pas « Meuh-meuh », c'était « Ellie la Truie ».

Après avoir fui pour se réfugier à Londres, elle n'était que rarement revenue à la ferme. À dix-huit ans, elle s'était réinventée en la personne d'Ella Newton, avait travaillé dur à l'université, s'était fait remarquer lors de stages en entreprise pendant les vacances, et avait fini par bâtir une brillante carrière.

Elle adorait Londres et la vie qu'elle y menait, elle adorait son job. Et elle avait été soulagée, deux ans auparavant, lorsque son père avait engagé Charlie – qui venait d'obtenir son master en sciences environnementales après un projet à Bluebell Farm – comme nouveau chef d'exploitation.

— Maman et papa savent que tu es ici ? demanda-t-elle.

— Évidemment. Nous avons évoqué divers projets marketing, et ils pensent comme moi que tu es la plus qualifiée pour le job.

C'était bien ce qui la déroutait !

— Charlie, je ne comprends pas. Pourquoi Bluebell Farm aurait-elle besoin d'une agence de marketing londonienne ?

— Parce que nous évoluons, répondit Charlie. Comme tu l'aurais constaté, si tu étais venue à la ferme.

— Ma vie est à Londres, maintenant, pas à West Byfield.

Un trou perdu, un bourg au fin fond du Norfolk où tout le monde connaissait tout le monde, où le réseau de téléphonie mobile était encore capricieux, la connexion haut débit toujours encombrée, où il n'y avait que quatre bus par jour pour se rendre à Norwich – et en semaine seulement. Si elle retournait là-bas, elle aurait l'impression de se retrouver dans la cage de verre de son adolescence, incapable de participer et raillée par tous.

Il n'en était pas question !

Même si Charlie se montrait quelque peu enclin à critiquer – à mille lieues du chic type qui l'avait secourue jadis lors de cette horrible soirée –, ce n'était pas en se disputant avec lui qu'elle ferait avancer l'affaire. Elle avait bossé dur pour décrocher une promotion, ce dossier devait la lui assurer, et elle n'allait pas tout gâcher.

— Parle-moi de votre projet, fit-elle avec son plus beau sourire.

— Nous ré-ensauvageons la ferme.

— Papa m'avait dit que vous étiez passés de la production laitière à l'élevage de races rares.

— Le lait n'est pas rentable, dit Charlie. Il coûte plus cher à la production que l'acheteur ne le paie. Un promoteur a proposé à ton père de racheter la ferme, l'an dernier, mais il a refusé.

Son père lui avait tu ce fait ! Ella, blessée, refoula son dépit. Elle pouvait difficilement se plaindre d'être tenue à l'écart, alors que c'était elle qui était partie de Bluebell Farm.

— S'il avait accepté, il aurait pu prendre sa retraite, observa-t-elle.

— Pour voir pousser sur la terre que sa famille a exploitée pendant des générations un énorme complexe immobilier ? lança Charlie, outré.

S'il voulait jouer la carte de la culpabilité, elle pouvait en faire autant !

— Cela aurait pu représenter des logements abordables pour les gens du coin, répliqua-t-elle.

— Ce n'était pas l'intention de ces gens-là. Et leurs projets étaient à l'opposé de ce que nous tentons.

— Donc, l'élevage de races rares rapporte de l'argent ?

— C'est quelque chose d'important, répliqua Charlie.

Autrement dit, cela aussi ne rapportait pas un sou.

Ella savait que Charlie avait investi dans Bluebell Farm, quelques mois auparavant. Son argent servait-il à restaurer l'écosystème de la ferme et à la maintenir à flot ? Et qu'adviendrait-il de Bluebell Farm quand cette manne viendrait à se tarir ?

— La conservation préserve les espèces de l'extinction et notre héritage, ajouta-t-il.

— Quelles espèces ? s'enquit-elle.

— Nous avons un petit troupeau de vaches British white, un autre de moutons Norfolk Horn, quelques poules grises du Norfolk et une ou deux chèvres. Nous devrions avoir un cheval de trait Norfolk Punch et un âne la semaine prochaine.

Les ânes n'étaient certes pas rares !

— Ce genre d'élevage relève davantage du hobby coûteux que de l'affaire rentable, observa-t-elle.

— Pas nécessairement. C'est là que tu entres en scène, dit Charlie. Nous voulons faire revivre les races en voie de disparition et concrétiser le projet de ré-ensauvagement. La ferme a aussi besoin d'améliorer sa rentabilité, donc nous devons faire mieux connaître notre offre.

— À savoir ?

— Des visites scolaires, un café et une boutique, quelques cours – nous avons un professeur d'art, un enseignant de photographie, ainsi qu'une femme qui donne des cours de tissage. Nous offrons des hébergements de vacances et, s'ils le veulent, les hôtes peuvent contribuer au projet de ré-ensauvagement ou aider à soigner les animaux. Sinon, la ferme est une bonne base d'exploration de la région.

— Tu as reconverti des étables en hébergements, c'est ça ? demanda Ella.

— Non. Il s'agit de deux cottages du domaine fermier – j'habite le troisième. J'ai aussi acquis trois cabanes de berger. Des cabanes luxueuses, avec un lit confortable, une douche et une cuisine, ainsi qu'un espace pour paresser, avec un jacuzzi chauffé au bois. On peut les louer pour deux nuitées ou plus.

Finis, les grands troupeaux de vaches laitières, la vie en bottes de caoutchouc boueuses et bleus de chauffe souillés ! Finies, les moissons à toute heure du jour quand le temps s'y prêtait et que les blés étaient mûrs. Ella avait toujours connu ça, et avait du mal à se faire à l'idée d'une ferme nouvelle.

— Tout a changé, alors, à la ferme ?

— Nous envisageons aussi d'accueillir et célébrer des mariages. Nous avons déjà l'autorisation. On pense tenir la cérémonie d'un côté de la grande grange, tandis que le buffet et les danses auraient lieu de l'autre côté.

— Quatre publics-cibles différents, donc. Je vois…

Charlie observait la femme assise en face de lui, occupée à prendre des notes. Ce n'était pas la Ellie Newton qu'il avait connue dix ans plus tôt ; la jeune fille timide qui restait à l'écart parce que les autres se moquaient d'elle. L'adolescente qui était sortie en larmes, du bal de fin d'année et avait sangloté contre son épaule. Elle avait même modifié son prénom en Ella, plus glamour et sophistiqué. Mais pour lui, elle restait Ellie.

Elle avait maintenant l'allure des femmes qui avaient peuplé son ancienne vie, avec sa robe sophistiquée, ses talons hauts, ses longs cheveux bruns éclairés de reflets châtains, ses mains manucurées et son maquillage impeccable. Quant à son rouge à lèvres carmin, il attirait l'attention sur les lignes parfaites de sa bouche. Pendant un instant un peu fou, il se demanda ce qu'il ressentirait si cette bouche se pressait contre la sienne, douce et provocante, séductrice…

Mais rien de tel n'aurait lieu. Indépendamment du fait qu'il n'était pas disponible pour une relation – il aurait le sentiment d'une trahison envers Jess –, cette entrevue était strictement professionnelle.

Ella Newton avait été primée pour son brillant travail. Elle saurait faire connaître la ferme, il en était sûr. D'autant qu'elle y avait un intérêt personnel. Bluebell Farm était l'affaire familiale. Ou plutôt, puisqu'il y avait investi six mois plus tôt, la *moitié* ou presque de l'affaire familiale.

— J'ai été mise au courant de notre entrevue peu avant de franchir cette porte, dit-elle. Du coup, je n'ai pas eu le temps de jeter un coup d'œil sur le site de la ferme ni sur ce que font vos concurrents. Donc, j'avance à l'aveuglette, pour le moment. D'habitude, les clients fixent un rendez-vous à l'avance, nous fournissent un brief qui nous permet un travail préliminaire.

Charlie prit note de la critique, si polie qu'elle fût.

— En fait, je suis à Londres pour fêter le départ à la retraite d'un ancien collègue, dit-il. Je suis juste passé voir si Hugo pouvait me ménager un créneau, à tout hasard.

Ella plissa les yeux.

— Tu t'adresses par son prénom au directeur de l'agence ?

— Il jouait au golf avec mon ancien boss, je l'ai rencontré plusieurs fois.

— Il sait que tu travailles avec mon père, alors ?

Charlie ne comprit pas l'expression qui passa sur son visage – vite masquée par un sourire poli.

— J'ai seulement dit que je connaissais ton travail, et qu'à mon avis, tu étais toute désignée pour ce job.

— Bon.

Ella s'était détendue, maintenant. Et il ne savait toujours pas ce qu'il avait dit ou fait pour la perturber.

— Commençons par la base. Bluebell Farm a-t-elle un site web ? demanda-t-elle.

— Oui.

— Et les gens peuvent réserver un hébergement via le site ?

— Non. Ils nous téléphonent.

— Et pour ce qui est du café et de la boutique, continua Ella, les gens peuvent réserver une table sur le site ou faire des achats en ligne ?

— Nous ne faisons pas de réservations et n'avons pas de boutique en ligne, dit Charlie. Nous programmons les visites scolaires à l'avance, mais là aussi, ça se fait par téléphone.

— Et côté blog ? Ou réseaux sociaux ?

— On n'a guère le temps de gérer ça.

— D'accord. Alors on pourrait envisager une réorganisation du site web et une campagne de publicité, dit Ella. Réseaux sociaux, annonces, offres-découverte…

— Nous n'avons pas un gros budget, coupa Charlie.

— Je n'allais pas suggérer une campagne publicitaire en *prime-time* à la télé ! Et pourquoi maman et papa ne m'ont-ils pas demandé de me charger de ça pendant mon temps libre, au lieu d'avoir à payer des honoraires d'agence ? Je l'aurais fait gratuitement.

Charlie haussa à demi les épaules.

— Ils ont peut-être pensé que tu étais trop occupée.

— Je ne suis jamais trop occupée pour mes parents.

Mais elle ne revenait plus à West Byfield, pensa Charlie. Il l'avait remarqué au cours des deux années écoulées. C'étaient toujours Mike et Angie qui rendaient visite à leur fille à Londres, et non l'inverse. Au retour, ils racontaient qu'ils avaient passé avec elle des moments merveilleux, qu'elle leur avait fait la surprise d'un spectacle ou un dîner au restaurant… Mais pour lui, il était évident qu'Ellie fuyait Bluebell Farm.

Il savait qu'elle avait été malheureuse à West Byfield dans son adolescence. Mais tout de même, elle avait dû dépasser ça, depuis dix ans ?

— Il ne s'agit pas de tes parents, dit-il. Ceci fait partie de mon investissement. Tu sais que je possède quarante pour cent des parts de la ferme, je suppose.

— Papa en a parlé, oui.

En était-elle furieuse, soulagée ou inquiète ? Il n'en avait aucune idée. Elle se montrait professionnelle, sans trahir le moindre sentiment. Pour lui, c'était bizarre, car il savait deviner les gens, d'habitude. Or Ella Newton était une énigme. Elle l'intriguait, et cela le rendait nerveux. Il ne voulait pas éprouver ce genre d'intérêt ! Pour personne !

— Nous parlions de ce que tu attends de l'agence, continua-t-elle. Un bouche-à-oreille favorable est la meilleure des recommandations, mais il faut le soutenir. Les gens doivent savoir où vous trouver et ce que vous avez à offrir. Cela implique des communiqués de presse à des supports choisis au sujet des mariages, des hébergements, de l'écologie. Et un site web solide. Si les hôtes laissent un avis, les clients potentiels cliqueront sur le lien pour voir ce que vous proposez.

— C'est là que tu entres en scène.

Elle hocha la tête.

— Je vais réaliser une analyse de stratégie et une promesse, comme on dit dans notre jargon. Pour examiner vos atouts et comment les maximiser, les choses à améliorer, et ce que vous avez à offrir par rapport à la concurrence. Laisse-moi cette journée pour examiner la question, et nous rediscuterons dans un appel vidéo demain. J'aurai besoin d'autres informations.

Parfaitement conscient de lui lâcher une grenade dégoupillée entre les jambes, Charlie répondit :

— Il serait plus simple que tu viennes voir ça par toi-même à Bluebell Farm.

Revenir à la ferme. C'était bien la dernière chose qu'Ella avait envie de faire !

Cependant, si elle refusait, quelqu'un d'autre gérerait ce budget. Et elle ne voulait pas de ça. Elle voulait veiller sur la ferme, protéger ses parents, réalisa-t-elle avec surprise.

Et si ses collègues découvraient ses antécédents... Elle n'avait pas honte de son milieu. C'était la réaction des gens à cet égard qui la piquait au vif. Les ados populaires n'étaient pas les seuls à l'avoir tourmentée. Ses petits amis à l'université avaient réagi de façon comparable quand elle les avait emmenés à West Byfield.

Certes, elle avait des goûts déplorables en matière d'hommes. Ce qui s'était produit avec Damien Price au bal de fin d'année aurait dû la mettre en garde ! Cela lui avait meurtri le cœur chaque fois un peu plus lorsqu'elle avait amené un petit ami à la ferme de ses parents, et qu'il l'avait plaquée peu après. Rebuté, comme les autres, par le bétail, la boue, la rudesse de cette vie-là.

— Je ne pourrais guère trouver le temps d'aller dans le Norfolk, dit-elle. Il serait plus rapide de tout régler par conférence vidéo.

— Je suis sûr que ton boss t'accorderait quelques jours sur place, soutint Charlie. Et même une semaine ou deux.

— Une semaine ou deux ? répéta-t-elle, laissant transparaître un début de panique. C'est hors de question. Je ne passe jamais deux semaines chez un client, même s'il dispose d'un énorme budget.

— Ne pourrais-tu pas prendre quelques vacances ?

Bluebell Farm n'était pas l'idée qu'elle se faisait d'une partie de plaisir ! Des « vacances » consacrées au travail, cela ne la dérangeait pas. La destination, en revanche...

— Tu pourrais séjourner dans une cabane de berger, comme nos hôtes, continua Charlie. Ce serait idéal pour te donner un aperçu des choses.

Revenir à Bluebell Farm ? Ella avait l'impression qu'on venait de poser une lourde charge sur ses épaules et que tout le malheur de son adolescence la terrassait de nouveau.

— J'ai d'autres clients, fit-elle. Et des délais à tenir.

— Ta mère dit que tu n'as pas eu de vacances depuis six mois. Je suis surpris que le département de relations humaines n'ait pas réagi sur ton cas.

Était-ce un moyen détourné de lui dire qu'elle devait rentrer pour une autre raison ?

— Maman et papa vont bien ? demanda-t-elle, saisie d'angoisse. Me cacheraient-ils quelque chose ?

— Mike et Angie se portent bien. Pourquoi vas-tu cherch… oh. Excuse-moi. Je ne voulais pas t'effrayer, ni te donner à penser que j'ai des raisons cachées pour te demander de venir. Tes parents sont en bonne santé. Je pense seulement que tu envisagerais mieux ce que nous faisons une fois sur place.

Charlie avait raison. S'il s'était agi d'un autre client, elle aurait visité les lieux. Car elle aurait apporté un regard neuf. Mais là, il était question de Bluebell Farm, le théâtre de ses malheurs…

— Je dois demander l'autorisation à mon patron, dit-elle – sûre de pouvoir formuler sa requête de façon à se voir opposer un refus. Si je n'obtiens pas de congé, nous devrons nous rabattre sur une conférence vidéo.

— Je ne peux pas te faire faire une visite en vidéo de la ferme, dit Charlie, les sourcils froncés.

— À cause de la couverture wi-fi inégale, je suppose.

— Cela fait partie du charme des lieux, pour ceux qui veulent vraiment se mettre au vert. Quand le réseau est aléatoire, on préfère souvent éteindre son mobile.

— C'est censé être un argument de vente ? railla-t-elle. De nos jours, ce serait plutôt la *lose* assurée.

— Ellie, la ferme a besoin d'aide. Ton père et ta mère ont besoin de toi.

— Voilà du chantage affectif, ou je ne m'y connais pas !

— Ella, tu es la mieux placée pour mener à bien ce projet. Tu excelles dans ton domaine. Ta mère garde sur le manteau de la cheminée ton trophée professionnel, tout à côté d'une photo de ta remise de diplôme.

— Et tu insistes, en plus ! dit Ella en croisant les bras.

— Je comprends que tu ne veuilles pas remettre les pieds à la ferme. Si tu préfères ne pas t'occuper de ça, eh bien, soit. Nous devrons faire appel à une autre personne. Tu étais en tête de liste à cause de tes parents, et parce que leur part de la ferme te reviendra un jour. Tu devrais savoir ce que nous entreprenons, il me semble.

Pourquoi fallait-il que Charlie Webb se présente à son agence et chamboule son existence ? maugréa intérieurement Ella. Si elle consentait à donner un coup de main, elle détesterait chaque minute du temps passé à la ferme. Si elle refusait, elle aurait l'impression d'avoir laissé choir ses parents. Dans les deux cas, elle était perdante. De deux maux, elle devait choisir le moindre.

— Si je peux prendre un congé, je m'occuperai de vous, dit-elle.

Charlie parut satisfait.

— Super ! Je peux t'emmener en voiture dès aujourd'hui.

— Du calme, je ne peux pas tout laisser en plan comme ça. J'ai des engagements. Laisse-moi parler à mon patron. Je te téléphonerai plus tard.

— Entendu, admit Charlie en lui tendant une carte de visite. Si je suis dans une zone sans couverture, ton message échouera dans ma boîte vocale. Mais je te rappellerai.

Charlie se leva et lui tendit la main.

— Merci de m'avoir accordé ton temps, Ellie. *Ella*, rectifia-t-il aussitôt.

Ella eut des picotements sur la peau, quand elle serra sa main tendue. Le geste était pourtant censé être purement professionnel. Elle n'osa pas regarder Charlie dans les yeux, de crainte qu'il devine sa réaction.

Brouiller les lignes de leur relation affecterait son job et, par voie de conséquence, la promotion tant attendue. Pas question !

D'ailleurs, elle ne cherchait pas une relation. Elle avait renoncé à trouver le partenaire idéal et se concentrait sur sa carrière.

— Cela m'a fait plaisir de te revoir, Charlie, lui dit-elle avec un sourire tout professionnel.

Après l'avoir reconduit à la réception, elle passa un bref appel vidéo à sa mère pour s'assurer que ses parents approuvaient les projets de Charlie. Elle voulait pouvoir lire dans les yeux de sa mère, être sûre qu'Angie Newton lui disait la vérité.

— Il ne cherche pas à vous forcer, n'est-ce pas, maman ?

— Pas du tout, ma chérie. En fait, son énergie est rafraîchissante. J'ai été un peu surprise qu'il suggère d'accueillir des mariages. Mais il a raison. C'est un bel endroit pour se marier, ici.

— Pourquoi as-tu été surprise de cette suggestion ? s'enquit Ella.

— Je te croyais au courant.

— Au courant de quoi ?

— Oh ! je ne voudrais pas cancaner. Tu devrais peut-être lui poser la question.

— Maman, s'il te plaît, dis-moi de quoi il retourne ! Je sais que tu n'as rien d'une commère, mais cela semble important. Il vaudrait mieux que je sois informée pour éviter de commettre un impair.

— Sa femme a été tuée dans un accident. Heurtée par une voiture.

Mon Dieu ! Charlie était bien jeune pour être déjà veuf. Trente et un ans. Seulement trois ans de plus qu'elle.

— C'est dur. Pauvre Charlie !

— Il ne supportait plus Londres après sa mort. C'est pour ça qu'il a démissionné de son job dans la City et préparé son master en sciences de l'environnement. Quand il a mené chez nous son projet de fin d'études, ses idées ont plu à ton père, et du coup, il lui a proposé de gérer la ferme et le ré-ensauvagement.

Et la brillante carrière de Charlie à la City lui avait fourni l'argent nécessaire pour racheter une belle part de la ferme, pensa Ella.

— Quand sa femme est-elle morte ? s'enquit-elle.

— Il y a cinq ans. Depuis, il est à peine sorti avec quelqu'un. Barb se fait un sang d'encre à son sujet.

Barb, la mère de Charlie, était une amie d'Angie – établie au loin, mais elles étaient toujours en contact.

Le sens caché de ce commentaire n'échappait pas à Ella : Angie s'inquiétait tout autant pour sa célibataire de fille.

— Merci de m'avoir informée, maman. Je ferai attention.

— Tu vas vraiment revenir à la ferme ? demanda Angie, dont le visage s'éclaira.

— Si j'obtiens l'accord de mon patron. Je resterai quelques jours. Pour bien cerner le projet marketing.

— J'ai hâte de te voir, ma chérie.

De nouveau, un sentiment de culpabilité assaillit Ella, qui aimait tendrement ses parents.

— Moi aussi, maman. Je tenais à m'assurer que vous n'étiez forcés à rien, papa et toi, avant d'enclencher les choses de mon côté.

— Charlie est un gentil garçon, dit Angie. Il est bon et généreux.

Ella ne pouvait pas dire à sa mère qu'elle le savait. Il aurait fallu fournir des explications blessantes pour ses parents.

— À bientôt, maman. Je t'aime.

Ella alla voir Rav, refermant derrière elle la porte du bureau.

— Puis-je te dire un mot en confidence ? demanda-t-elle.

— Bien sûr, dit Rav, l'air inquiet. Quelque chose ne va pas ?

— Par souci de transparence, je dois te dire que Bluebell Farm appartient à mes parents et à Charlie Webb également.

— Tes parents ? Tu sais déjà ce qu'ils veulent, alors ?

— Non.

Voyant l'air surpris de Rav, elle biaisa.

— C'est... compliqué.

— Est-ce un problème ?

— Pas du tout. J'ai juste été un peu surprise, je n'avais pas réalisé qu'ils effectuaient autant de changements. Au point d'avoir besoin de nos services. Ils veulent que je vienne quelques jours. Je sais que je te prends au dépourvu, mais... pourrais-je avoir des vacances pour régler ça ?

— Tu comptes bosser pendant tes vacances pour économiser

sur le budget ? Le département des ressources humaines me guillotinerait pour moins que ça ! lança Rav, secouant la tête.

— Écoute, il s'agit de ma famille, je veux la soutenir. Si ça ne te pose pas de problème.

— À vrai dire, ça implique que tu seras encore plus motivée pour la réussite de cette campagne.

— Je suis motivée, oui. Et, vu le budget serré, c'est la meilleure solution. J'admets que je compte faire le boulot pendant mon congé. Mais pour les ressources humaines, je serai en vacances.

— Tu trouves acceptable de ne pas avoir de véritable pause ? demanda Rav.

— Il s'agit de ma famille. Tu réagirais comme moi s'il s'agissait de la tienne, non ?

Rav l'examina un moment.

— Oui. Je sais d'où tu viens.

— Il ne devrait y avoir aucun souci sur mes autres projets. Je suis à jour et dans les temps, et les détails nécessaires aux prochaines étapes figurent dans mes rapports.

— Très bien, je vais avertir les ressources humaines. Tu n'as pas eu de congé depuis un bon moment, donc, il n'y aura pas de problème pour ces vacances. Fais tout ce qu'il faut pour que cette campagne devienne virale. Mais j'attends que tu lèves un peu le pied tout de même pendant ton séjour, Ella. Je veux te voir fraîche et dispose à ton retour.

— Merci, Rav.

Ella envoya un message à ses parents pour leur annoncer son arrivée à la ferme le lendemain. Un autre à Charlie pour l'avertir qu'elle prendrait à 7 heures le train pour Norwich, et de là, un taxi. Puis elle consacra la journée à passer le relais à des collègues pour ses projets en cours.

De retour chez elle, elle annula ses cours de gym, mit sa meilleure amie au courant et reporta leur sortie prévue.

Ensuite, elle jeta un coup d'œil sur le site de Bluebell Farm. Il était confus, fournissait trop peu d'informations. Il n'y avait pas lieu de s'étonner que la ferme vivote !

C'était là qu'elle entrait en lice.

Elle achevait de prendre des notes lorsque son mobile bipa pour signaler des messages. Le premier émanait de Charlie, qui viendrait l'attendre à la gare. Le second, de son père, ravi qu'elle vienne donner un coup de main.

Elle tenta de refouler son sentiment de culpabilité, en proie à des sentiments contradictoires : un mélange d'appréhension à la pensée de revenir là où elle avait été si malheureuse, d'inquiétude à l'idée de susciter chez ses parents des attentes qu'elle ne pourrait jamais combler, et de sentiments très ambigus envers Charlie Webb – qui était devenu sacrément sexy, depuis dix ans !

Mais le passé de Charlie était un obstacle. S'il ne sortait avec personne, il n'était pas prêt à aller de l'avant après la mort tragique de sa femme.

Ce séjour serait strictement professionnel, donc. Elle accomplirait son travail de son mieux, puis rentrerait à Londres. Aurait sa promotion. Elle pourrait alors vivre pleinement la bonne vie qu'elle s'était bâtie. Loin de Bluebell Farm.

2

Charlie avait mal estimé le temps nécessaire pour traverser les embouteillages de l'heure de pointe. Il venait peu en ville, n'avait pas pensé que des travaux de voirie et autres contrariétés pourraient l'attendre en chemin. Il fallait y ajouter les banlieusards frustrés essayant de ne pas arriver en retard au boulot, les motards zigzaguant entre les files de voitures, parfois à contre-courant… Du moins, son véhicule était doté de la communication mains libres, il put donc avertir Ellie qu'il serait un peu en retard à la gare.

Ellie Newton. Curieux… il avait des picotements jusqu'au bout des doigts à l'idée de la revoir.

Dix ans plus tôt, il n'avait vu en elle qu'une enfant, du même âge que sa sœur cadette – dix-huit ans – et donc intouchable. Or, voici qu'elle était adulte…

Le retour de l'enfant prodigue. Sauf qu'elle n'avait aucune envie d'être ici, c'était clair. Il dînait deux fois par semaine avec Mike et Angie, dans leur cuisine, et savait par leurs conversations que leur fille téléphonait souvent, envoyait de petits cadeaux. Il n'y avait pas de rupture entre Ellie et ses parents. Alors, qu'est-ce qui pouvait la retenir loin d'eux ?

Il savait, pour sa part, pourquoi il évitait ses propres parents, et il était content qu'ils aient déménagé pour être plus près de sa sœur. Il les aimait, mais ne pouvait supporter ni leur pitié ni leurs tentatives pour trouver une remplaçante à Jess. Il évitait aussi les proches et les amis de Jess, trop dévoré de chagrin pour être capable de gérer le leur. D'ailleurs, ils ne savaient pas quoi lui dire. Peu à peu, les liens avec eux s'étaient distendus, puis rompus tout à fait.

Un seul membre de sa famille n'aggravait pas son mal-être, ni ne cherchait à le caser avec « une femme comme il faut qui guérira ton cœur ». Jo, sa sœur cadette. Et il aurait juré que c'était surtout parce qu'elle devait s'occuper d'un enfant en bas âge et d'un nouveau-né.

Mike et Angie Newton, eux, lui avaient permis de faire son deuil, de respirer un peu. Son travail à Bluebell Farm pendant son projet universitaire, et ensuite quand ils l'avaient engagé, avait joué un grand rôle dans la réparation de son être. Il ne comprenait pas pourquoi Ellie ne voulait pas être près d'eux, au sein d'une famille aimante. Londres était une ville brillante et animée, certes. Mais après la mort de Jess, la vie qu'il y menait lui avait paru vide de sens.

Et ce n'était pas un petit ami qui retenait Ellie là-bas, car Angie et Mike lui avaient fait comprendre qu'ils s'inquiétaient de ne pas la voir se caser. Il avait envie de savoir ce qui la motivait. Mais il sentait qu'elle avait érigé autour d'elle autant de barrières qu'il en avait édifiées autour de lui.

Elle l'attendait à la sortie de la gare, penchée sur son mobile. Il baissa la vitre côté passager et l'appela. Elle leva la tête, puis sourit. Et il en eut le souffle coupé. Vêtue avec décontraction, en jean, T-shirt jaune paille et chaussures en toile, sans maquillage, elle était d'une beauté renversante.

— Merci d'être venu me chercher, Charlie, dit-elle, logeant sa valise à l'arrière et prenant place sur le siège du passager, bouclant la ceinture de sécurité.

— De rien. Désolé d'être un peu en retard.

— Pas de souci. Ça m'a permis de siroter un deuxième café. C'est ta voiture, j'imagine, pas celle de la ferme ?

Il avait troqué sa BMW pour un Range Rover lorsqu'il avait accepté le poste de régisseur de Bluebell Farm – ayant eu à subir pendant six mois la suspension usée de la vieille camionnette de Mike sur les pistes cahoteuses de la ferme.

— Oui, dit-il. Mais tes parents peuvent s'en servir, c'est couvert par l'assurance. Je peux t'ajouter sur l'assurance aussi, pendant ton séjour.

— Merci, mais j'emprunterai la voiture de maman.

— Je constate que tu as mis des vêtements adaptés.

Elle leva les yeux au ciel.

— Il serait idiot de porter une robe chic ou des talons dans une ferme. Et je mettrai des bottes en caoutchouc une fois sur place.

— Désolé, je ne voulais pas… Je te demande pardon.

— Et moi, je ne voulais pas te rembarrer. C'est juste que je suis un peu…

— Nerveuse ?

— Il y a un moment que je ne suis pas venue, dit-elle.

Depuis trois bonnes années, pour autant qu'il sache.

— Que s'est-il passé ? Un différend avec tes parents ?

— Non. Et je n'ai aucun problème avec le fait que tu diriges la ferme ou y aies des parts, pour le cas où tu te poserais la question. Papa a toujours espéré que je prenne la relève. Mais je ne suis pas une fille de la campagne, au fond de moi. J'adore Londres. J'adore le glamour, la lumière et le bruit. C'est là que je veux vivre. Papa a été déçu, mais après toutes ces années, nous avons fait la paix.

— Tu es tout de même perturbée par ce retour, n'est-ce pas ?

— Oui, soupira Ella.

— Pour quelle raison ?

— Tu sais très bien pourquoi je déteste West Byfield. C'est une petite bourgade où chacun ne s'intéresse que trop aux affaires des autres. Si tu ne corresponds pas aux attentes, on te met à l'écart.

— Cela se rattache à ce qu'il s'est passé au bal de fin d'année ? demanda-t-il.

— Quand j'ai découvert ce que tout le monde savait, sauf moi ? dit-elle avec une grimace. Que Damien Price m'avait invitée parce qu'il croyait que je lui accorderais toutes les faveurs sexuelles qu'il voudrait ? Non ! Cela avait commencé bien des années avant. Le collège était un cauchemar absolu !

Ella eut un temps d'arrêt, secoua la tête.

— Désolée. Oublie ce que je viens de dire. Cela remonte à loin... J'ai dépassé ça.

Ce n'était pas l'impression qu'il avait !

— Tu veux en parler ? s'enquit-il avec douceur.

— Non.

Il se tut, et c'est elle qui rompit le silence.

— En maternelle et dans les petites classes, ça allait. C'est au collège que les choses se sont gâtées... Ce n'était rien de physique, mais on a beau prétendre que les coups font mal, pas les mots, ce n'est pas vrai. Quand on te raille et t'insulte, tu te sens un peu plus diminuée à chaque fois. Tous les jours, je devais essayer de garder la tête haute et faire comme si je n'entendais pas ce qu'on disait sur moi.

Charlie en avait de la peine pour elle. En même temps, il l'admirait, parce qu'elle ne s'était pas laissé abattre par le comportement de ses agresseurs.

— Les insultes ont changé la perception que j'avais de moi. Je n'étais plus Eleanor Newton, dont la famille avait exploité ces terres pendant des générations, et qui avait l'habitude d'apporter en classe les premières jacinthes sauvages. J'étais devenue Ellie-qui-pue !

— Je suis navré que tu aies eu à subir ça, dit Charlie. Les jeunes peuvent se montrer infects.

— En groupe, alors ça, oui ! Quand personne ne pouvait voir qu'ils parlaient avec moi, certains élèves n'étaient pas si méchants.

— Tu n'en as pas parlé à tes parents ? Ils ont bien dû s'apercevoir que tu étais malheureuse.

— Oui et non, répondit Ella. Je leur ai dit ce qui se passait, et ils sont allés voir les professeurs, mais ça n'a fait qu'empirer. Pour les petites brutes, c'est devenu un défi à relever : s'en prendre à moi sans se faire pincer.

— Et tu as voulu éviter que tes parents reviennent à la charge de crainte que ça aggrave encore la situation ? devina Charlie.

— En partie. Aussi parce que maman était surmenée. Papi est

mort quand j'étais encore à l'école primaire, et ensuite, mamie a été atteinte de démence sénile. Mes parents ne voulaient pas la mettre en maison de retraite, c'est maman qui s'occupait d'elle. Je voyais qu'elle s'épuisait. J'ai voulu la protéger, lui cacher que j'en bavais en classe. Et papa travaillait jusqu'à pas d'heure, il était trop fatigué pour se rendre compte de quoi que ce soit. Je ne pouvais pas les accabler avec ça.

— Je ne me doutais de rien, dit Charlie.

— Comment l'aurais-tu su ? Tu étais trois classes au-dessus de moi, et même si ta sœur ne faisait pas partie des agresseurs, elle n'était pas non plus une amie. Je n'avais pas d'amis au collège. Je me réfugiais à la bibliothèque pendant le déjeuner, je me plongeais dans la lecture. J'ai découvert des poètes merveilleux, et Shakespeare. Ma vie scolaire était tolérable grâce à ça. Même si, au fond, je désirais qu'on m'accepte telle que j'étais.

— Tu es acceptée, aujourd'hui.

Ella secoua la tête.

— À Londres, oui. Mais à West Byfield, les souvenirs remontent à la surface. C'est pour ça que je déteste être appelée « Ellie ». Ça rime avec truie.

— Tu sais, dit prudemment Charlie, ce diminutif de ton prénom est joli. Les gens ne t'appellent pas « Ellie » pour te mettre mal à l'aise. Eleanor, et même Ella, c'est recherché, ça instaure une distance. Utiliser « Ellie » est leur façon de te dire qu'ils aimeraient être proches de toi.

Elle ne parut pas convaincue.

— Mais je connais ton parcours, alors je penserai à t'appeler « Ella », à l'avenir.

— Merci. Je te fais confiance pour ne rien rapporter à mon père et ma mère, ajouta-t-elle. Je ne veux pas qu'ils se sentent coupables alors qu'ils n'y étaient pour rien.

— Je ne dirai rien, cela va de soi.

De toute évidence, Ellie – *Ella* – était très protectrice envers ses parents. Quoi qu'il en soit, il n'arrivait pas à laisser tomber le sujet.

— Aujourd'hui, tu as réussi. Tu as un diplôme coté, un job brillant. Pourquoi n'es-tu pas revenue afficher ça sous le nez de tes harceleurs ?

— Même si j'étais P-DG d'une multinationale, pour eux je resterais Ellie-qui-pue. C'est leur problème, pas le mien, mais... En fait, il n'y a pas eu que ça. Tous les petits amis que j'ai amenés à la maison, étudiants ou autres, m'ont laissée tomber moins d'une semaine après être venus à Bluebell Farm. La réalité les rebutait. Une ferme laitière, ce n'est pas des scones dorés sortis du four et un treillis de roses à la porte. Ça signifie se lever aux aurores pour traire les bêtes et nettoyer l'étable...

— Tu n'as pas dû sortir avec les hommes qu'il fallait, fit observer Charlie.

— Je suis très douée pour me planter, dans ce domaine. C'est pourquoi j'ai renoncé à sortir avec quelqu'un et je me concentre sur ma carrière.

Ellie voulait-elle lui indiquer qu'il ne devait pas se faire des idées, s'imaginer qu'elle s'intéressait à lui ? Charlie repoussa la possibilité qu'il pourrait s'intéresser à elle. Il avait tenté une fois ou deux de sortir avec une femme depuis la mort de Jess. Mais cela ne lui avait jamais semblé loyal. Et s'il se lançait dans une relation avec Ellie, ce serait beaucoup trop compliqué.

— À propos, reprit Ella, je voulais te parler du site web de la ferme. J'y ai jeté un coup d'œil hier soir, et c'est presque pire que pas de site du tout.

— Nous n'avons pas de temps pour élaborer un truc ultra-sophistiqué.

— Il est nécessaire de mieux organiser le site. Un client doit pouvoir trouver aisément ce qu'il cherche, et la mise à jour doit être facile. Pour le moment, le site est insuffisant. Il faut au moins y introduire un système de réservation pour l'hébergement. Et de meilleures photos. Sans parler des témoignages des clients !

— Les systèmes de réservation coûtent cher. Les gens nous téléphonent, quand ils veulent réserver.

— Tu me l'as dit hier, oui. Est-ce que la communication est redirigée sur un mobile quand personne n'est là pour répondre ? demanda Ella, quelque peu caustique. Êtes-vous disponibles, par exemple, lorsque les gens envisagent leurs vacances après le dîner et désirent réserver à 21 heures ?

Charlie eut un soupir.

— Les appels atterrissent sur un répondeur en dehors des heures de bureau. On peut aussi nous envoyer un mail.

— Et le client s'impatiente puis va voir ailleurs ! Pour ce qui est de la boutique et du café, il vous faut un menu, un système de réservation, et envisager des commandes en ligne. Je m'entretiendrai avec un spécialiste à ce sujet.

— Et qui va s'occuper de tout ça ?

— Je te le dirai quand j'aurai vu le personnel de la boutique et du café. Nous avons besoin de leur avis aussi. Bon, je ne te reprocherai pas l'absence d'information sur les mariages, puisque c'est tout nouveau. Nous devrons réfléchir à la manière de gérer ça. Il faut aussi indiquer la liste des cours que vous proposez. Pour le moment, ça reste un peu vague.

— Les gens...

— ... vous téléphonent pour réserver, coupa Ella. C'était bien il y a trente ans, mais aujourd'hui, ça ne suffit pas. Là aussi, il faut des photos et des témoignages de clients, pour que les gens sachent que vos hôtes ont été enchantés et qu'ils en auront pour leur argent.

— C'est tout ? fit Charlie, légèrement irrité par ces critiques, même s'il convenait de la pertinence des observations d'Ella.

Si elle avait dédaigné le passé et était venue régulièrement à la ferme, elle aurait perçu tout ça et y aurait remédié, pensa-t-il. Tout en sentant qu'il était injuste. Elle avait tenu tant bien que mal, malgré les agressions verbales, et préservé ses parents. C'était beaucoup pour une toute jeune fille. De plus, elle avait réussi professionnellement, loin de ceux qui avaient cherché à lui nuire.

— À quelle fréquence mets-tu le site à jour ? s'enquit-elle.

— Quand j'ai besoin de faire un post.

— Si tu veux qu'on vous suive et que les informations circulent, il faut une mise à jour régulière. Rien n'oblige à ce qu'elle soit quotidienne. Si les lecteurs savent qu'il y a un post tous les lundis et les vendredis, par exemple, ils jetteront un coup d'œil ces jours-là. Si ça reste aléatoire, ils seront moins tentés de revenir.

— Tu m'en diras tant !

— Ne te vexe pas. C'est toi qui m'as sollicitée. Si je te disais « Bravo, c'est super », alors que c'est nul et qu'un gamin de douze ans s'en tirerait mieux, je ferais mal mon travail.

— Tu ne mâches pas tes mots, hein ? En dirais-tu autant à tes parents ?

— Je serais peut-être plus diplomate avec eux, concéda Ella. Mais le directeur de l'exploitation, c'est toi. Et toi qui briefes l'agence. Tout se passe sous ta responsabilité. Papa sait à peine ce qu'est un ordinateur. Quand il a un souci avec son mobile, il m'appelle au secours !

Puis elle reprit :

— Je n'ai pas trouvé de liens, mais je suppose que vous êtes sur les réseaux sociaux ?

— Il y a une page Facebook.

— Et pour ce qui est d'Instagram ? Et Twitter ?

— On n'a pas le temps, Ellie… *Ella*. On se concentre sur la ferme, l'écologie.

— Vous pouvez lier les deux. Une fois que ce sera en place, je surveillerai ça à distance. Et je te ferai la guerre si tu fais défaut !

— Tu m'effraies, tu sais ?

— J'exécute correctement mon boulot. Tout comme toi, je parie. Sinon, papa ne t'aurait pas engagé, ni vendu des parts de la ferme.

— Merci, dit Charlie.

— Parle-moi un peu de la ferme.

— Il serait plus simple que je te montre quand on y sera. Tu pourras me poser les questions qui te viennent au fil de la visite.

— D'accord. Bon, pour ce qui est du camping de luxe, j'examinerai les cabanes de berger et les cottages entre les séjours des clients. Mais je veux que tu me parles du reste.

Ella coula un regard vers Charlie. En lunettes noires, jean délavé et T-shirt bleu tout aussi délavé, il avait l'air d'avoir la tête sur les épaules, plus encore que l'autre jour à l'agence dans son costume chic. Il paraissait plus accessible, à tel point qu'elle eut soudain envie… de le toucher.

Mais elle n'en ferait rien, pour mille raisons.

Avant de réaménager le site web, elle devait recueillir des informations sur l'exploitation. Ironie de la situation, elle aurait dû beaucoup mieux connaître l'affaire familiale, le lieu où elle avait grandi, qu'elle ne le connaissait en réalité.

— Qu'est-ce qui rapporte le plus d'argent ? s'enquit-elle.

— Le camping, suivi des cours. Bien sûr, les mariages pourraient être une plus grande source de revenus encore.

— Commençons par le camping. Que propose Bluebell Farm, exactement ?

— Un accueil pour ceux qui veulent une authentique expérience de la vie en milieu rural, et travailler à la ferme, dit Charlie.

— Que peuvent-ils faire concrètement ? Et en quoi consiste le ré-ensauvagement, en fait ?

— Il consiste à restaurer l'écosystème : rétablir les processus naturels majeurs et limiter l'intervention humaine. Cela va de la réparation des clôtures à la plantation de nouvelles haies. Et du débroussaillage des ronces en forêt pour donner plus d'espace vital aux jacinthes des bois, au travail avec le bétail…

Ella toussota.

— Non, sans rire, es-tu en train de me dire que tu proposes le déblayage du fumier comme activité de *vacances* ? C'est pousser les choses un peu loin, non ?

— Quand on est citadin, qu'on bosse dans un bureau, qu'on ne voit jamais les étoiles, si on séjourne dans un lieu où on peut contempler le ciel, et où le travail est aux antipodes de son quotidien, c'est un dépaysement total. Comme en vacances !

Il marquait un point. N'était-ce pas pour une raison équivalente qu'elle avait choisi son métier ? Elle avait voulu une carrière glamour, pointue, à l'opposé de ce qu'elle avait connu. Tout de même... elle avait du mal à croire que des gens puissent déblayer du fumier « pour le plaisir » !

— Le travail de la terre, et avec le bétail, reconnecte les gens avec la nature, ajouta Charlie.

Là, elle comprenait. Les gens avaient l'impression de changer les choses, d'aider au sauvetage de la planète.

— J'imagine que vous quêtez un label d'agriculture biologique ?

— Nous l'avons. Cela va avec le ré-ensauvagement.

— Et en dehors de l'hébergement et du travail à la ferme, les clients ont droit à quoi ? Vous les nourrissez ?

— Le petit déjeuner et le déjeuner sont inclus, les soirées leur appartiennent. On ne se charge pas des repas du soir. Mais nous avons négocié une remise au Red Lion pour nos hôtes, s'ils n'ont pas envie de cuisiner.

— Très bien, dit-elle, prenant toujours des notes. Pour ce qui est de la nourriture au café : les ingrédients sont de production locale ?

— Autant que possible. Dans la boutique de la ferme, il n'y a que des produits locaux : confitures, glaces... Une boulangerie du coin nous fournit le pain, et chaque jour ta mère ou Lisa, qui gère le café, préparent les gâteaux. Le fromage est presque toujours le nôtre.

— Donc, l'empreinte carbone est plus faible. Parfait. Je peux bien avancer avec tout ça. Que vendez-vous d'autre dans la boutique ?

— Vin et bière, artisanat local. Rosie, au village, récupère notre laine après la tonte et la file. Elle donne aussi un cours de tissage pour ceux que ça intéresse.

— Du tissage..., murmura Ella tout en écrivant.

Comme le reste, cela offrait de beaux sujets de photos. Il faudrait donc quelques prises de vue. Mais ils économiseraient sur le budget si elle pouvait faire appel à des personnes du coin pour servir de modèles. Charlie Webb serait un mannequin idéal pour présenter un pull tricoté main haut de gamme. Pouvait-elle l'en convaincre ?

— Qu'est-ce que vous avez comme autres formations ?

— La fabrication de produits laitiers - avec le lait de races bovines et ovines rares. Et puis des cours de photo, d'art, des balades guidées dans la nature.

— La nature ? C'est-à-dire ?

— Les fleurs sauvages, les arbres, les oiseaux et insectes. On s'adapte en fonction des centres d'intérêt du groupe.

— Et qui les pilote, ces balades écologiques ?

— Ton père et moi. Ta mère règne sur la laiterie, et une artiste locale se charge des cours d'art et de photographie.

— Est-ce que vous vendez aussi des produits de toilette ?

— Oui. De confection locale. Nous en offrons d'ailleurs au format voyage dans le panier de bienvenue des hôtes.

Ella prit encore des notes.

— Organisez-vous des événements au café ? Je ne sais pas moi, des séances de tricot, d'artisanat avec boisson offerte, des fêtes pour les enfants ?

— Non.

— Ce serait à envisager. Tu as observé que la ferme était partie intégrante de la communauté. Cela vaut le coup d'examiner l'offre disponible à West Byfield, et quelles sont les heures creuses au café, pour les rentabiliser si possible... Aurais-tu le temps de m'initier à une balade écologique et à une journée typique d'un hôte de Bluebell Farm ?

— Proposerais-tu de nettoyer le fumier ou traire les vaches ?

— J'ai déjà donné dans ce domaine. Mais ça ne serait pas un mal de me rafraîchir la mémoire...

Ella inspira profondément. L'idée d'un retour au passé lui faisait horreur.

Charlie s'engagea dans la longue allée qui menait à la ferme.

— Je dois voir maman et papa d'abord, dit-elle, mais tu pourrais peut-être me présenter à l'équipe. Et nous pourrions déjeuner ensemble, histoire de brasser quelques idées.

— Ça me va, acquiesça Charlie, se garant devant la ferme. Je vais rentrer ta valise.

— Merci, mais elle n'est pas si lourde... et n'oublie pas que j'ai trimballé pas mal de meules de foin en grandissant.

Comme il haussait les sourcils, elle ajouta en souriant :

— De plus, je soulève des haltères en salle de sport.

— Tu m'en diras tant ! fit Charlie en lui rendant son sourire.

Il la suivit dans la cuisine familiale.

— Ellie ! C'est si bon de t'avoir ici ! s'écria Angie, étreignant sa fille. J'ai cours à 10 heures, alors je ne peux pas rester, et ton père est avec les spécialistes du ré-ensauvagement, mais j'ai mis la bouilloire en route et...

— Il n'y a pas de souci, maman, coupa Ella. On se verra tout à l'heure et on rattrapera le temps perdu. Charlie va me faire faire le tour de la ferme.

Elle étreignit sa mère.

— Bon, va t'occuper de tes élèves ! Et ce soir, c'est moi qui préparerai le dîner.

— J'ai déjà prévu des lasagnes – végétariennes pour toi, et ordinaires pour ton père et moi. Il suffit de les mettre au four.

C'était le plat favori d'Ella dans son adolescence et, émue, elle refoula des larmes.

— Bon, j'enfournerai les lasagnes et me chargerai du reste.

— Charlie, tu dînes avec nous ce soir, n'est-ce pas ? demanda Angie. Il y a largement de quoi.

— Vous voulez sûrement votre intimité avec Ella.

— Tu as toujours ta place à notre table. Tu fais pratiquement partie de la famille, répondit Angie.

Ella remarqua l'air d'espoir d'Angie et soupira intérieurement. Pourvu que sa mère ne projette pas de la caser avec Charlie ! Non seulement il n'était pas remis de la mort de sa femme – sinon, il ne serait plus célibataire –, mais elle et Charlie n'étaient pas faits l'un pour l'autre. Ils n'avaient pas du tout les mêmes aspirations !

Une fois de plus, elle se sentit coupable. Elle savait qu'Angie désirait devenir grand-mère. Et sur ce point aussi, elle décevait ses parents. Elle ne prenait pas la relève à la ferme, n'avait pas d'enfants qui reprendraient le flambeau...

Elle se redressa.

— Je fais du café, puis on visitera la ferme. À tout à l'heure, maman !

Une fois le café prêt, après le départ d'Angie, Ella se tourna vers Charlie.

— Désolée. Si tu préfères ne pas dîner avec nous ce soir, je te trouverai une excuse.

— Il n'y a pas de souci. Nous sommes en relation professionnelle. Nous pourrions finir par devenir amis, mais ça n'ira pas plus loin.

— Je suis contente que nous soyons sur la même longueur d'onde.

— Si ça peut te consoler, ma mère est pareille. Elle pense que je...

Il se tut brusquement.

— Que tu devrais avoir fait ton deuil ? acheva Ella.

— Oh ! tu es au courant, fit Charlie, se cuirassant contre la démonstration de pitié qui ne manquerait pas.

— Maman m'a informée, pour m'éviter de commettre un impair. Elle n'était pas sûre que tu sois vraiment d'accord pour célébrer des mariages à la ferme, et je l'ai forcée à me dire pourquoi. Selon moi, chacun encaisse les coups durs à sa manière. Tu iras de l'avant quand tu y seras prêt. Et tu en as sûrement marre que tout le monde ait pitié de toi !

— C'est le cas, je l'avoue.

— Ce que j'ai connu de plus proche de ta situation, c'est quand grand-mère est morte. Mais il est sûrement beaucoup plus dur de perdre la personne dont on partage la vie. Et c'est par sympathie que je dis ça, pas par pitié.

— Merci.

— Je te pose quand même la question dérangeante, à titre professionnel. Es-tu vraiment d'accord pour accueillir ici des mariages ?

— Oui. J'ai eu un heureux mariage. Jess m'aimait, et je l'aimais.

Il était étrange qu'il parvienne à prononcer ce prénom devant Ella sans avoir le cœur serré, comme d'habitude, pensa Charlie. C'était peut-être parce qu'elle avait été sincère avec lui sur sa propre situation.

— Nous avions un projet sur dix ans, continua-t-il. Travailler dur, amasser pas mal d'argent – elle était avocate d'entreprise, alors, nous gagnions bien notre vie –, puis quitter Londres pour la campagne. Faire des enfants. Avoir des chiens, des chevaux... Mais alors qu'elle se rendait au boulot à vélo, un type qui regardait l'écran de son smartphone plus que la route l'a accrochée avec sa voiture. Elle est tombée, sa tête a heurté le pavé. Elle ne s'est plus jamais réveillée.

— C'est très dur, dit Ella.

Charlie fut soulagé de voir de l'empathie sur ses traits, et non de la pitié.

— On était presque au bout de nos peines. On envisageait même de partir plus tôt que prévu. On en avait assez des heures sup et de se voir trop peu. Et soudain, c'était trop tard...

— C'est pour ça que tu as préparé un master en sciences de l'environnement ?

Charlie hocha la tête.

— Je voulais toujours la vie dont nous avions rêvé. Et sans elle, je ne supportais plus Londres. Je la trouvais étouffante, bruyante, irrespirable. Je voulais l'immensité du ciel et de la campagne. Ton père a accepté que j'effectue ici mon projet terminal de master parce qu'il envisageait de modifier l'orientation de la ferme. L'idée est de lui. Je ne l'ai pas poussé à ré-ensauvager.

— Je sais. J'ai vérifié avec maman. Et je savais que papa voulait se lancer dans l'agriculture bio depuis des années, arranger les haies. Mais il y faut du temps, et de l'argent.

— Oui, dit Charlie. Merci de ne pas m'avoir enveloppé dans du coton.

— Merci de ne pas te formaliser de l'attitude pas très subtile de ma mère.

Charlie réalisa qu'il aimait bien cette femme. Il avait supposé, parce qu'elle ne revenait jamais à Bluebell Farm, qu'elle était devenue une citadine au cœur endurci. Mais ce n'était pas le cas. Ella Newton était honnête et perspicace. Cela lui plaisait. *Elle* lui plaisait.

— Et il va de soi, ajouta-t-elle, que ce dont tu m'as fait part restera entre nous.

— Merci, lui dit-il. Chacun est gardien des secrets de l'autre…

— Bon. Et maintenant, faisons le tour de la ferme.

— Je dois t'avertir que nous avons eu droit à des ondées la nuit dernière.

— Alors, un tour dans l'appentis s'impose !

Elle s'éclipsa un instant, revint chaussée de bottes en caoutchouc.

— Est-ce que vous demandez aux clients d'apporter des bottes en caoutchouc ? s'enquit-elle.

— Oui. J'ai suggéré de les louer, mais ta mère a déclaré que c'était dégueulasse.

Elle rit.

— En effet. Il est plus facile de désinfecter des tennis que ces trucs-là. Mais si le magasin de chaussures existe toujours en ville, il serait possible de conclure un accord avec eux pour que nos hôtes aient droit à une offre spéciale.

Charlie apprécia qu'elle entre si vite et si bien dans le jeu commercial. Ils avaient bien fait de la charger du marketing de Bluebell Farm.

— J'ajoute ça à ma liste, fit-il.

— Pour le moment, j'abandonne ça au maître d'œuvre. On se partagera les choses plus tard.

Concentrée, intelligente, organisée. Décidément, il l'appréciait de plus en plus.

— Je vais chercher mes bottes dans ma voiture, et on commencera la tournée par les vaches, dit-il.

3

Il était étrange de fouler à nouveau le sol de Bluebell Farm. La dernière fois qu'Ella y était venue, la ferme se partageait pour moitié entre terres agricoles et exploitation laitière. Il n'y avait certes pas de parking, alors. À en juger par l'espace gravillonné rempli de voitures et la rangée de bicyclettes, sa mère avait beaucoup d'élèves apprentis fromagers. Il y avait des hôtes et des visiteurs dans la boutique et le café.

Tout en enregistrant ces faits, elle suivit Charlie dans le champ où paissaient les vaches. C'était un troupeau beaucoup plus petit qu'autrefois. L'espèce aussi était différente.

— Voilà les British Whites, lui dit-il. Elles portent toutes des noms de baies. Celle-ci s'appelle Elderberry, et celle-là, Juniper.

Jusqu'à ce que les railleries commencent au collège, Ella avait été très attachée à leurs vaches. Elle les considérait un peu comme des animaux de compagnie. Elle se rappelait qu'elles baissaient la tête et remuaient la queue pour la saluer, et aimaient qu'on les caresse et les gratte derrière l'oreille, à l'instar du labrador de son père.

— Elles sont si jolies ! dit-elle, admirant leurs robes blanches ponctuées de noir – museau, oreilles, sabots. Très photogéniques, Charlie. Pourquoi n'en fais-tu pas les mascottes publicitaires de la ferme ?

— Ce sera ta décision.

— Non, ma recommandation, ce qui est très différent. Ce sont des vaches laitières, c'est ça ?

— Elles l'étaient jusqu'au milieu du siècle dernier. Aujourd'hui, on les destine plutôt à la boucherie. Mais les nôtres restent des vaches laitières, et nous cherchons à renforcer la race.

— Bonjour, mes belles ! dit Ella, caressant les vaches, qui frottèrent leurs museaux contre elle. Une journée de la vie d'une vache ferait un bon article pour le site web. J'aimerais te filmer en train de traire les vaches. Est-ce que tu leur chantes des chansons ? Papa le faisait toujours, ajouta en souriant Ella.

— Euh, oui... Mais je suis loin d'avoir la voix d'une star du rock.

Il en aurait eu l'allure s'il avait porté un jean moulant et une chemise blanche. Charlie était incroyablement sexy, et...

Allons bon, voilà qu'elle divaguait ! Ce n'était pas en s'entichant de lui qu'elle ferait du bon travail.

— Peu importe la voix, dit-elle. L'important, c'est que ce soit authentique.

— Je vois.

Juniper lui donna un coup de museau.

— Tu es pire qu'un chien, Juni ! lui lança-t-il. Tu sais ce que j'ai en poche, hein ?

La vache inclina la tête, et il sortit de sa poche un cube de nourriture protéinée, le lui présentant au creux de sa paume. Ella ne résista pas, elle filma la scène avec son mobile. Son initiative fut récompensée, car Juniper lécha le visage de Charlie pour le remercier.

— Il y avait un veau qui me faisait ça quand j'étais toute petite, observa-t-elle.

— Oui, nos protégées sont très affectueuses.

— Je réfléchis aux moyens d'économiser sur le budget, dit-elle. Serais-tu prêt à être l'égérie de la ferme ?

— Moi ? fit-il, l'air surpris.

— Papa ne serait pas à l'aise devant une caméra – même si c'est moi qui fais les prises de vues.

— Tu n'es pas en train de dire que tu me trouves vaniteux, alors ?

Elle ne réalisa pas tout de suite qu'il la taquinait. Elle sourit.

— Pas quand tu es heureux d'être embrassé par une vache.

— J'ai eu une période un peu frime, à Londres, dit-il. Vêtements de stylistes, cravates en soie, chaussures sur mesure...

— Tu travaillais à la City. Si tu n'avais pas eu le look de l'emploi, on t'aurait dévalorisé, quelles que soient tes compétences.

— Je me suis rendu compte que je respirais différemment depuis que je suis ici.

C'était le cas pour elle aussi. Ici, elle était à cran et oppressée. Mais elle n'allait pas s'attarder là-dessus !

— Alors, qu'en dis-tu ? insista-t-elle.

Charlie prit une profonde inspiration, puis répondit :

— Bon, c'est d'accord.

— Merci. Quand j'ai grandi ici, c'était une exploitation laitière, donc mon expérience n'est pas la même. Décris-moi un peu une journée de la vie d'une vache.

— On commence par la traite, en musique. Ensuite, pâturage au grand air. Tu voudras peut-être les filmer quand elles franchissent la barrière, parce qu'elles « piaffent » de joie en sentant l'herbe sous leurs sabots.

— Elles dansent dans les champs, c'est vrai. J'avais oublié, dit Ella.

— Et elles aiment jouer avec des balles.

— Les vaches jouent au foot ? Génial, il faut que je filme ça ! C'est avec ce genre de chose qu'on peut obtenir l'attention recherchée. Je tiens à être franche, Charlie : je veux que cette campagne devienne virale. Pour deux raisons. Tout d'abord, je veux que la ferme prospère. Mais je vise aussi un poste important. Mon patron m'a assuré que si la campagne marchait bien, ma promotion est assurée. Pour lui, « bien marcher » ça veut dire devenir viral.

— Merci de ton honnêteté, dit Charlie. Et c'est bon de savoir que tu veux la réussite de la ferme.

— Bon, c'est quoi la suite de la journée d'une vache ?

— Les veaux et les génisses sortent avec leurs mères. Puis, dans l'après-midi, c'est de nouveau la traite. Quand le temps est assez clément, on les laisse passer la nuit dehors, sinon, on les ramène à l'étable.

— Et le lait, il devient quoi ?

— Nous l'utilisons ici, pour les cours de ta mère, au café, pour faire du fromage, du beurre et des yaourts vendus dans la boutique.

— Très bien, dit Ella, qui prenait des notes sur son mobile. Je peux voir les petits, maintenant ?

— Bien sûr. En fait, ils doivent rejoindre leurs mères, tu peux donner un coup de main pour ça.

— Allons-y.

Ella aimait les animaux, c'était évident, pensa Charlie. Au moins, les agresseurs de son adolescence ne lui avaient pas gâché ça ! Et elle parut fascinée quand il l'emmena dans l'enclos des jeunes veaux.

— Ils sont adorables, dit-elle, prenant quelques clichés. Ils ont quel âge ?

— Deux ans. Et ce sont des filles.

— Donc, elles sont encore allaitées par leurs mères.

Charlie hocha la tête.

— On les installe ici pendant la traite, puis on les laisse retourner au pâturage. Il faut préparer leurs litières.

— Vous faites toujours le test du genou ?

Il la dévisagea d'un air surpris.

— Quand on s'agenouille sur la paille et que les genoux restent secs, on sait que l'épaisseur de paille est suffisante pour les petits, expliqua Ella. Personne ne t'a appris ça ?

Pour quelqu'un qui se disait citadine dans l'âme, Ella Newton avait gardé de bonnes connaissances de la vie à la campagne ! pensa Charlie.

— Non, dit-il. Merci pour le tuyau.

Elle l'aida à répandre de la paille fraîche dans l'enclos, se montra câline avec les animaux.

— Comment s'appellent-elles ? demanda-t-elle.

— Bilberry, Cranberry et Loganberry.

La réunion des jeunes génisses avec leurs mères, qu'ils menèrent à la longe dans le champ, fut un moment émouvant aussi – qu'elle immortalisa par d'autres clichés. Puis ils passèrent aux moutons – des Norfolk Horns aux toisons blanches, avec des museaux et des pattes noirs.

— Il y a des agneaux, je vois, dit-elle.

— Ces brebis s'appellent Portia et Helena, fit Charlie. Et ce sont les jumeaux de Portia : Viola et Sebastian.

— Une femelle et un mâle ?

Elle les photographia, puis regarda Charlie, les yeux pétillants d'amusement.

— S'il te plaît, dis-moi que votre plus vieille brebis s'appelle Cléopâtre et le bélier, Antoine.

— En plein dans le mille ! Une idée de ta mère.

Bien sûr, Ella avait tout de suite compris que les moutons et les brebis portaient les noms de personnages des pièces de Shakespeare. Elle avait un diplôme de littérature anglaise.

— Quand j'étais en fin d'études, maman m'a emmenée voir une production merveilleuse du *Conte d'hiver*. La moitié des acteurs étaient costumés en moutons et ont interprété *Single Ladies* de Beyoncé, dit Ella, qui se mit à fredonner le refrain. Voilà ta nouvelle chanson pour la tonte.

Il l'emmena voir les poules à crête rouge, dont les plumes noires avaient des reflets presque verts, au soleil. Le coq était baptisé Carbone.

— Ce sont des poules qui ont bon caractère, dit Charlie. Elles pondent bien, et elles sont plutôt familières.

— Familières ?

— Elles connaissent leurs noms, et si on agite un seau de nourriture, elles accourent.

— C'est une super vidéo pour les réseaux sociaux de la ferme, dit-elle. Elles sont élevées en liberté, c'est ça ?

— Bien sûr. La nuit, elles dorment au poulailler. Le jour, leur champ est clôturé pour éloigner les renards. Leurs œufs nous sont utiles pour la préparation des gâteaux et des quiches.

Ella prenait des notes, des photos. Elle se montra tout aussi intéressée par les trois ruches installées près de la prairie de fleurs des champs.

— Nous entretenons les haies pour la vie sauvage, dit Charlie, alors, il y a pas mal d'aubépines, de prunelliers et de mûriers. Les abeilles aiment les fleurs que nous avons ici, et elles semblent bien acclimatées. Tu devrais goûter notre miel.

Goûter. Un mot qu'il aurait dû éviter. Car voici qu'il tentait d'imaginer le goût des lèvres d'Ella Newton pressées contre les siennes, leur douceur… Il se secoua.

— Je peux t'envoyer les photos de la prairie que j'ai prises l'an dernier. Là, il n'y a pas tellement de fleurs.

— Tu pourrais aussi me fournir des éléments sur la production du miel, suggérer ce qui est intéressant à voir, m'indiquer si ce serait facile à photographier. Pour ce qui est du miel, je trouverai des idées de packaging.

Son énergie et son enthousiasme étaient communicatifs !

— Je m'occuperai de ça cet après-midi, promit-il.

Le regard d'Ella se porta vers la forêt.

— Puisqu'on est fin avril, j'imagine qu'il reste des jacinthes sauvages ?

— Encore un cliché pour le site web ?

— Plusieurs !

Elle lui sourit. Une fois de plus, Charlie fut troublé, excité par ce sourire. Il sentit qu'il devait rester prudent. Il ne voulait pas se rapprocher à nouveau d'une femme pour la perdre ensuite. Il lui avait fallu beaucoup de temps pour sortir du trou noir où l'avait plongé la mort de Jess. Et même s'il était improbable qu'il perde encore quelqu'un de la même manière, son cœur restait réticent à prendre un risque.

— J'avais oublié que le bois était si beau à cette époque de l'année, dit Ella, qui continuait à photographier. Nous devrions encourager les hôtes à prendre des photos et à les poster – cela renforcerait la relation avec nous. On pourrait même récompenser la meilleure photo du mois par un panier cadeau. Et elle serait publiée, bien sûr.

Ils s'engagèrent plus loin dans la forêt et, par accident, la main d'Ella effleura celle de Charlie. Il sentit de drôles de petits picotements à ce contact, et dut se contenir pour ne pas lui saisir la main et s'y cramponner tel un noyé à une bouée de sauvetage...

Ellie Newton était la première femme à susciter son intérêt depuis la disparition de Jess. Pendant un instant un peu fou, il imagina qu'ils se promenaient main dans la main à travers le bois. Quel effet cela ferait-il de l'embrasser ici, environné par le subtil parfum des jacinthes sauvages, l'immense tapis de leurs fleurs si bleues, et le chant des oiseaux de la forêt ?

Il savait pourtant que cela ne pouvait pas marcher entre eux. Ils avaient des projets de vie antagonistes. C'était insensé de se laisser aller à ressentir ces choses pour une femme comme elle !

— Tu sais, dit-elle soudain, ce serait l'endroit idéal pour une demande en mariage.

— Une demande en mariage ?

Seigneur ! Il n'avait tout de même pas trahi les pensées embrouillées qui tourbillonnaient dans sa tête ?

— Il nous faut un scénario pour la publicité des noces à la ferme, fit-elle valoir. Un couple qui tombe amoureux. Une demande en mariage. Une fête. La noce en elle-même – enfin, une noce factice... Tu vas me montrer la grange maintenant, je suppose ?

— C'est ça.

Elle lui prit la main et la lui serra doucement avant de la relâcher. Il se retint de ramener sa main contre lui comme s'il avait été en contact avec quelque chose de brûlant.

— Charlie, tu es sûr que ça ne te pose pas de problème ? Que ça ne va pas appuyer là où ça fait mal ? Je n'ai pas envie que la campagne de marketing finisse par te faire souffrir.

Pendant un instant, tant de souvenirs et de nostalgie assaillirent Charlie qu'il fut incapable de parler.

— Charlie ?

Pourquoi, en entendant son prénom dans la bouche d'Ella, se sentait-il près de défaillir ?

— Tout va bien, je t'assure, mentit-il.

Il tenait à ce que la ferme soit prospère. Il devait apprendre à tourner la page.

— Allons jeter un coup d'œil à la grange ! suggéra-t-il.

Il l'emmena dans l'ancienne réserve de foin dont le toit et le plancher avaient été refaits au début du printemps et où de nouvelles fenêtres laissaient entrer la lumière, qui mettait en valeur la belle maçonnerie de briques et les poutres de la charpente.

— Quel espace magnifique ! s'écria-t-elle. Quand j'étais petite, cette grange était toujours pleine de bottes de foin. Je ne l'avais jamais vue vide. Je ne me doutais pas qu'elle était si vaste.

— Elle est assez grande pour héberger la cérémonie à une extrémité et le buffet de mariage à l'autre. Ensuite, il suffirait de déplacer les chaises du mariage sur les côtés pour dégager une piste de danse.

— Cet endroit est parfait. Pas seulement pour des mariages. Vous pourriez aussi la louer pour des événements d'entreprise. Et peut-être même pour des spectacles – une troupe de théâtre locale, par exemple, ou un concours de groupes rock. Avec des stands démontables pour la nourriture et les boissons, si nous voulons éviter d'occuper le café.

— Pourquoi pas ? fit Charlie, content qu'elle perçoive les possibilités du lieu.

Elle en fit le tour, regarda la charpente, dont elle prit des photos. Examina le sol.

— Vous avez opté pour du parquet, alors, au lieu d'un dallage en pierre ?

— Nous avons parlé d'utiliser des malons du Norfolk, dit Charlie, mentionnant la variété de tomettes typiques de la région, mais j'ai pensé que le bois serait plus pratique.

— Et tu as eu raison. La surface est plus lisse, une mariée risque moins un faux pas. J'imagine déjà un décor de lanternes et de guirlandes, des pétales disséminés sur les bords de la travée centrale… Ce serait magique.

Le mariage de Charlie avait été très différent. Jess et lui s'étaient épousés dans l'église anglicane de Chelsea Old Church, et la réception s'était tenue dans l'élégant Petyt Hall tout proche, avec ses murs d'un rouge intense et son beau mobilier. Photos de mariage dans le jardin attenant, champagne dans la cour terrasse… Très londonien et très chic.

Jess aurait aimé la ferme, cependant. Elle aurait consacré la moitié de sa semaine à planifier les mariages et l'autre moitié à offrir ses services d'avocate, un couple d'épagneuls à ses pieds. Elle aurait…

— Charlie ?

— Désolé, j'avais l'esprit ailleurs, dit-il, repris d'un accès de mélancolie.

— Je te demandais de chanter quelque chose pour juger de l'acoustique.

Chaque fois qu'il croyait avoir fait le tour, cette femme le surprenait. Le faisait sortir de sa zone de confort.

— Que veux-tu que je chante ?

— Une de tes chansons pour les vaches.

— Mis à part le fait que tu n'es pas une vache…

Elle se mit à rire.

— En es-tu bien sûr ? plaisanta-t-elle.

Il ne put s'empêcher de rire à son tour. Pourquoi donc avait-elle le pouvoir de chasser les idées noires avec un seul sourire ?

— … je t'ai déjà averti que je n'ai pas le niveau d'une rock star, acheva-t-il.

— On s'en fiche. C'est juste pour avoir une idée, dit-elle, souriant toujours. Ou alors, je chante, et tu fais le contre-chant.

Elle se mit à chanter *Wonderwall*, d'Oasis. Elle avait une belle voix. Mais il trouva les paroles douces-amères. Le feu s'était-il tout à fait éteint dans son cœur lorsque Jess était morte ? Ou bien couvait-il toujours, en attente d'être ranimé ?

Ella lui donna un coup de coude quand elle parvint au refrain et il se joignit à elle, leurs voix résonnant à travers la grange.

Il eut le sentiment qu'il chantait pour elle plutôt qu'avec elle, et cela lui porta un peu sur les nerfs. Il n'allait rien se passer entre eux, bien sûr. Ils étaient au travail. Pourtant, il n'arrivait pas à se départir du sentiment qu'il y avait là autre chose.

— Oui, ça ira, dit-elle en s'arrêtant et en consultant sa montre. L'acoustique est très bonne. Nous pouvons proposer cet endroit pour des spectacles. Il est un peu tôt pour le repas de midi, mais je n'ai rien avalé depuis l'aurore. As-tu le temps de déjeuner ? Sinon, je me présenterai moi-même à l'équipe du café et je jetterai un coup d'œil dans la boutique.

— J'ai des choses à régler, oui, dit-il, désireux de reprendre ses esprits.

— Alors, je te rends ta liberté. En fait, j'aimerais bavarder avec l'équipe, voir comment ça se présente et ce qu'ils pourraient avoir envie de changer. Ensuite, je mettrai mes idées en ordre pour qu'on puisse discuter avec maman et papa, ce soir au dîner.

— Je te recommande le croque-monsieur au brie et au chutney, dit-il.

— Quoi ? Un fermier qui ne propose ni un en-cas à l'anglaise ni un sandwich au bacon ?

— Eh oui ! Je suis végétarien depuis mon arrivée ici. Si on me proposait un steak ou du rôti de bœuf, je penserais à nos protégées. Je n'ai pas de problème avec ceux qui consomment de la viande, le choix leur appartient. Mais j'attends qu'on respecte le mien comme je respecte le leur.

— Je comprends très bien, dit Ella. Je suis végétarienne aussi, pour les mêmes raisons. C'était… mal perçu quand j'allais en cours.

— On t'a mené la vie dure parce que tu ne mangeais pas de viande ?

— Oui. Mais quand l'un d'eux m'a forcée à avaler un sandwich au jambon, je lui ai vomi dessus, après. Ils n'ont plus jamais recommencé !

— Tu en as parlé à un prof, j'espère ?

— À quoi bon ? répondit-elle en haussant les épaules. Mais c'est du passé, tout ça ! Je ferais bien d'aller voir l'équipe avant l'heure de pointe.

— Demande Lisa. C'est elle qui est aux manettes, dit-il alors qu'elle gagnait la porte.

Ella avait-elle ressenti, comme lui, une étrange attirance ? se demanda-t-il. Et le boulot était-il un prétexte pour mettre un peu de distance entre eux, comme il le faisait lui-même ?

Au café, Ella se présenta à Lisa.

— Ellie Newton ! Je ne t'ai pas vue depuis que tu n'étais pas plus haute que trois pommes, et que j'étais surveillante à la cantine. Bienvenue chez toi !

Le brie et le chutney – produits à la ferme – étaient délicieux, tout comme le café. Lisa avait découpé de fines tranches des trois cakes au menu ce jour-là, pour qu'Ella puisse les goûter.

— C'est aussi bon que chez mon traiteur londonien, commenta-t-elle. Et la présentation est belle. J'aimerais prendre des photos de vos plats, et aussi des ingrédients pendant leur confection, histoire de mettre en avant que nous proposons des produits locaux, en circuit court. L'écologie est un bon argument de vente

Prête à écrire sur son carnet de notes, elle demanda :

— Ce serait plus facile, ou plus compliqué pour vous, si les gens pouvaient réserver en ligne ? Et y a-t-il d'autres choses que vous jugeriez utiles ?

Au terme de la conversation avec Lisa, Ella savait que le café était bondé au repas de midi, mais tranquille après le petit déjeuner et l'heure du goûter. La grange qui accueillait les cours toute la matinée et plus était libre pour des goûters d'enfants. Pour les autres créneaux disponibles, l'équipe avait suggéré des cours de tricot, de couture, des contes, des ateliers pour enfants autour des activités de la ferme, une initiation à la navigation web pour les seniors…

— La bibliothèque proposait des contes pour les enfants et un coin café et informatique, mais les horaires ont été réduits à peau de chagrin, dit Lisa. Quant à la garderie du village, elle ne s'adresse pas aux mamans avec des tout-petits et des bébés.

— Je verrai ce qu'ils proposent à la mairie, déclara Ella, refermant son carnet. Je crois en effet que nous pourrions combler des manques dans la communauté. Quand j'aurai esquissé un projet, je vous le soumettrai pour être sûre qu'il vous convient. Et nous réexaminerons tout ce qui vous semblera devoir être ajusté.

— C'est super. C'est bon de te revoir ici, Ellie, commenta Lisa.

Ella tiqua à ce prénom, mais s'abstint de réagir, de crainte de paraître désagréable.

— Ton père et ta mère sont si fiers de toi ! Mais tu leur manques, dit Lisa d'un air chagriné. Je sais ce qu'ils ressentent. Mandy vit à Leeds aujourd'hui, et même si elle me téléphone chaque semaine, et que je peux lire une histoire à mon petit-fils pour l'aider à s'endormir, ce n'est pas pareil que lorsque mon petit Jack est près de moi. On ne veut pas contrarier la vie de ses enfants. Mais c'est bien dur, quelquefois. On voudrait les serrer dans ses bras, et ils sont à des heures de route !

— Oui, dit Ella, la gorge serrée.

Ses parents étaient-ils aussi tristes que Lisa parce qu'elle avait choisi de vivre à Londres ? C'était la ferme qui l'en avait éloignée, pas eux. Et depuis qu'elle était de retour, ses sentiments envers Bluebell Farm se modifiaient. Charlie la lui avait montrée sous un nouveau jour, et elle ne savait plus que penser.

Après avoir fini au café, elle jeta un coup d'œil dans la boutique sur les produits de la ferme et des producteurs des environs. Les œuvres d'art encadrées, ainsi que les belles cartes de vœux, étaient signées de Frieda, qui dirigeait les cours de photographie et l'atelier artistique. Il y avait des produits de toilette, de la verrerie, des bijoux ravissants.

Ayant noté les coordonnées de l'artiste et son site web, elle retourna à la ferme. Après avoir pris rendez-vous avec Frieda par téléphone, elle envoya un message à Charlie.

Je vois Frieda cet après-midi, pour des idées de logo. Fais-moi savoir si tu veux être présent.

Puis elle s'informa sur l'offre à West Byfield, et sur ce que proposait la concurrence aux quatre coins du pays.

Quand elle eut esquissé une série de propositions, il était l'heure de rejoindre Frieda. Charlie avait décliné, disant qu'elle savait ce qu'elle faisait. Elle était heureuse qu'il lui fasse confiance, mais déçue qu'il ne se joigne pas à elles.

Ce qui était ridicule ! Charlie était son client. Le partenaire en affaires de ses parents. Une double barrière à ne pas franchir !

Frieda se révéla très réceptive aux suggestions d'Ella et en proposa d'excellentes. De retour à Bluebell Farm, Ella lança le dîner, se changea. Lorsque ses parents arrivèrent, elle leur servit un verre de vin.

— Bienvenue à la maison, ma chérie ! dit Mike, étreignant farouchement sa fille.

— C'est bon d'être là, fit-elle – constatant avec surprise qu'elle était sincère. Charlie ne devrait pas tarder. Et nous avons plein de choses à discuter !

4

Charlie avait souvent dîné avec Angie et Mike au cours des trois ans écoulés. Il prenait plaisir à leur compagnie. Mais ce soir, c'était différent, car Ella serait présente.

Elle avait annoncé un repas professionnel pour discuter du marketing de la ferme. Or, il n'avait pas le sentiment de se rendre à une réunion d'affaires, mais à un rendez-vous. Il ne s'agissait pourtant pas de son attirance pour cette femme, inédite depuis des années ; il s'agissait du projet de ré-ensauvagement dont il voulait faire un succès !

N'empêche, il pensait quand même à Ella, ce qui lui donnait l'impression de trahir Jess, et il se sentait coupable.

Sous la douche, il lui sembla presque entendre Jess, s'adressant à lui. « *Tu ne peux pas rester seul éternellement, Charlie. Tu as besoin de rencontrer une compagne. Tu as tant d'amour à donner. Et il te faut quelqu'un qui t'aime en retour.* »

C'était peut-être vrai. Au bout de cinq ans, il était sans doute temps pour lui d'aller de l'avant. Il n'était pas impossible que le projet de ré-ensauvagement ait été un moyen commode d'oublier qu'il ne savait pas comment avancer sur le plan émotionnel. Il était certes incapable de recourir à un site de rencontres en ligne, et avait souffert des tentatives pourtant bienveillantes de sa famille et de ses amis pour lui trouver quelqu'un. Si les femmes ainsi rencontrées étaient charmantes, elles n'étaient pas Jess. De plus, il n'avait pas le cœur à s'engager de nouveau.

Il allait se concentrer sur la ferme, son avenir. Avec un peu de chance, ça lui occuperait l'esprit et il cesserait d'être distrait par Ella. Par son regard pétillant quand elle s'animait, par le dessin de sa bouche, par...

« Assez », s'intima-t-il.

Il s'habilla de façon un peu plus recherchée que ses jeans et T-shirts habituels, et se présenta à la ferme à l'heure dite. Ce fut Ella qui lui ouvrit.

— Salut ! lança-t-elle en lui souriant.

Elle s'était changée aussi. Pantalon noir, un joli haut, un soupçon de maquillage. Un style un peu habillé, mais plus décontracté que sa robe de Londres. Elle savait trouver la note juste, pensa-t-il en se demandant quel goût avait ce rouge à lèvres rose... Il se censura aussitôt. Embrasser Ella Newton n'était pas au programme !

— J'ai apporté mon « écot », dit-il en lui tendant une bouteille de vin et les chocolats artisanaux qu'il avait choisis un peu plus tôt dans la boutique.

— Merci. Les chocolats accompagneront très bien le café. Allons, entre, fit-elle en s'écartant pour lui livrer passage.

Pourquoi son cœur battait-il la chamade parce qu'elle lui avait souri ? Misère de misère ! Il avait trente et un ans, pas quinze ! Se ressaisissant de son mieux, il la suivit dans la cuisine.

— On dîne dans la salle à manger, ce soir, dit-elle en l'invitant du geste à entrer dans la pièce.

Il était habitué à manger dans la cuisine de Bluebell Farm, mais ce soir Ella avait nappé la table de blanc et sorti les verres en cristal et l'argenterie.

— Assieds-toi, lui indiqua-t-elle. Je vais apporter les plats.

— Je peux t'aider.

— Pas question. Installe-toi !

Il salua Mike et Angie, accepta le verre de vin rouge que lui servit Mike et s'assit. Ella fit le service.

— Mangeons avant de parler business, dit-elle. On ne peut pas prendre de décisions l'estomac vide.

Les lasagnes végétariennes d'Angie étaient délicieuses. Et il prit plaisir aussi à la conversation. Il découvrait une autre Ella, qui taquinait son père en le traitant de dinosaure et échangeait des recettes avec sa mère.

Elle s'intégrerait merveilleusement bien à sa famille, pensa-t-il. Son père, sa mère et sa sœur adoreraient Ella.

Cette pensée lui coupa le souffle. Ils ne sortaient pas ensemble, et envisageaient encore moins une relation durable. Aussi ne comprenait-il pas d'où lui venaient ces idées. Elles semblaient éclore malgré lui en dépit des barrières qu'il avait érigées autour de son cœur.

— Pause avant le dessert, décréta Ella. Je voudrais que vous vous asseyiez tous les trois en face de moi, pour vous montrer l'écran de mon ordinateur.

— C'est la première fois que nous te voyons faire... quelque chose qui relève de ton travail, dit Mike. Cela fait un drôle d'effet.

— Bon. Il y a six choses que vos clients potentiels veulent savoir. D'abord, une information générale sur la ferme et le ré-ensauvagement. Ensuite, l'hébergement, puis les cours. Il faut donc un service de réservation en ligne et un calendrier dignes de ce nom, dont l'agence se chargera. Puis il y a la boutique, qui nécessite un panier d'achats en ligne. Le café, qui doit avoir un menu et un système de réservation qui lui soit propre. Et enfin, pour la grange des mariages, il faut imaginer un questionnaire en ligne très simple afin de connaître les désirs des clients. Vous les contacterez ensuite.

— C'est un boulot énorme ! commenta Angie.

— Des spécialistes, à l'agence, peuvent se charger de l'aspect technique... J'ai confié à Frieda le soin de créer un logo. Cela reliera l'ensemble, des étiquettes des produits de la ferme aux menus du café, de la brochure des mariages à celle des hébergements. Plus le site web, le blog et la newsletter.

Ella était animée, contente du travail accompli, et son enthousiasme était contagieux. Charlie apprécia qu'elle ne fasse pas traîner les choses. Elle était brève, précise, agréable.

— J'ai discuté avec l'équipe, continua-t-elle. Les filles aimeraient un système de réservation en ligne pour les repas de midi. Et elles ont de bonnes idées sur le moyen de tirer parti des heures creuses. Par exemple, nous pourrions accueillir des goûters d'enfants ou des fêtes d'anniversaire après l'école.

— Qui s'agenceraient comment ? s'enquit Charlie.

— Une employée du café les superviserait, mais veillerait à ce qu'il y ait assez de parents présents pour la sécurité des petits. On les organiserait dans la salle de cours, ou dans la grange des mariages, où la place ne manque pas.

Après un léger temps d'arrêt, Ella reprit :

— L'équipe a suggéré qu'on propose un gâteau d'anniversaire, facturé en supplément. Un gâteau en forme de hérisson avec des « épines » en chocolat, par exemple. On peut aussi proposer un panier-surprise. Et ce qui est déjà en place pour les visites scolaires : chasse aux insectes, semailles de tournesols, distribution de nourriture pour les poules ou les agneaux. Il y a aussi les jeux d'intérieur, comme le jeu du furet...

— Cette idée me plaît, commenta Angie. Elle a un esprit communautaire très sympa.

— L'équipe est du même avis, dit Ella. J'ai aussi regardé ce que font d'autres fermes. Nous pourrions proposer des animaux à l'adoption une fois par an, avec certificat de Bluebell Farm, photo de l'animal, newsletter trimestrielle et goûter offert à la date anniversaire.

— Cela paraît tout à fait faisable, approuva Mike.

Ella continua à esquisser le projet pour les produits de la boutique, le packaging, la gestion des denrées... Elle avait réfléchi à tout, et déjà conquis l'équipe, pensa Charlie, impressionné.

— Tu as bien bossé, on dirait ? observa Mike.

— Et je n'ai pas fini, papa ! répondit en souriant Ella. Lisa dit qu'il y a peu de choses pour les parents ou les retraités depuis que la bibliothèque ouvre beaucoup moins qu'avant. On peut combler ce manque. Des cours qui associent art et nature s'harmoniseraient bien avec ce qu'on fait ici. La teinture végétale de la laine et le tissage ou le tricot, entre autres. On peut aussi envisager des cyanotypes.

— Des cyanotypes ? répéta Angie.

— C'est un procédé primitif de tirage photographique qui permet de reproduire des dessins, ou des objets, sur fond bleu, dit Ella. Une activité qui s'adresse aussi bien aux adultes qu'aux enfants. Et nous voulons attirer ici les couples et les familles, non ?

— Tout à fait, dit Charlie.

— Ce doit être génial d'en faire, reprit Ella, pianotant sur son mobile pour afficher des exemples de cyanotypes et remettre l'appareil à sa mère. Les feuilles et les fleurs reproduites sur ces fonds bleus ont quelque chose de magique, très évocateur... Je parie que les gens se bousculeraient pour s'inscrire à un tel cours, maman ! Et seraient ravis d'emporter leurs œuvres à la maison.

Angie passa le mobile de sa fille à Mike pour qu'il voie les reproductions en ligne, et celui-ci le tendit ensuite à Charlie.

— En fait, j'en ai parlé à Frieda, elle est partante pour organiser un cours d'initiation.

— L'idée me paraît excellente, glissa Charlie.

Elle lui sourit et, de nouveau, il éprouva une curieuse sensation dans la région du cœur. Il ne comprenait pas pourquoi elle l'affectait à ce point. Cela le rendait nerveux.

— On pourrait aussi, reprit-elle, proposer des cours de vannerie. Les sujets ne manquent pas : cœurs en osier pour la Saint-Valentin, guirlandes lumineuses, décorations de Noël, ou même un sapin, décoré ensuite avec du lierre et des petites lanternes... On pourra vendre aussi ces objets, bien sûr.

Charlie la trouvait très persuasive. Et elle débordait d'idées. Mais elle était attentive à enraciner ses propositions dans les activités et offres existantes de la ferme.

— Tout ça paraît merveilleux, dit Angie, mais ça représenterait une sacrée surcharge de travail, ma chérie.

— Pas autant qu'on pourrait croire, une fois que tout sera organisé.

— Le souci, intervint Mike, c'est qu'on ne peut pas se permettre d'engager encore quelqu'un pour tout ça.

— Ce ne serait pas nécessaire, papa. Je peux me charger de la newsletter et des mises à jour depuis Londres, pendant mon temps libre. Pour participer à l'affaire familiale. Vous me mettez au courant, je rédige, et quand vous avez approuvé l'article et envoyé des photos, je peux poster le tout sur le blog et diffuser la lettre d'information à vos clients.

— C'est une super idée, approuva Charlie. Je serais content de te confier la lettre d'information et le vlog.

Ella lui adressa un grand sourire qui lui réchauffa le cœur.

— Je ferai le maximum pendant mon séjour ici pour un *soft launch*.

— Un *soft launch* ? répéta Mike.

— Un lancement progressif. En introduisant de petits changements chaque jour, au lieu de tout bouleverser du soir au lendemain. Le bouche-à-oreille poussera les gens à aller sur les réseaux sociaux. Quant à la maintenance, je m'en occuperai. Vous n'aurez aucun souci.

— Je peux donner un coup de main pour les photos et les vidéos, dit Charlie.

— Merci. On peut commencer par ce qui vous semblera banal, mais qui enchanterait les visiteurs : les vaches dans le pré, quelqu'un qui donne le biberon à un agneau…

— Les veaux nouveau-nés encore vacillants sur leurs pattes, enchaîna Charlie avec un large sourire.

Ella, qui prenait des notes, ajouta :

— Je tiens à avoir les vaches qui jouent au foot. Je connais déjà la légende de la vidéo : « Pousse-toi de là, Lionel Meuh-ssi ! »

Tout le monde leva les yeux au ciel, et elle éclata de rire.

— Il faut organiser une chasse aux œufs de Pâques, continua-t-elle. Les gamins montreront leurs trouvailles et je ferai des photos. J'ai pensé que nous pourrions aussi marquer les journées spéciales – pas seulement la Saint-Valentin ou Noël, mais la Journée mondiale des abeilles, par exemple. Avec des vidéos, des idées pour attirer des abeilles dans son jardin...

— J'ai pas mal de notes sur les abeilles, je vais te les communiquer, dit Charlie.

— Ce serait génial, Charlie. Merci.

De nouveau, elle lui adressa ce sourire qui lui retournait le cœur, avant de débarrasser et d'apporter un plat de compote de rhubarbe à la crème. Acide et velouté à la fois, ce dessert typiquement anglais était parfait.

— J'ai utilisé du yaourt grec au lieu de crème, et ajouté du jus et du zeste d'orange dans la rhubarbe, précisa Ella.

— C'est délicieux comme ça.

Ella Newton était très débrouillarde, pensa Charlie. Il était évident qu'elle avait consacré du temps au marketing, mais elle avait aussi trouvé le moyen de confectionner un excellent dessert – qui aurait pu figurer au menu du café.

Elle apporta ensuite un plateau de fromages et de crackers provenant de la boutique de Bluebell Farm.

Elle avait présenté le fromage avec goût, en l'accompagnant de petites grappes de raisin et de pousses de céleri. Les crackers étaient joliment disposés. Charlie était prêt à parier qu'elle avait photographié la présentation pour mettre en valeur les produits de la boutique. En même temps, elle « mettait les petits plats dans les grands » pour ses parents et pour lui, afin qu'ils se sentent privilégiés.

Comment s'y prenait-elle pour combiner avec tant d'harmonie vie privée et vie professionnelle ?

— Nous avons presque tout abordé sauf les mariages, ajouta-t-elle. En attendant de pouvoir utiliser des photos d'authentiques mariages, il nous faut un scénario fictif.

— Quel genre de scénario ? s'enquit Charlie.

— Une histoire qui mette en avant le caractère romantique de la ferme. Regarder le coucher de soleil, câliner les agneaux, marcher au milieu des jacinthes sauvages et la prairie fleurie...

Charlie savait qu'elle parlait en professionnelle, pourtant, d'une certaine façon, ces mots lui semblaient destinés. C'était à la fois effrayant et grisant, comme si soudain la vie s'ouvrait à nouveau devant lui.

Ils continuèrent à discuter tout en savourant le café et les chocolats qu'il avait apportés. En fin de soirée, les parents d'Ella avaient surmonté leur réticence au changement et approuvaient ce que leur fille voulait réaliser.

Après avoir aidé Ella à remporter les tasses à café à la cuisine, Charlie voulut se charger de la vaisselle avant de rentrer chez lui.

— Non, tu dois te lever tôt pour la traite. Je m'en charge, dit-elle avec fermeté.

— Mes parents m'ont donné la même éducation que toi, lui rappela-t-il. Si j'avais cuisiné, tu aurais tenu à te charger de la vaisselle.

— Tu as déjà fait ta part : tu m'as aidée à convaincre maman et papa. J'aimerais te parler des mariages, demain. Te soumettre une idée avant d'en discuter avec eux. Je pourrais peut-être faire la traite avec toi ? Ou au moins, apporter du café et bavarder un peu ?

— Je commence la traite à 6 h 30, la prévint-il.

— J'y serai.

Les yeux bruns d'Ella paraissaient immenses. Pendant un instant, il se demanda si elle n'allait pas l'embrasser. Il réalisa qu'il chancelait légèrement vers l'avant, l'invitant à ce geste. Décidément, elle le troublait… *Ressaisis-toi, bon sang !* s'intima-t-il en se redressant.

— Bon, à demain, dit-il. Merci pour le repas.

Et il se surprit à ajouter :

— Je pourrais te cuisiner un dîner à mon tour.

Oh ! non ! Mais pourquoi avait-il suggéré ça ? Cela ressemblait à un rendez-vous.

— Et on pourrait réfléchir à d'autres idées pour le site, s'empressa-t-il d'ajouter.

— J'aimerais bien, oui.

Avait-elle la moindre idée de ce qui se passait dans sa tête ? Remuait-elle les mêmes pensées que lui ?

— Bonne nuit, dit-il, sans oser croiser son regard.

De retour dans son cottage, Charlie regarda ce qu'Ella avait inséré sur le site et les réseaux sociaux de la ferme. Une des premières photos sur *@bluebellfarmnorfolk* était une jacinthe sauvage luisant dans le sous-bois, avec une explication indiquant que Bluebell Farm tenait son nom de l'abondance de ces fleurs dans sa forêt. Il y avait aussi des photos de la ferme, des animaux auxquels ils avaient rendu visite.

Il aimait tout cela, mais Ella le lui donnait à voir sous un autre jour, grâce à la précision des détails notamment. Telle cette hampe de jacinthe aux fleurs en forme de clochette qui s'inclinait en une courbe gracieuse...

Ses posts auraient pu passer pour une déclaration d'amour à ce lieu magique. Bien sûr, son travail consistait à promouvoir Bluebell Farm, et elle avait mis le doigt sur les atouts vendeurs de la ferme. Elle devait bien se sentir rattachée à ces lieux, tout de même ?

Il savait pourquoi elle détestait venir ici. Dix ans auparavant, adolescente en détresse, elle avait sangloté contre son épaule à la fin du bal de fin d'année, après avoir entendu Damien Price se vanter de l'avoir invitée parce qu'il était sûr que, par gratitude, Ellie-qui-pue coucherait avec lui... Damien comptait ensuite répandre la nouvelle dans toute la ville, où on la mépriserait.

Il n'aurait pas déplu à Charlie, à l'époque, de mettre le grappin sur Damien Price et lui infliger une bonne raclée. Mais cela n'aurait aidé en rien Ella. Il avait préféré lui dire qu'elle valait infiniment mieux qu'un raté tel que Damien, et qu'elle pouvait être ce qu'elle choisirait d'être, sans se soucier des autres.

Elle l'avait pris au mot, de toute évidence. Car elle était entrée à l'université et s'était forgé une belle carrière.

La femme qu'il voyait aujourd'hui était intelligente, indépendante et forte, et elle lui plaisait vraiment.

Il jeta un coup d'œil sur ses réseaux sociaux. Elle y avait posté beaucoup de choses sur sa vie à Londres : repas gastronomiques, cocktails, bars tendance… On la voyait, seule ou accompagnée, à des représentations théâtrales et des concerts. Avec un petit ami ou l'autre, sur certaines photos. Des citadins types. Le genre d'homme qu'il avait lui-même été quand il vivait avec Jess, pensa-t-il sans indulgence.

Ella ne les avait côtoyés que pour une sortie ou deux, semblait-il. N'avait-elle pas dit qu'ils l'avaient plaquée dès qu'ils avaient découvert son milieu d'origine ?

Elle avait aussi posté des coins de verdure à Londres, des vases de fleurs. Il aurait peut-être dû lui apporter un bouquet ce soir, puisqu'elle les aimait ?

5

Si, à Londres, quelqu'un avait soutenu à Ella qu'un bleu de chauffe et des bottes en caoutchouc vertes pouvaient être sexy, elle n'en aurait rien cru. Elle eut pourtant une sorte de révélation en voyant Charlie Webb ainsi vêtu dans la salle de traite. Il était superbe !

— Merci, dit-il, prenant le gobelet de café qu'elle lui tendait.

Il avait déjà fait entrer les vaches, et Juniper était attachée au poteau.

— Je peux filmer pour le site ? demanda-t-elle.

— Bien sûr. Que dois-je faire ?

— Expliquer tes gestes au fur et à mesure. Me familiariser avec la vache, comme si tu t'adressais à une personne qui n'en a jamais vu et s'est laissé tenter par un week-end à la campagne.

— OK, dit Charlie, pas très à l'aise.

Quand il se déclara prêt, Ella commença à filmer.

— Nos protégées aiment qu'on leur chante quelque chose pendant la traite, commença Charlie. Voici Juniper, une de nos British White. Elle aime les chansons qui ont bercé l'adolescence de mes parents.

Il se mit à chanter *Hey Jude,* en remplaçant Jude par Juniper, et Ella sourit jusqu'aux oreilles, amusée. Elle filma le temps d'un couplet et d'un refrain, puis s'arrêta.

— Je chante si faux que ça ? demanda Charlie.

— Pas du tout. Mais je n'ai pas besoin de plus. Je ferai un montage pour obtenir une sorte de court-métrage. Bon, maintenant, explique ce que tu fais !

Quand Charlie eut fini de traire Juniper, il la cajola un peu et la détacha.

— Tu as fini ? demanda-t-il. Je croyais que tu voulais me parler ?

Ella avait de drôles de petits picotements au bout des doigts alors qu'elle regardait Charlie. Elle se remémorait le moment où elle avait cru voir, la veille, qu'il se penchait vers elle et où elle avait eu une envie folle de s'incliner aussi pour poser les lèvres sur sa bouche virile...

— Oh ! oui, c'est vrai ! lâcha-t-elle.

— Donc, de quoi voulais-tu me parler ? fit Charlie.

— Des mariages, dit-elle, gênée. Je sais que ce serait beaucoup demander, et je n'ai pas voulu aborder ça devant mes parents... mais comme tu as accepté d'être l'image de la ferme... accepterais-tu d'être aussi notre marié en attendant qu'on en trouve un vrai ?

— Un marié factice ?

Quelle horrible idée ! Son déplaisir dut être visible, car elle se hâta de dire :

— Factice n'est peut-être pas le bon mot. Je voulais dire : accepterais-tu de tenir le rôle du marié dans notre film de présentation ?

— Eh bien...

— Je me doutais que c'était trop demander, coupa-t-elle. Si tu acceptais, nous n'aurions pas à payer des acteurs et des honoraires d'agence. Mais je peux peut-être trouver un volontaire.

— Quel serait le but ? s'enquit-il.

— Mettre en avant le décor bucolique de la ferme. La fiction montrerait un couple logé dans un cottage de Bluebell Farm. Il y aurait un coucher de soleil, un dîner romantique, une balade en forêt ou dans une prairie fleurie, un après-midi à câliner les agneaux... Cela déboucherait sur une demande en mariage – j'ai pensé la mettre en scène sur la plage pour que les gens aient en tête les beautés des environs. On pourrait décorer la grange, imaginer une cérémonie en petit comité...

— Et qui serait la mariée ?

— Moi, dit Ella.

Ella dans le rôle de sa petite amie, puis de sa femme ? Le cœur de Charlie se mit à battre la chamade. Qui sait ? C'était peut-être ce dont il avait besoin : feindre de sortir avec une femme pour finir par le faire pour de bon. Aller enfin de l'avant.

— Et qui prendra les photos ? s'enquit-il.

— De nous ? Eh bien, nous. Des selfies, expliqua Ella. Je veux obtenir une ambiance intime.

— Notre dîner de ce soir serait donc un rendez-vous, dit-elle. Pour le site, ça va de soi. On aurait une tenue un peu glamour. Le costume que tu portais à Londres serait parfait.

— Ah bon, tu as apporté des tenues glamour ?

— Non, mais il existe un truc dont tu as peut-être entendu parler : des boutiques de mode !

Il y avait une éternité qu'on ne l'avait pas chambré un peu. Et ça faisait du bien ! Il sourit jusqu'aux oreilles.

— Je doute que West Byfield soutienne la comparaison avec Londres, de ce côté-là.

— Je ne ferai pas mon shopping à West Byfield. Bon, on fait ça chez toi ou dans une cabane de berger ?

Son cottage n'était pas spécialement agréable. Ce n'était pour lui qu'un lieu de repos.

— Une cabane de berger, plutôt, dit-il. Vois avec ta mère s'il y en a une de libre.

— Entendu, fit-elle en souriant. Bon, je n'ai plus qu'à partir à la chasse aux costumes.

— J'ai une promenade écologique, cet après-midi, si tu veux venir…

— À quelle heure ?

— 15 h 30.

— J'y serai. Il y en aura pour une heure et demie, c'est bien ça ? Alors, je pourrai me changer et préparer le dîner ensuite. Y a-t-il des aliments que tu détestes ou auxquels tu es allergique ?

— Tu sais déjà que je suis végétarien. Il n'y a rien d'autre à signaler.

— Très bien. Je vais voir maman, et ensuite j'irai faire mes emplettes.

— Amuse-toi bien ! dit Charlie. Et rendez-vous tout à l'heure devant le café.

— Entendu.

Il eut l'impression que le sourire d'Ella enchantait le monde – jusque dans les recoins les plus sombres de son cœur.

Ella vérifia avec sa mère quelle cabane de berger elle pourrait utiliser, puis lui emprunta sa voiture pour se rendre à Norwich. Il ne lui fallut pas longtemps pour trouver ce qu'il fallait. Elle travailla encore un peu à la campagne de marketing, puis ce fut l'heure de rejoindre Charlie et les promeneurs.

Il était dans la cour avec six personnes, sans doute des touristes hébergés à Bluebell Farm. Il y avait deux couples de leur âge, et un plus âgé qui se tenait par la main.

Charlie la salua d'un grand sourire, et la présenta.

— Ella a grandi ici, dit-il, alors, bien que je conduise la balade, je suis sûr qu'elle aura l'occasion d'intervenir de temps à autre.

— Je repense le site web de la ferme, expliqua Ella aux marcheurs, donc, je passe notre offre en revue. Si à la fin vous voulez attribuer une note à Charlie, je suis tout ouïe, acheva-t-elle en souriant jusqu'aux oreilles.

— Vous n'êtes pas obligés de me noter ! gémit Charlie.

— Je plaisantais, bien sûr ! reprit Ella. Mais n'hésitez pas à me faire part de vos observations. Nous voulons que nos hôtes profitent de leur séjour et y prennent du plaisir.

Elle avait dit ce qu'il fallait, cette fois, de toute évidence, car Charlie lui décocha un sourire chaleureux. Troublée, elle réussit tant bien que mal à garder contenance, et suivit le groupe à travers champs. Ils virent des vaches, des moutons et des poules, une nature en voie de ré-ensauvagement, dont il expliqua les grands principes. Il connaissait bien son sujet !

Le tapis de jacinthes sauvages d'un bleu intense enchanta tout le monde.

— La fin de la saison approche, dit Ella, mais les jacinthes font partie du paysage depuis toujours. Leur présence en si grand nombre est le signe qu'il s'agit d'une forêt ancienne. Ce bois a au moins quatre siècles d'existence.

Dans une clairière, Charlie apprit aux promeneurs à écouter et identifier le chant de plusieurs oiseaux. Il adorait visiblement cet aspect de la vie sauvage et savait faire ressentir aux promeneurs la magie du lieu.

— C'est quoi, ce bruit de crécelle ? demanda un marcheur.

— Ça, dit Charlie, c'est une pie qui jacasse. Quelque chose la contrarie et elle le fait savoir. Il y en a une qui niche dans un arbre près de ma fenêtre, elle me réveille à 4 heures du matin.

— J'en deviendrais fou, dit un des visiteurs.

— Comme ça, je suis sûr d'être à l'heure pour la traite, répondit Charlie. Mais les jours où je pourrais rester au lit encore une heure ou deux, j'aimerais qu'elle ait fait son nid ailleurs !

Ils atteignirent la prairie de fleurs des champs, et Ella ne put résister à l'envie de demander aux promeneurs de nommer celles qu'ils connaissaient. Elle leur apprit ensuite les noms de celles qu'ils n'avaient pas su identifier.

— C'est ma grand-mère qui m'a appris tout ça, dit-elle.

Elle avait presque oublié sa passion d'alors. Cette journée avait en partie effacé les mauvais souvenirs, lui avait permis de voir Bluebell Farm telle qu'elle était – et non comme le lieu qui l'avait hantée.

Une fois la promenade achevée, ils ramenèrent le petit groupe au café.

— Nous avons formé une bonne équipe dans cette promenade, dit Charlie lorsque les amateurs de nature furent partis.

— Cela a bien fonctionné, reconnut-elle. Je crois que nos hôtes ont passé un bon moment et appris des choses. Est-ce que ça se passe toujours comme ça ?

— J'essaie d'adapter la visite en fonction des demandes. Mais tu les as conquis avec ton savoir d'herboriste. J'ai moi-même fait des découvertes. J'ignorais, par exemple, que la saponaire peut réellement être utilisée comme substitut du savon.

— J'admets l'avoir appris lors d'une campagne anti-détergents !

Elle consulta sa montre.

— Bon, on se retrouve à 18 h 30 dans la cabane de berger. Il faudrait lui trouver un nom, d'ailleurs. On y réfléchira ensemble.

— Entendu, le rendez-vous est pris. Enfin, pas au sens « galant » du terme, précisa Charlie, gêné.

— Non ! Nous jouerons la comédie, bien sûr. Pour promouvoir la ferme.

— C'est ça.

Ella fut piquée de voir Charlie si soulagé. Qu'y aurait-il eu de terrible s'il était réellement sorti avec elle ?

— Bon, à plus ! dit-elle d'un ton sec.

Charlie ne voyait vraiment pas en quoi il avait pu la froisser. Ella s'était montrée très amicale pendant la promenade, puis ils étaient convenus de se retrouver ce soir pour la campagne de marketing. Rien de plus…

À moins qu'elle ait deviné qu'il avait de l'attirance pour sa personne et qu'elle ne partage pas ses sentiments ?

Ou alors, il se faisait des idées, tout simplement, parce qu'il se sentait coupable de s'intéresser à elle. Jess n'aurait pas voulu qu'il porte le deuil éternellement. Mais il était si injuste qu'elle n'ait pas eu la chance de vivre les rêves qu'ils avaient caressés ensemble !

Il allait se distraire de ces pensées en allant vérifier l'état des clôtures, puis revenir à temps au cottage pour se préparer en vue du « rendez-vous » avec Ella.

Ella retourna à la ferme en traversant le bois des jacinthes sauvages, pour en cueillir un bouquet. Après s'être douchée et changée, elle gagna la cabane de berger.

Elle prépara et mit au four le plat principal avant d'apprêter les lieux pour les prises de vues. Quelques brins de raphia autour d'un pot de confiture lui donnèrent une allure à la fois rustique et chic, et un vase improvisé accueillit les jacinthes sauvages. Elle mit la table dehors, avec une nappe toute simple et une bougie, puis rentra pour préparer le hors-d'œuvre et le dessert.

À mesure que les minutes s'écoulaient, l'impatience la gagnait. Elle avait beau savoir que c'était un rendez-vous de travail, et non une véritable soirée romantique, elle avait l'impression de cuisiner pour le nouvel homme de sa vie. Elle n'avait rien ressenti de pareil depuis des années.

— C'est du cinéma, se rappela-t-elle. Charlie est ton petit ami factice. Un fiancé de pacotille !

Charlie arriva à 18 h 30 précises.

— Mmm, ça sent divinement bon !

— J'ai choisi mon menu de soirée préféré à Londres. On peut mettre le plat au four et ne plus s'en occuper !

— Tu es très élégante, dit Charlie.

— Merci. Toi aussi ! Tu veux bien ouvrir cette bouteille ?

Elle sortit du réfrigérateur une bouteille de prosecco, que Charlie ouvrit avant de servir deux verres. Ella prit plusieurs selfies dehors alors qu'ils portaient un toast, puis lança une playlist de chansons romantiques.

— Je vais en cuisine, dit-elle. J'en ai pour cinq minutes.

Elle n'était pas mécontente de faire une pause. Charlie, en costume, était beau à tomber. Si elle voulait que leur mise en scène soit crédible, elle avait besoin de dompter son trouble. Sinon, elle risquait de se ridiculiser.

— Quelle présentation superbe ! commenta Charlie quand Ella apporta deux plats d'asperges beurrées et passées au gril, accompagnées de rondelles de citron.

— Des asperges bien de chez nous que Lisa a consenti à me donner, dit-elle en photographiant les assiettes.

C'était aussi beau que bon. Ensuite, elle apporta un risotto aux champignons et pois chiches, en trio avec une tombée d'épinards et des tomates rôties. Il ne s'attendait pas à ce qu'Ella déploie de tels talents culinaires. Dans ses souvenirs, Londres se rattachait à des sorties au restaurant ou des achats chez un traiteur, par manque de temps pour cuisiner.

Elle prit d'autres photos.

— Cela fera un très bel effet dans un collage, dit-elle. Et ces guirlandes lumineuses étaient une excellente idée !

Il sourit, acceptant le compliment.

— La soirée romantique parfaite, confirma-t-il.

Bizarrement, même si c'était une pure mise en scène, il trouvait cela réellement agréable. Comme dans un vrai rendez-vous amoureux. Mais, au fond, Ella restait une étrangère pour lui. Même si, au-delà des apparences, il avait le sentiment de la connaître.

— Quel est ton plan pour les cinq années à venir ? demanda-t-il en remplissant de nouveau leurs verres.

— Obtenir ma promotion de chargée de clientèle senior, devenir directrice de création, et ensuite fonder ma propre agence.

— Donc, si tes parents voulaient prendre leur retraite, tu ne reviendrais pas ici ?

— Ce ne serait pas nécessaire. Ils ont trouvé le régisseur parfait ! répondit-elle.

— Je ne cherche pas les compliments.

— Je sais, soupira Ella. Mais je ne veux pas que maman et papa aient de faux espoirs. Je ne reviendrai pas ici avec le compagnon idéal pour avoir une descendance qui reprendra la ferme.

— Tu ne veux pas d'enfants ?

— C'est plutôt que je doute de trouver un jour l'homme et père idéal. Je me concentre sur ma carrière. Ce séjour est moins difficile que je ne pensais, je le reconnais, et je te remercie de m'avoir remémoré ce que j'adorais à la ferme autrefois. Mais aujourd'hui, ma vie est à Londres.

Ella reprit après un bref temps d'arrêt :

— Et toi ? Qu'est-ce que tu envisages pour les cinq ans à venir ?

— Le projet de ré-ensauvagement, dit Charlie. Je veux accroître la diversité de la faune et de la flore. Juguler le déclin des espèces locales.

— C'est aux antipodes de la vie que tu menais avant, observa Ella.

— J'avais besoin de changement.

— Est-ce que la vie d'ici aurait plu à Jess ? demanda-t-elle doucement.

Il apprécia qu'elle n'ait pas hésité à prononcer le prénom de sa femme disparue.

— Oui. Elle aurait adoré les levers de soleil, les oiseaux, écouter les alouettes.

— Et c'est ce que tu aimes aussi ?

— Comme je te l'ai déjà dit, ici, je respire. À Londres, j'étouffais, répondit Charlie, qui déglutit avec difficulté. C'était intenable... sans Jess.

— As-tu toujours du mal à tenir le coup ?

Elle était bienveillante sans être indiscrète, ni l'inonder de pitié.

— Cinq ans ont passé. Ce n'est pas à vif comme les premiers temps, où je restais recroquevillé dans mon lit à sangloter. Mais il y a encore des jours où j'ai l'impression d'être aspiré dans le vide. Où j'ai envie d'être seul. Seul avec les animaux, les champs et l'immensité du ciel. Je ne pourrai jamais assez remercier tes parents de m'avoir donné l'espace dont j'avais besoin.

— Mes parents sont super, dit Ella. C'est pour ça que je leur ai caché mes soucis d'adolescente. Je ne voulais pas les accabler. Et je ne veux pas qu'ils se sentent blessés en apprenant maintenant que je leur avais caché des choses.

La loyauté d'Ella aurait à elle seule poussé Charlie vers elle. Il évita d'examiner les autres raisons de son attirance.

— J'ai la chance de ne pas avoir vécu un deuil comme le tien, continua-t-elle. J'étais trop petite pour me souvenir de grand-père, et quand grand-mère est morte, malgré ma tristesse, j'étais soulagée de savoir qu'elle ne souffrait plus. Mes grands-parents ont eu une longue et heureuse vie. Mais Jess était si jeune ! Vous n'avez pas pu vivre ensemble assez longtemps...

Elle allongea la main pour serrer brièvement celle de Charlie.

— Tu as été très bon avec moi, autrefois. Tu m'as permis d'encaisser les choses, ce fameux soir. Alors, si tu as besoin d'une amie, prête à écouter sans juger, et discrète, je suis là.

Charlie vit à son expression qu'elle était sincère.

— Merci, dit-il.

Mais s'il s'ouvrait à elle, permettait un rapprochement entre eux, s'autorisait à avoir des sentiments... Non, il n'était pas prêt à prendre un tel risque.

— J'ai jeté un coup d'œil sur ce que tu as fait sur les réseaux sociaux, pour la ferme, reprit-il. J'ai trouvé ça formidable.

— C'est un début. J'ai demandé à Frieda d'utiliser les jacinthes pour le logo de la ferme.

— L'idée me paraît bonne. J'ai regardé aussi tes réseaux sociaux. Tu mènes une vie de rêve à Londres, on dirait !

— Oh ! tu sais, le quartier chic du West End, les cocktails, les dîners mondains, c'est ce que les gens s'attendent à voir, fit Ella avec un haussement d'épaules.

— Ce n'est pas vraiment authentique, alors ?

— Oui et non. Je travaille dur, et je m'amuse aussi pas mal. Mais je ne fais pas apparaître les aspects fastidieux de mon job, personne ne s'intéresse à ça.

— Vraiment ?

— Oui, c'est comme ici, à Bluebell Farm : les gens qui jettent un coup d'œil sur le site n'ont pas envie de te voir batailler avec la comptabilité, les factures, les commandes de nourriture pour le bétail ou le nettoyage de l'étable. Ils veulent les bons côtés : les fleurs, les petits agneaux, tout ce qui les réconforte et les fait rêver un peu.

— J'imagine, oui.

— Et pour être claire, j'adore ma vie à Londres. Siroter un cocktail sur une terrasse de toit en regardant le coucher de soleil sur la Tamise, les ondées du printemps qui font briller les feuilles à Covent Garden et éclore les glycines dans Chelsea, les illuminations de Noël, l'apparition des daims dans la brume de Richmond Park en automne, fouler le tapis de feuilles mortes le long de l'Embankment…

Toutes ces choses faisaient envie. Charlie n'avait rien connu de tel avec Jess, et il avait fallu qu'il la perde pour trouver un meilleur équilibre. Il avait troqué son existence de bourreau de travail pour une autre, différente mais tout aussi intense. Percevrait-il Londres autrement, aujourd'hui ?

— Tu es vraiment heureuse là-bas, observa-t-il.

— Oui, je le suis.

— Alors, nous avons intérêt à ce que cette campagne marketing devienne virale pour que la ferme prospère et que tu obtiennes le job de tes rêves. Comme ça, nous serons gagnants tous les deux.

— Exactement, lui dit-elle en faisant tinter son verre contre le sien.

Le vin pétillant lui était peut-être monté à la tête, car il se surprit à lui tendre la main.

— Tu danses avec moi ?

Les yeux d'Ella se dilatèrent, ses lèvres s'entrouvrirent. Elle semblait avoir le souffle court, tout comme lui.

— Tu as raison. Pour écrire un bon papier sur une danse sous les étoiles, il faut l'avoir vécue !

Charlie se ressaisit en l'entendant, mais, dès qu'il la tint dans ses bras, son bon sens s'envola de nouveau.

Ils évoluèrent joue contre joue, en silence. Il n'avait dansé avec personne depuis la disparition de Jess. Cependant, même si cela aurait pu lui faire l'effet d'une trahison, cela semblait naturel et juste.

C'était une danse lente, sentimentale. Ella étant toute proche, il percevait les effluves vanillés de son parfum. Elle le tenait étroitement enlacé, et il avait l'impression que leurs cœurs battaient à l'unisson. Sa joue, contre la sienne, était si douce ! Il aurait suffi qu'il tourne à peine la tête, et qu'elle la tourne aussi, pour que leurs bouches se rapprochent, se rencontrent, et...

Un cocorico strident troua le silence, et Charlie s'écarta.

— Je croyais que les coqs ne chantaient que le matin ? dit Ella, un peu étourdie.

— Carbone lance des cocoricos à n'importe quelle heure du jour, expliqua-t-il. C'est le signal pour les poules qu'elles peuvent picorer sans danger. Et il est aussi très bon danseur.

— Carbone danse ?

— Il agite ses plumes et se pavane autour d'une poule jusqu'à ce qu'elle lui dise oui.

Ella sourit jusqu'aux oreilles.

— Ce ne sont pas vraiment les chants d'oiseaux romantiques que j'espérais, dit Ella alors que Carbone continuait son manège.

— Il reste les rossignols...

Elle écarquilla les yeux.

— Nous avons des rossignols ? Tu peux me montrer où ils sont, pour que je les filme en train de chanter ?

— Ils chantent aussi bien le jour, tu sais, dit-il.

— Un rossignol, ça se filme la nuit, pour respecter la légende. Et en fait, ce serait super de ne montrer qu'un écran noir, comme écrin aux bruits nocturnes de la forêt. Pour donner aux gens la possibilité d'écouter et de sentir, au lieu de se contenter de faire défiler des images.

— Tu veux filmer les rossignols ce soir ?

— Oui !

— Tu le sais sans doute, seuls les mâles sans compagne chantent la nuit. Pour attirer une partenaire. Attends...

Charlie sortit son mobile, effectua une recherche, et lui fit entendre la bande audio.

— Voilà ce que ça donne.

— C'est très joli, tous ces sifflements et ces trilles. Ils chantent vraiment fort !

— Ce sont des frimeurs, dit Charlie avec un large sourire.

— Des mâles… Il fallait s'y attendre, répliqua-t-elle, pince-sans-rire.

Charlie haussa les sourcils.

— Tu es vraiment tombée sur des sales types, hein ?

— Ne crois surtout pas que je suis amère. Je ne leur aurais jamais permis de gâcher ma joie de vivre. De plus, quelqu'un de très avisé m'a dit un jour que le meilleur juge de moi-même, c'était moi !

Elle n'avait donc pas oublié ce qu'il lui avait dit, au bout de tout ce temps ?

— Je suis heureux que ça t'ait aidée, lui assura-t-il, sincère.

— Si tu ne m'avais pas fait voir, cette nuit-là, que c'était Damien le problème, et non moi, je serais rentrée dans ma coquille, dit Ella. Mais tu m'as donné le courage d'être moi-même. En tout cas, j'ai renoncé à chercher l'homme idéal. C'est plutôt à lui de me trouver !

Abrupt, Charlie changea de sujet.

— On pourrait passer des vêtements plus pratiques pour aller en forêt et se retrouver à mon cottage à 22 heures ? proposa-t-il en consultant sa montre.

— D'accord.

Il s'en était fallu de peu pour qu'ils s'embrassent, pensa Ella, tandis qu'elle échangeait sa petite robe noire et ses escarpins contre un jean et des bottes. Elle passa en revue ses photos : la cabane de berger avait l'air idyllique, la nourriture délicieuse. Et, rieurs devant l'objectif, elle et Charlie avaient tout d'un vrai couple.

— Charlie est un client, et l'associé de ton père, se rappela-t-elle à voix haute. Il n'a pas fait son deuil, et veut une vie à l'opposé de celle dont tu rêves !

Pourquoi toutes ces barrières semblaient-elles fragiles, malgré tout ? Pourquoi frissonnait-elle à l'idée de sentir sur ses lèvres celles de Charlie ? Ils avaient dansé, étroitement enlacés, joue contre joue… Et si le coq n'avait pas lancé son cocorico, ils auraient fini par s'embrasser, elle en était certaine.

Qui savait où cela les aurait menés ?

Peu avant 22 heures, elle entendit frapper à la porte de la cuisine.

— Pile à l'heure ! lança-t-elle quand Charlie poussa la porte et entra.

Il lui remit une torche, et elle le suivit vers le bois, attentive à mettre ses pas dans les siens. Mais ses pensées vagabondaient, et soudain, tirée de sa rêverie, elle sentit qu'elle dérapait sur le terrain glissant.

Charlie réagit à la vitesse de l'éclair. Il se retourna, la saisit de sa main libre et, d'un mouvement de balancier, l'aida à rétablir son équilibre.

Elle avait échappé à un plongeon dans la boue, mais ils se retrouvaient de nouveau lovés l'un contre l'autre, enveloppés par le halo de la torche qu'elle avait laissée tomber à terre. Elle peinait à respirer, et lui aussi.

Il était proche, tout proche, comme s'il ne parvenait pas à prendre ses distances. Il s'humecta les lèvres, et elle sentit un picotement sur les siennes. Jamais elle n'avait eu une si dévorante envie d'embrasser quelqu'un !

C'était insensé, elle s'en rendait compte. Pourtant, elle se surprit à s'incliner, il fit de même. Et sa bouche virile effleura la sienne. Une première fois, une deuxième, presque timidement, mais avec une telle douceur ! Éperdue, elle glissa les bras sous les siens et l'attira à elle. Il posa la main sur sa joue et, enfin, sa bouche se posa sur la sienne, douce et tendre.

Le cri prolongé d'un hibou se fit entendre, Charlie s'écarta aussitôt.

— Désolé, je…

Il n'alla pas plus loin. Ella secoua la tête. Elle n'était pas désolée, et ne voulait pas qu'il le soit.

— Ce n'est pas ta faute, dit-elle, c'est dû à la surcharge d'adrénaline, quand tu m'as empêchée de tomber. Cela ne signifie rien...

— Bien sûr.

Ella mentait et aurait parié que Charlie mentait autant qu'elle. Ce baiser n'était pas anodin ! Mais elle avait besoin de temps, de recul pour y réfléchir.

Charlie lui passa sa propre torche, puis descendit dans le fossé pour récupérer celle d'Ella. Il essuya son jean taché de boue.

— Allons trouver ce rossignol ! dit-il.

Elle lui emboîta le pas, contrariée par la gêne soudaine qui s'était installée entre eux.

Soudain, elle entendit un chant doux, complexe, avec de brefs « couplets », puis des pauses suivies de trilles.

— C'est lui ? C'est le rossignol ? demanda-t-elle.

— Non, c'est un rouge-gorge.

— Je vais quand même enregistrer. C'est très joli. Et il chante drôlement fort !

Il s'immobilisa, pour que le bruit de ses pas ne s'inscrive pas sur la bande-son, puis ils continuèrent à avancer. Bientôt, Charlie s'arrêta.

— Écoute, chuchota-t-il.

Ella tendit l'oreille, et ne tarda pas à percevoir une succession de phrases sifflotées, de trilles exubérants, plus sonores encore que le chant du rouge-gorge. Après avoir enregistré pendant une minute, elle resta à l'écoute, fascinée, jusqu'à ce que l'oiseau redevienne silencieux. C'était un moment d'une beauté profonde, qu'elle n'aurait voulu partager avec nul autre que Charlie...

— Tu dois te lever tôt pour la traite, dit-elle quand l'oiseau eut cessé de chanter. Il vaut mieux que je ne te retienne pas plus longtemps.

— Je te raccompagne à la ferme, alors.

— Merci.

Après avoir failli s'étaler par terre, elle n'allait pas prétendre qu'elle retrouverait son chemin dans les ténèbres !

Encore secoué par leur baiser, Charlie n'était pas très enclin à bavarder, sur le chemin du retour à travers bois.

— Si nous évitons de parler et restons discrets, nous entendrons peut-être d'autres rossignols ou rouges-gorges, pendant la route, suggéra-t-il.

— Bonne idée.

Soulagé, il constata pourtant que le silence ne l'aidait en rien. Il lui laissait tout loisir de penser à la façon dont il avait embrassé Eleanor Newton – et la façon dont elle lui avait rendu son baiser. À la douceur de sa bouche, à sa réponse, d'abord timide, se muant en étreinte.

Il y avait longtemps, très longtemps qu'il n'avait embrassé une femme ainsi. Que lui avait-il donc pris ?

Ella était la première femme qu'il eût réellement embrassée depuis Jess. Il ne se reprochait pas de lui être infidèle, non. Jess était partie depuis cinq ans, et s'il était honnête avec lui-même, il devait avouer qu'il se sentait seul. Profondément seul.

Mais en même temps, l'idée d'un rapprochement avec Ella le terrifiait. Il savait qu'elle ne voulait pas rester dans le Norfolk et, de son côté, il rejetait son ancienne vie à Londres. Il n'y avait donc aucun compromis possible. L'un d'eux devrait renoncer à sa vie pour accommoder l'autre. Ce qui serait injuste pour elle comme pour lui.

Au moment où ils atteignirent la ferme, ce fut d'une voix plutôt bourrue qu'il lui dit :

— Bonne nuit, Ella.

— Bonne nuit. Et merci de m'avoir fait entendre le chant des rossignols.

Elle avait répondu avec aisance, d'une voix assurée et normale. Le baiser ne l'avait visiblement pas perturbée, contrairement à lui.

— De rien, répondit-il, les mains dans les poches, épaules rentrées.

Pourvu qu'elle ne l'invite pas à prendre un dernier verre ! Il ne se sentait pas capable de l'affronter sous une lumière vive, d'autant qu'il la croyait plutôt douée pour lire dans l'esprit des gens et deviner ce qu'ils tenaient à cacher.

— Bon, je ferais mieux d'y aller. La traite n'attend pas…

— Bien sûr.

Il attendit qu'elle ait refermé la porte, puis prit le chemin de son cottage. Agité, il mit longtemps à trouver le sommeil. Et quand il y céda enfin, ce fut pour rêver qu'il embrassait Ella…

6

Fait numéro un : Ella avait aimé que Charlie l'embrasse. Fait numéro deux : elle avait aimé lui rendre son baiser. Fait numéro trois : dans à peine plus d'une semaine, deux cents kilomètres les sépareraient, leur vie durant. Il était donc stupide de fantasmer sur Charlie. N'est-ce pas ?

Elle aida sa mère à préparer une cabane de berger pour de nouveaux arrivants, ce qui ne lui facilita pas les choses ! Elle n'arrêta pas de penser à son dîner avec Charlie dans la cabane voisine, et à leur baiser dans la forêt, qui l'avait chamboulée.

Qu'est-ce qui ne tournait pas rond chez elle ? Elle était censée se concentrer sur son job et sa promotion, pas rêver à un homme qui n'était pas fait pour elle.

— Chérie ?

Ella s'empourpra en réalisant que sa mère lui parlait.

— Pardon, j'étais distraite. Tu disais ?

— Je te demandais ce que tu pensais des cabanes.

— Elles sont charmantes, dit Ella. Je pense qu'on devrait leur attribuer des noms de fleur ? L'une s'appellerait Primevère, et les notes colorées de son décor seraient jaune d'or, par exemple.

— C'est une super idée, approuva Angie. Je ferai faire des plaques en bois avec leurs noms.

— Les jardins qui entourent les cabanes sont jolis, avec toute cette lavande qui sent merveilleusement bon en été, reprit Ella. Et les panneaux de clôture en osier sont du plus bel effet. D'où viennent-ils ? Je pourrais demander à ceux qui les fabriquent de donner des cours de vannerie.

— Ils ne sont pas très loin, une quinzaine de kilomètres. Charlie pourrait t'y emmener, si tu veux, dit Angie en coulant à sa fille un regard en biais.

— Il n'en aura pas le temps. Il a beaucoup à faire avec les animaux, à cette époque de l'année. Je t'emprunterai ta voiture, si tu permets.

— C'est sympa, que tu travailles avec lui.

Sa mère semblait pleine d'espoir, et Ella était sûre de savoir où elle allait en venir. Mieux valait étouffer ses espoirs dans l'œuf.

— Maman, pour le moment, nous travaillons ensemble. Nous sommes en train de devenir amis, mais ça s'arrêtera là, dit-elle – même si elle espérait en secret le contraire. Et je rentre à Londres à la fin de la semaine prochaine.

— J'avais espéré..., commença Angie. Pardon. Je ne cherche pas à régenter ta vie. C'est juste que tu me manques, Ella. Te voir ici, c'est comme si cet endroit avait retrouvé son cœur battant.

— Je t'aime, maman. Je vous aime, papa et toi. Je ne cherche pas à vous fuir, tu peux me croire. Mais ma vie est à Londres. C'est là que j'ai ma place.

— Tu pourrais l'avoir ici. Regarde tout le travail que tu accomplis pour la ferme ! Il y a des tas d'entreprises locales qui adoreraient bénéficier de tes idées. Rien ne te force à vivre avec nous ; tu peux t'installer dans un des cottages, pour avoir ton indépendance.

— J'apprécie vraiment ta proposition, maman. Et ton soutien ainsi que celui de papa. Mais je ne peux pas rester, dit Ella le plus gentiment qu'elle put. Je rentre à Londres.

Angie s'efforça visiblement de faire bonne figure, et Ella se sentit encore plus mal.

— Il y a quelqu'un qui t'attend à Londres ?

Ella étreignit sa mère.

— Non, maman. Je n'ai pas trouvé l'homme de ma vie.

Elle tenta d'oublier qu'en embrassant Charlie, la veille, elle avait eu le sentiment d'arriver au port… Car elle et Charlie avaient des projets très différents qui ne laissaient la place à aucun compromis.

Charlie était conscient de devoir se retrouver face à Ella à un moment ou l'autre de la journée. Ils devaient continuer à travailler ensemble, mais les sentiments qu'il lui portait n'avaient rien de professionnel. Elle le bouleversait tellement qu'il ne savait plus où il en était.

Il devait se ressaisir, et vite ! Pour le bien de Bluebell Farm.

Alors qu'il avalait un café, prêt à aller chercher les vaches, le bipeur de son mobile lui annonça un message. Ella ?

Non, bien sûr que non. Quelle idée grotesque !

C'était sa sœur cadette, Jo, qui se manifestait avant de sortir promener son chien.

Quelque chose à nous annoncer, Charlie ?

Il fronça les sourcils, et répondit :

Désolé, je ne comprends pas.

Jo lui envoya le lien d'une page du site de Bluebell Farm. Il cliqua dessus, et lâcha un soupir. C'était un collage des photos de la veille : la table mise, les guirlandes lumineuses, les mets… et quelques photos d'Ella et lui ensemble, en train de rire et de trinquer.

Il envoya un message d'explications.

C'est Ella. Tu t'en souviens sûrement, la fille de Mike et Angie. Elle était dans ta classe. Elle réorganise le marketing de la ferme. On consacre le budget aux réservations et à la boutique en ligne, et on économise en servant nous-mêmes de modèles.

Jo mit un temps à réagir. Puis :

Si tu le dis ! Mais à voir vos expressions…

Il répondit :

Hé ! Propose-nous pour un Oscar. Il n'y a rien entre nous !

Mais Jo n'avait pas tort. Ella et lui avaient l'air d'un vrai couple. Un couple amoureux.

Il explora le site pour voir ce qu'elle y avait introduit. Il y avait quelques photos de fleurs, avec de petits commentaires pittoresques et instructifs, même pour lui. À ce qu'il pouvait voir, le nombre de *likes* augmentait régulièrement. Ils étaient bel et bien en train de conquérir un public.

Puis il tomba sur l'enregistrement du rossignol. Ella avait réduit le chant mélodieux à une trentaine de secondes, intitulées : Un rossignol chante à Bluebell Wood.

Avez-vous déjà entendu le chant du rossignol ? Imaginez que vous dansez à deux, joue contre joue, au milieu de la forêt où trille le rossignol, dans l'air inondé du parfum des jacinthes sauvages. Le plus doux des chants. Le plus doux des baisers.

Il s'embrasa. Un instant, les yeux clos, il se remémora le moment où il avait dansé avec elle, la senteur vanillée de son parfum, la tiédeur de sa peau contre la sienne, leur étreinte… La façon dont ils s'étaient regardés à la lueur de la torche, quand il l'avait sauvée d'une chute dans le fossé et qu'ils s'étaient inclinés l'un vers l'autre. Puis la douceur provocante des lèvres d'Ella, à la fois exigeantes et offertes…

Rien que d'y songer, il avait le vertige, tiraillé entre le désir et la culpabilité.

Il devrait trouver – il *trouverait* – le moyen de restaurer l'équilibre avec Ella. Mais tant qu'il ne se serait pas éclairci les idées, il ferait sans doute mieux de l'éviter.

Après avoir aidé sa mère, Ella rendit visite à Rosie de l'autre côté de la ville et passa un moment merveilleux à apprendre à filer la laine. Elle fut enchantée que cette dernière accepte de créer un cours de teinture naturelle et de participer à une exposition d'artisanat dans le café.

En voiture, elle prit connaissance de ses mails, ravie de voir les quatre projets de logo de Frieda. L'un se détachait du lot, à ses yeux. Mais la décision ne lui appartenait pas. Elle devait discuter avec ses parents.

Et Charlie.

Un soupir lui échappa. Depuis le baiser, il y avait entre eux comme un malaise. Ce matin, elle l'avait évité, et elle aurait juré qu'il l'avait évitée aussi. Mais si elle voulait bien faire son job, elle devait dépasser ça. Le meilleur moyen d'aller de l'avant était peut-être de faire comme si le baiser n'avait pas eu lieu. De rester professionnelle.

Elle envoya un message.

Salut. Parlé des cours avec Rosie et reçu projets de logos de Frieda. Quand es-tu libre pour discuter du site web ? Merci, E.

Elle venait de se garer devant la ferme quand elle reçut une réponse.

Libre à 15 heures Dans ma cuisine ? Mettrai la bouilloire en route. C.

Son soulagement lui révéla à quel point elle avait été tendue. Charlie aussi voulait visiblement faire comme si le baiser n'avait pas eu lieu. Tant mieux !

Elle répondit :

15 heures, ça me va.

Elle passa voir sa mère et Lisa au café, convint d'assister le lendemain au cours d'initiation à la fabrication de fromage. Puis elle réalisa quatre maquettes de la page d'accueil du site web de la ferme en utilisant les divers logos.

Cependant, elle se sentit de nouveau nerveuse quand elle prit le chemin du cottage de Charlie en emportant son ordinateur portable. Que ferait-elle si Charlie lui parlait du baiser qu'ils avaient échangé ?

On frappa à la porte à 15 heures précises.

Ella.

Reste calme et détaché, s'intima Charlie, allant ouvrir.

Elle était vêtue avec décontraction – jean, T-shirt et chaussures en toile –, un sac à l'épaule. Il aurait préféré sa tenue professionnelle de Londres, qui la faisait paraître plus distante.

Ce fut malgré lui d'une voix bourrue qu'il demanda :

— Veux-tu du café ?

Elle réagit comme s'il s'était montré tout à fait charmant.

— Volontiers, Charlie, merci.

— Assieds-toi donc, dit-il.

Il s'affaira à préparer le café, en espérant que cela l'aiderait à recouvrer ses esprits. Quand il apporta deux gobelets à table, elle avait sorti et allumé son portable.

— Frieda m'a envoyé quatre logos. J'ai préparé des maquettes de la nouvelle page d'accueil, mais je voudrais examiner ça avec toi. J'ai aussi rédigé quelques posts qu'on pourrait programmer pour les semaines à venir.

— J'ai vu ton petit topo sur les jacinthes sauvages, dit-il. Très instructif. Et j'aime bien ton style.

Elle rosit.

— Merci.

Où allait-il s'asseoir ? En face d'elle, c'était trop intime. À sa droite, il risquerait de l'effleurer, et ça aussi, c'était trop intime. Rien que d'y penser, il avait l'impression d'avoir le corps en feu. Pourquoi se sentait-il si désarçonné, si peu à sa place sous son propre toit ?

Car c'était ici, son foyer. Le cottage ne lui appartenait peut-être pas, mais il s'y sentait chez lui.

Tout à fait perdu, et conscient qu'Ella en était la cause, il posa les gobelets sur la table et prit place en bout de table. Elle déplaça l'écran pour qu'il puisse le voir.

— Voici les quatre propositions de Frieda.

— J'aime vraiment celui-ci, où elle a transformé le « F » de « Farm » en jacinthe, dit-il.

— C'est aussi mon préféré. Je crois qu'il serait très bien sur le site web, les dépliants et les étiquettes. Dès que les gens verront cette fleur, c'est à nous qu'ils penseront. Mais il faut que maman et papa partagent notre avis.

— Ils seront d'accord, j'en suis sûr.

Il voulut se convaincre qu'il pouvait se concentrer sur le travail. Même si, en ce moment, son imagination lui dépeignait Ella allongée sur une couverture de pique-nique, rieuse, les lèvres rouges à cause des fraises qu'il lui avait données à croquer une à une…

Non ! Que lui arrivait-il, bon sang ?

— Rosie a accepté de donner un cours de teinture naturelle, dit-elle avec un grand sourire. Et je me suis essayée à filer la laine, aujourd'hui.

Il s'empara avec soulagement de ce sujet neutre.

— Et ça s'est passé comment ?

— Elle m'a montré des écheveaux différents, et comment carder la laine. J'aimerais bien que les gens travaillent celle de nos moutons. J'ai essayé de filer avec un fuseau. C'est fou de penser que, pendant des millénaires, ce travail était réservé aux femmes !

Elle lui montra des photos d'elle, souriant jusqu'aux oreilles, tandis qu'elle faisait tourner le fuseau. Il aurait été si facile de se pencher vers elle et de l'embrasser encore… *Concentre-toi, bon sang !* s'intima-t-il.

— Et c'était facile de filer ?

— Non, j'ai vraiment eu du mal. Tu veux voir l'écheveau que j'ai fait ?

Elle tira de sa poche un ensemble de fils irréguliers, parfois entortillés sur eux-mêmes, qui ne payait vraiment pas de mine.

— Je trouve ça horrible aussi ! déclara-t-elle, riant de nouveau. En revanche, la laine est incroyablement douce. Tiens, touche…

Mauvaise idée, car il pensa à la douceur de la peau d'Ella. À son envie de l'embrasser…

— Ma sœur m'a envoyé un message, ce matin, dit-il. Au sujet de ton post.

— Sur les jacinthes ?

— Les cabanes de berger.

— J'en suis contente. À nous deux, nous avons fait du bon travail.

— Oui, mais Jo a cru que nous sortions ensemble.

Elle se figea.

— Et qu'est-ce que tu lui as dit ?

— Qu'elle pouvait nous proposer pour un Oscar.

— Bonne réplique ! fit-elle en vidant son gobelet. Bon, je vais te laisser continuer ton travail. Je te ferai savoir ce que maman et papa pensent du logo.

Ella lui adressa un sourire visiblement tendu, puis quitta la cuisine.

Il resta pensif. Était-elle contrariée parce que Jo avait cru qu'ils sortaient ensemble, ou parce qu'il avait été prompt à réfuter la suggestion ?

Poser carrément la question à Ella reviendrait à ouvrir la boîte de Pandore. Il se promit de réfléchir à un meilleur moyen d'aborder le sujet.

Charlie travaillait dans le bois, une heure plus tard, lorsqu'il aperçut les cygnes dans la mare, avec leurs cygneaux. Un spectacle à ne pas manquer, pour Ella. Malgré la gêne sourde qui s'était installée entre eux, il lui téléphona.

— Peux-tu venir cinq minutes ? Tout de suite, je veux dire.

— Euh, oui. Pourquoi ?

— Tu verras. Si ta batterie est à plat, tu pourras utiliser mon mobile.

— Mais où es-tu, exactement ? demanda-t-elle, intriguée.

— Près de la mare, dans la forêt.

— J'arrive !

Il filma les cygnes et leurs bébés pour le cas où elle arriverait trop tard. Mais quand il entendit un pas derrière lui, il sut que c'était elle.

— Qu'y a-t-il de si urg... Oooh ! fit-elle en apercevant les cygnes.

Son visage s'éclaira de plaisir, ses yeux pétillèrent.

— Merci de partager ça avec moi, dit-elle en commençant à filmer. Ils sont magnifiques !

Elle filma les bébés cygnes qui nageaient sur le lac entre leurs parents, la mère en tête, le père fermant la marche. Ils finirent par sortir de l'eau et s'installer sur la rive, sous le soleil filtré par le feuillage.

— C'était génial, dit-elle. Merci.

— J'étais sûr que ça te plairait. Cet aspect de la ferme ne te manque pas ? osa-t-il demander.

— Il y a aussi des cygnes à Londres, tu sais. À Kensington Park, Bushy Park... Il y a même des cygnes noirs à St. James's Park.

En effet. Il les avait vus, à Londres. Et il trouvait qu'elle se récriait un peu trop vivement. Même si elle refusait de l'admettre, elle commençait à voir de nouveau le bon côté de la vie ici.

— Au fait, mes parents sont du même avis pour le logo. Mais nous avons encore du boulot sur le packaging et la gestion de l'envoi des denrées périssables avant de pouvoir tester la boutique en ligne.

— Je salue tes dons d'organisation, fit Charlie. Et qu'est-ce qu'il nous reste à faire, pour les mariages ?

— Une photo de couple au coucher ou au lever du soleil, avec la prairie de fleurs sauvages en arrière-plan.

— Demain, le soleil se lève à cinq heures et demie, dit-il, consultant la météo sur son mobile. Tu peux être dans les champs à cette heure-là ? Nous aurions droit aux belles couleurs de l'aurore.

— L'immensité du ciel et ses teintes d'aquarelle... Cela me manque, à Londres.

— Alors, c'est entendu comme ça. Bon, je te laisse retourner à ton job.

Ella lui sourit, avec une expression chaleureuse et, à son grand soulagement, sans méfiance.

— D'accord, à demain 5 heures devant chez toi, alors !

7

Le vendredi venu, Ella retrouva Charlie devant sa porte. Il avait une couverture imperméable sur un bras, et tenait deux gobelets de café. Il lui en tendit un.

— Merci. Je n'y ai même pas pensé.

Le ciel était encore bleu pâle quand ils arrivèrent à l'endroit choisi.

— Pour ce qui est de la symphonie de couleurs, on repassera ! dit-elle, déçue.

— On a quand même droit au concert des oiseaux, nota Charlie.

Elle fit un enregistrement, puis s'assit près de lui sur la couverture, en frissonnant.

— Il fait plus frais que je ne m'y attendais.

— On peut essayer de se réchauffer l'un l'autre, dit-il en se rapprochant et en l'enveloppant de son bras. C'est mieux, comme ça ?

— Oui, répondit Ella.

Peu à peu, le ciel devint couleur lilas, et le soleil, d'un rose profond et intense, apparut à l'extrémité des champs.

— Quelle merveille ! s'exclama-t-elle en prenant une série de clichés alors que l'astre du jour s'élevait graduellement dans le ciel.

— C'est extraordinaire, approuva Charlie. Cela valait le coup de se lever bien avant la traite.

— Tu veux que je te donne un coup de main, ce matin ? demanda Ella.

— Si tu en as le temps.

Elle prit plaisir à amener les vaches, à les traire à la main, puis à transporter les seaux pleins et couverts à la laiterie toute proche.

— J'assiste au cours de maman, ce matin, dit-elle. Je pourrais rapporter du fromage et nous préparer des pâtes pour le dîner.

— Nous pourrions cuisiner ensemble, proposa Charlie. Je me charge du dessert et du vin.

— D'accord ! Je prendrai quelques photos, si ça ne te dérange pas.

Ella participa au cours de sa mère dans la matinée, prit dans la boutique ce qu'il lui fallait pour cuisiner, et travailla encore un peu au site de la ferme avant de se rendre chez Charlie.

— Alors, que prépare-t-on ? s'enquit-il.

— Des *gnocchis alla Sorrentina*. J'ai précuit les pommes de terre chez maman, pour gagner du temps.

— Nous allons faire les gnocchis ?

— C'est facile. Des pommes de terre et de la farine. De l'huile d'olive plutôt que des œufs. Et j'ai emprunté son presse-purée à maman parce que je parie que tu n'en as pas. Tu verras, ça va te plaire !

Elle s'amusa à apprendre à Charlie comment confectionner les gnocchis, former les petites rainures sur les boules de pâte à l'aide d'une fourchette, et le photographia en plein travail. Elle prépara la sauce avec des tomates, du basilic et de la mozzarella pendant la cuisson des gnocchis, puis enfourna le plat pour le faire gratiner.

— Je me sens un peu coupable d'avoir triché pour le dessert. J'ai acheté des fruits rouges, de la glace et des sablés dans la boutique de la ferme.

— Ce n'est pas moi qui m'en plaindrai !

Ils mirent le couvert, puis dégustèrent le plat.

— Délicieux, commenta Charlie. C'est le fromage de ta mère ?

— Oui, façon mozzarella. Nous affinons aussi d'autres variétés. J'aurai peut-être besoin que tu m'envoies des photos quand je serai à Londres.

Aussi loin que remontaient ses souvenirs, c'était la première fois qu'elle n'était pas impatiente de rentrer. Ce qui était ridicule. Sa place était à Londres, pas ici.

Elle repoussa cette pensée et, une fois leur repas terminé, elle se pelotonna sur un coin de son canapé, un verre de vin rouge à la main, de la musique en arrière-fond.

— J'ai été impressionné de te voir soulever les seaux pleins de lait, ce matin, observa Charlie.

— Quinze litres à soulever, ce n'est rien pour moi. Je vais en salle de sport, je te l'ai déjà dit. Ça me vide la tête après le boulot. Je participe à plusieurs cours avec ma meilleure amie : zumba, aérobic, vélo en salle. J'imagine que tu te passes aisément de ça, tu te donnes bien assez d'exercice à la ferme.

— Je marche beaucoup, je soulève du poids... ça suffit à me faire transpirer. J'aimerais avoir un chien qui m'accompagne dans ma tournée, avoua Charlie.

— Bluebell Farm n'est plus la même sans un chien, dit Ella. Quand nous avons perdu notre Honey, grand-mère allait très mal, et papa a trouvé que ce n'était pas le bon moment pour élever un chiot. Et ensuite, on était toujours trop occupés pour ça...

— Dis-moi, il nous reste à faire des photos de la grange décorée pour un mariage et de nos fausses « fiançailles ». Comment allons-nous procéder ?

— Grand-mère m'a légué sa bague de fiançailles. Nous l'utiliserons pour les photos... Tu es bien sûr de vouloir te prêter à ça ?

— Bizarrement, oui. Tu m'as donné le sentiment que... tout était possible, ici.

— J'en suis heureuse.

— Demain, je suis libre. Il devrait faire beau, alors nous pourrions aller à la plage, si ça te tente.

— Oh ! oui ! On fera des châteaux de sable ! Il faut montrer que la ferme est aussi un super lieu d'accueil pour les familles. On pourrait pousser jusqu'à Wells-next-the-Sea ? Je me souviens que papa nous y emmenait tous en voiture, et qu'on marchait le long de la plage jusqu'à Holkham, avant de revenir prendre un chocolat chaud et des gâteaux au café.

— Va pour Wells !

La journée était idéale lorsque Charlie les emmena à la plage. Le ciel, où flottaient de petits nuages cotonneux, avait le bleu intense des débuts du printemps, et il faisait assez bon pour se passer de manteau.

— C'est une vraie fête de venir à la plage, dit Ella. Cela me manque, à Londres. Je suis allée à Brighton, mais c'est une plage de galets. Il est plus agréable de marcher sur du sable.

— Et c'est encore plus agréable avec un bon café, enchaîna Charlie, en sortant d'un panier des gobelets en carton.

Les gens étaient attablés au café de la plage avec leurs chiens, profitant du soleil. Ella s'attarda à jouer avec un tout jeune labrador, si bien que lorsqu'elle rejoignit Charlie à l'intérieur, il avait déjà acheté leurs cafés - et, à son grand amusement, des seaux et des pelles.

— Non, sans rire ?

— Tu voulais des photos de châteaux de sable, non ? lui rappela-t-il. Si nous les faisons à la main, ils seront fragiles.

— Tu as raison. Merci d'y avoir pensé.

Il haussa les épaules d'un air satisfait.

— La marée a lieu quand ? demanda-t-elle, se rappelant que la mer remontait vite dans cette partie de la côte.

— En début de soirée. Nous avons du temps.

Ella retroussa son jean jusqu'aux genoux et enleva ses chaussures, ravie de sentir le sable humide sous ses pieds.

— Tu vas barboter dans la mer du Nord alors que mai vient de commencer ? s'étonna Charlie.

— J'adore ! Le déferlement des vagues sur le sable, le bruissement du ressac... Tu n'as pas le courage de venir avec moi, hein ?

— Je suis très bien comme ça. Je surveillerai tes chaussures et ton café, dit Charlie, qui s'assit sur le sable.

— C'est toi qui vois, fit-elle en allant patauger à la lisière de l'eau.

C'était dans une occasion comme celle-ci que son fiancé marcherait près d'elle dans les vagues, la soulèverait dans ses bras et ferait mine de la lâcher dans l'eau. Elle pousserait des cris, il en rirait, puis l'embrasserait...

Sauf qu'elle et Charlie n'étaient pas en couple. Et venir ici n'avait peut-être pas été une très bonne idée. Si Charlie avait aimé aller à la plage avec Jess, cela devait lui rappeler des souvenirs – et avec les souvenirs, venait le chagrin.

Dans un accès de culpabilité, elle courut le rejoindre.

— Est-ce que ça va ? lui demanda-t-elle.

— Oui. Pourquoi ?

— C'était ton idée de venir, mais tu ne profites pas de l'eau, et tu as l'air pensif, dit-elle en lui serrant brièvement la main. Je suppose que Jess adorait la mer.

— Oui. Nous avons passé notre lune de miel à Sainte-Lucie, c'était fabuleux. Une mer de cobalt, du sable blanc, les volcans autour. Nous avons randonné dans la forêt pluviale, visité des cascades, marché près des fumerolles de la Soufrière. Et comme c'était la saison des éclosions, nous sommes allés voir les tortues.

— Ça a dû être extraordinaire. C'est ce qui t'a décidé à passer ton master en sciences environnementales ?

— La graine a dû être semée à ce moment-là. Je voulais changer le monde, le rendre meilleur.

— Et c'est ce que tu fais. Je n'ai pas connu Jess, mais je suis sûre qu'elle est là en ce moment, et vraiment fière de toi et de ce que tu accomplis à Bluebell Farm.

— Tu as peut-être raison, dit Charlie. C'est drôle... tu es la seule à qui je puisse parler d'elle.

— Sans doute parce que je ne l'ai pas connue, observa Ella. Il en va autrement avec sa famille et ses amis, parce que tu essaies probablement de ménager leurs sentiments, de ne pas attiser leur chagrin.

— J'apprécie ça, dit-il, en mêlant ses doigts aux siens. Je t'apprécie, *toi*.

— Je t'apprécie aussi.

Des picotements lui parcouraient la peau, au contact des doigts de Charlie. Et elle faisait plus que l'apprécier. En fait, elle aurait pu très facilement tomber amoureuse de lui. Mais, vu ses expériences passées avec les hommes…

— Il est grand temps qu'on s'attaque aux châteaux de sable. Je te mets au défi d'en faire un plus beau que le mien ! dit-elle en dégageant doucement sa main et en programmant une alarme sur son mobile. On a dix minutes. C'est parti !

Armés chacun d'un seau et d'une pelle, ils entassèrent du sable dans les seaux et façonnèrent des tours, creusèrent des douves. Charlie ne parlait pas, concentré sur sa tâche. Mais au soulagement d'Ella, il semblait moins assombri qu'un peu plus tôt.

Quand l'alarme retentit, elle venait d'achever une série de fenêtres dans sa tour, à l'aide de coquillages.

— Très bien, le jury va se prononcer, plaisanta-t-elle. Le château Webb a cinq tours parce que son bâtisseur est très orgueilleux. Il a un fossé, mais pas de pont-levis, pas de portes ni de fenêtres. Quant à ce bout d'algue fiché sur une brindille, il est censé être un fanion, je suppose ?

— C'est *évidemment* un fanion. Aux armes du châtelain. Passons au château Newton, maintenant ! Il possède quatre tours, ce qui est très conventionnel. Pas de fanion, donc il pourrait appartenir à n'importe qui…

— Oui, mais moi, un pont-levis enjambe mon fossé, protesta-t-elle, désignant des coquilles de couteaux. J'ai aussi un portail et des fenêtres. J'ai gagné !

— Ah, non !

Que faire, sinon lui renverser dessus son seau plein d'eau de mer au lieu de le verser dans ses douves ? Elle esquissa le geste, tandis qu'il disait :

— Tu joues à un jeu dangereux, là. Parce que je pourrais très bien t'emporter dans mes bras jusqu'à la mer et te flanquer dedans !

— Je te faucherais aussitôt par les jambes et tu serais trempé aussi. Tu as de quoi te changer en voiture ? Ou même une serviette ?

— Euh... non. On devrait peut-être décréter une trêve.

— Reconnais d'abord que mes fenêtres sont jolies.

— Si tu admets que mon fanion est génial, dit Charlie, croisant les bras.

Elle lui fit signe d'approcher. Il inclina la tête pour qu'elle puisse murmurer à son oreille.

— Il est nul..., souffla-t-elle.

— Fin de la trêve ! dit-il en la soulevant dans ses bras.

— Non ! Non, Charlie ! s'écria-t-elle, choquée. Tu n'oserais pas !

— Répète : le fanion est génial.

— Ce n'est qu'un bout d'algue piqué sur une brindille. Mes coquillages sont jolis, eux.

Charlie était dans l'eau, maintenant, jusqu'à mi-mollet. Vu la façon dont il la portait, il lui était impossible de replier les jambes autour de ses reins, mais elle pouvait se cramponner à son cou.

— Alors, ça vient ?

— Tu peux toujours espérer ! Lâche-moi dans l'eau et tu boiras la tasse aussi !

— Suis-je censé avoir peur ?

— Et comment ! Je suis Ella Newton. Tout le monde sait que ce que je promets, je le tiens !

Elle retint son souffle sous le regard de Charlie, si bleu, et plus scintillant que l'océan. Ses cheveux mouillés commençaient à sécher, formant de légères ondulations, lui donnant l'allure d'un dieu grec. Et sa bouche incurvée en un sourire taquin était la tentation incarnée...

Lui aussi contemplait sa bouche, comme s'il avait des idées pareilles aux siennes. Comme si elle était quelque nymphe, une sirène, et lui un marin piégé par son chant.

Au moment où elle crut qu'il allait mettre sa menace à exécution et la flanquer à l'eau, il la reposa doucement sur le sol et, soudain, elle n'y tint plus. Attirant sa tête vers elle, elle l'embrassa, goûtant à ses lèvres chaudes et douces. Insistante, elle accentua le baiser. Elle sentait, contre elle, son grand corps musclé et ferme, façonné par le labeur à la ferme. Charlie Webb lui tournait la tête. Jamais elle n'avait autant désiré quelq…

Elle poussa un cri aigu et s'écarta de lui alors qu'elle était éclaboussée d'eau de mer glacée. Un labrador couleur chocolat, une balle de tennis dans la gueule, gambadait près de la rive et les aspergeait.

Heureusement que l'eau froide les avait ramenés à la raison ! Qui pouvait dire où ce baiser les aurait menés ?

— Pardon… je n'aurais pas dû faire ça.

— Je n'aurais pas dû t'embrasser non plus, dit Charlie, empourpré.

— Faisons comme si ça n'avait pas eu lieu.

— Mais c'est arrivé, ajouta-t-il. Deux fois. Et si nous voulons être honnêtes, je crois que nous avons tous les deux envie que ça se reproduise.

Elle en resta sans voix.

— Ella ?

— Oui. Je ressens la même chose.

— Qu'allons-nous faire à ce sujet, alors ?

Il se montrait plus courageux qu'elle en posant cette question. Elle lui devait d'être honnête.

— Je rentre à Londres dans une semaine. Ma vie est là-bas, pas ici. Et je… Mes liaisons ont toutes tourné au désastre. Depuis l'invitation de Damien Price.

— Cette soirée a vraiment laissé des traces profondes, n'est-ce pas ? demanda Charlie.

De nouveau, Charlie lui prit la main, mêlant leurs doigts.

— Damien Price était un jeune homme immature et cruel. C'est lui qui est à blâmer, pas toi.

— Est-ce bien sûr ? Car, enfin, pourquoi je choisis toujours des hommes qui semblent parfaits, et qui battent en retraite quand ils découvrent d'où je viens ?

— Je ne suis pas psychologue. Je ne peux pas t'aider à trouver la réponse. Mais je sais d'où tu viens, et ça ne me donne pas envie de prendre la poudre d'escampette.

— Parce que ce monde-là, c'est ton rêve. Et mon cauchemar.

— Crois-tu ? Pendant toute cette semaine, je t'ai vue te donner pour que la ferme prospère.

— C'est mon job. Et il y a une promotion pour moi à la clé, si la campagne est un succès. Et puis, c'est pour mes parents. Et...

Ella s'interrompit tout net.

Et pour moi ? se demanda Charlie. *Ou pour la ferme elle-même ?* Il porta la main d'Ella à ses lèvres et y déposa des baisers.

— Tu me plais, Ella Newton. Tu me plais beaucoup.

— Et tu me plais aussi, avoua-t-elle.

— Tu es la première femme que j'aie embrassée, depuis Jess.

— Mais chaque fois qu'on s'embrasse, on est interrompus. Dame Nature essaie peut-être de nous alerter.

— Prendrais-tu peur, Ella ?

— Non. Oui, fit-elle, fronçant le nez. Tu sais ce que j'attends des cinq ans à venir. Alors, si ce qu'il y a entre nous se développe... serais-tu prêt à revenir à Londres pour être avec moi ?

— Reviendrais-tu à la ferme pour être avec moi ? répliqua Charlie.

— C'est une question, pas une réponse. Ou peut-être en est-ce une. La même que la mienne : non. Je reconnais que la ferme a changé depuis mon adolescence. Mais ce n'est pas Londres. Or c'est à Londres que je veux être.

Amenant leurs mains jointes à sa bouche, elle déposa des baisers sur la main de Charlie, comme il l'avait fait pour elle un peu plus tôt.

— Il serait déloyal de nous lancer dans une aventure. Ça compliquerait tout. Nous devrions convenir d'être amis, et nous en tenir là.

— J'aimerais que nous soyons plus que ça, et je ne le dis pas pour te culpabiliser. Mais je sens bien que tu as raison, admit Charlie, qui n'était pourtant pas prêt à lui relâcher la main. Je tiens à te dire que Damien et tous les autres étaient des imbéciles finis. Tu es à part, Ella. Et tu mérites quelqu'un qui accepte tes origines, te soutienne et t'aide à réaliser tes rêves.

Les beaux yeux bruns d'Ella se remplirent de larmes.

— Toi aussi, tu es à part, Charlie. Et tu mérites quelqu'un qui t'aime et aime la ferme autant que toi.

Il la libéra.

— Bon, dit-il enfin, nous faisons l'école buissonnière alors qu'un travail nous attend ! Photographier nos *acteurs* dans leurs rôles de fiancé et fiancée. Quelle était ton idée ?

— Une bague dans son écrin au sommet d'un château.

— Le château Webb, fit aussitôt Charlie.

— Le château Newton est plus photogénique !

— *Pff !* Un château de fille. Personne ne croira que c'est ton fiancé qui l'a fait !

— Là, tu n'as pas tort.

— Si je comprends bien, je construis un château, tu vas chercher de l'eau pour remplir les douves, et en revenant tu trouves l'écrin ouvert posé au sommet d'une tour ? C'est ça, ton scénario ?

— Il fonctionne, non ? Je vais te montrer la bague, dit Ella en sortant l'écrin de sa poche. Elle appartenait à ma grand-mère.

— Elle est très jolie. C'est celle que tu porteras si tu te fiances ?

— Non. Je la porte presque tous les jours, à Londres. Comme souvenir.

— Quelle bague de fiançailles aimerais-tu, alors ?

— Un anneau toi et moi, je pense.

— Une pierre pour toi, une pour ton fiancé, c'est ça ?

— Oui. Une tanzanite, qui a la couleur de nos jacinthes sauvages, et un cœur en saphir rose.

Avait-elle conscience de ce qu'elle venait de dire ? se demanda Charlie. Elle avait décrit une bague ornée d'une pierre rappelant le lieu de son enfance. Elle prétendait que sa vie était à Londres, mais il avait vu sa joie à la ferme quand elle était avec les animaux, les fleurs, le soleil de l'aurore. Elle admettait qu'elle ne détestait plus être ici. Alors, peut-être devait-il être patient. Attendre qu'elle réapprenne à aimer Bluebell Farm. Et apprenne à l'aimer, *lui*.

Elle déposa l'écrin sur le château de sable qu'il avait façonné, et prit une photo.

— Il manque quelque chose, dit-il.

— Quoi ?

— De l'eau pour le fossé.

Il lui tendit deux seaux.

— Allez ! fit-il en lui désignant l'océan. Vas-y !

Charlie aurait tout de même pu aller chercher de l'eau, pensa Ella avec humeur. Mais peut-être avait-il voulu lui donner un peu d'air, le temps de chasser la nostalgie qui l'avait envahie en pensant à sa grand-mère et aux jacinthes sauvages.

À son retour, les mots écrits sur le sable humide près du fossé lui sautèrent aux yeux.

Veux-tu m'épouser ?

L'espace d'un instant, elle crut que Charlie lui faisait réellement une demande en mariage. Désirait passer sa vie avec elle. Bâtir un avenir…

Le souffle coupé, elle sentit ses jambes se dérober. Puis un chien aboya au loin, et elle revint au réel. Charlie ne voulait pas l'épouser, bien sûr. Il posait le décor pour les photos, rien d'autre. Il n'espérait pas qu'elle allait se pendre à son cou et dire oui.

— Jolie idée, dit-elle. J'aime que tu aies tourné ça comme une question, au lieu d'écrire « Épouse-moi. » Une demande, ce n'est pas un ordre.

Elle coula un regard vers lui, et sut qu'elle avait adopté l'attitude qu'il fallait.

— Un ordre ? Ce n'est pas mon genre, dit-il d'un ton aussi léger que le sien.

— Bon, tu veux bien verser l'eau dans les douves ? Pas trop vite, il ne faudrait pas que l'inscription s'efface avant que j'aie pris la photo. Et mets-toi de ce côté, pour qu'il n'y ait pas d'ombre sur le cliché.

Il s'exécuta, puis elle lui montra la photo : l'eau du fossé brillait au soleil, presque autant que la bague dans son écrin.

— Le public que nous visons s'attendra à voir cette bague à l'annulaire de ta main gauche, dit-il.

Elle eut un léger mouvement de recul.

— Charlie, je ne peux pas te demander d...

— Il n'y a pas de souci, assura-t-il. J'ai de bons souvenirs de mes fiançailles avec Jess. Nous avons besoin de ces clichés pour la ferme. Si tu peux le faire, moi aussi.

Elle prit l'écrin et le lui tendit. Il en sortit la bague, qu'il lui passa au doigt. Puis ils se placèrent ensemble, avec la mer en arrière-fond, elle enlaçant Charlie et montrant sa main où brillait la bague, et ce fut lui qui prit la photo.

Dans une autre vie, cela aurait pu être authentique. Et c'était si tentant !

Mais trop d'obstacles se dressaient sur le chemin.

Ensuite, ils reprirent le chemin de la ville. Ne sachant que dire, Ella prit des photos. Et de son côté, Charlie ne semblait pas non plus enclin à faire la conversation.

Sur le front de mer, ils achetèrent des frites qu'ils dégustèrent assis sur la jetée, sous le regard curieux des mouettes.

— Elles sont bonnes, dit Charlie.

— Très, répondit-elle.

Elle souriait, mais, au fond d'elle-même, elle se posait quantité de questions auxquelles elle était incapable de répondre.

Avait-elle eu tort de dire à Charlie qu'ils devaient s'en tenir à l'amitié ? Aurait-elle dû prendre un risque ? Mais si elle le prenait, ce risque, et que ça tournait mal ?

Comme s'il sentait qu'elle avait besoin de réfléchir, Charlie resta silencieux en revenant avec elle jusqu'à la voiture, et mit de la musique pendant le trajet du retour.

Après avoir ajouté les photos sur les réseaux sociaux de Bluebell Farm, Ella partit en promenade pour s'éclaircir les idées. Alors qu'elle approchait de la ferme après sa balade, son mobile bipa plusieurs fois.

Elle se hâta de regarder, inquiète à l'idée qu'il avait pu arriver quelque chose à l'un de ses parents pendant qu'elle était privée de réseau. Son soulagement de constater qu'aucun d'eux ne lui avait adressé d'alerte fut de courte durée. Car le reste des messages était incompréhensible :

Félicitations !

Il était temps que quelqu'un te tourne la tête !

Puis elle découvrit un message privé de son patron.

Quand je t'ai demandé de rendre virale cette campagne, je n'attendais pas que tu te fiances pour y parvenir…

Fiancée, elle ? Soudain, elle se sentit défaillir en réalisant l'énorme bévue qu'elle venait de commettre. Au lieu de poster les photos sur les réseaux sociaux de la ferme, elle les avait mises sur les siens. Oh ! non ! Mais quel désastre ! Comment avait-elle pu commettre une erreur aussi effarante, elle toujours si méticuleuse ?

Elle se hâta de se connecter sur son compte, supprima les posts et inséra les photos là où elles devaient être. Mais il était trop tard. Les messages continuaient d'arriver. Les gens qu'elle connaissait les avaient fait suivre sur leurs réseaux, et leurs connaissances les faisaient circuler à leur tour…

Elle envoya un message à son patron.

L'air marin m'est visiblement monté à la tête – j'ai posté les photos sur le mauvais compte. C'est pour la ferme ! Nous avons posé nous-mêmes pour économiser sur le budget !

Elle adressa un message équivalent à ses proches amis, mais aucun ne semblait la croire. Ils voulaient tous savoir comment et pourquoi elle leur avait caché cet homme superbe.

Elle devait à tout prix avertir Charlie ! Sa sœur croyait qu'ils se fréquentaient, lui avait-il dit. Mais ce n'était rien à côté de ça !

Elle lui envoya un message.

Es-tu libre ? Il faut que je te parle d'urgence d'une situation épineuse.

Il répondit presque aussitôt :

Tu n'as qu'à venir.

Quand on frappa à sa porte, Charlie ouvrit et tendit un verre de vin à Ella avant même qu'elle franchisse le seuil.

— Merci, mais tu pourrais avoir envie de m'envoyer ton vin à la figure, quand tu sauras la gaffe que j'ai commise.

— Je suis déjà plus ou moins au courant, dit-il. Jo te suit sur les réseaux sociaux. Elle m'a déjà demandé pourquoi je gardais le secret à ton sujet.

— Oh… Je lui enverrai un message d'excuse. J'ai expliqué à tout le monde que je m'étais trompée de compte, que mon « fiancé » était un collaborateur, et que les photos étaient destinées à mettre en avant l'organisation de mariages et de réceptions à la ferme. Mais rien n'y fait ! soupira Ella. Je suis vraiment navrée. Je n'en reviens pas d'avoir commis une bourde pareille. Je suis très attentive, d'habitude.

— Ne t'inquiète pas, dit Charlie – qui se demandait pourtant ce qu'il ressentirait s'il fréquentait réellement Ella. Pour être franc, ça fait du bien de voir que tu es faillible. Tu étais trop parfaite, et ça me faisait un peu peur !

Ella soupira de nouveau.

— Que va-t-on faire, maintenant ?

— Continuer le lancement progressif du site. Un autre événement pourrait devenir viral, cette semaine.

— Quoi ?

— Mulberry va mettre bas d'un jour à l'autre.

— Oh ! On pourrait avoir une vidéo d'un petit veau faisant ses premiers pas, alors ?

— Oui.

— Je veux suivre ça ! Appelle-moi, même si le travail se déclenche en pleine nuit.

— C'est promis. J'adore ce que tu as fait jusqu'ici, la manière dont tu as suscité l'intérêt. C'est fou le nombre de gens qui se connectent sur le site.

— Cela marche super bien, c'est vrai. Des tas d'inconnus copient et repostent les photos. Mon boss est très content.

— Le site web donne le sentiment que Bluebell Farm est un lieu merveilleux où il se passe beaucoup de choses.

— Mais *c'est* un lieu animé et merveilleux ! soutint Ella.

En secret, Charlie fut content de l'entendre. Elle avait enfin dépassé ses mauvais souvenirs de West Byfield et voyait la ferme telle qu'elle était !

— Dans une quinzaine, tout sera en place, avec les horaires des nouveaux cours d'initiation – tissage, vannerie, et le reste. Et pour l'accueil des tout-petits. Dans un mois ou deux, tu pourrais avoir besoin de recruter des extra pour assurer le roulement des cours.

— Si ce n'était que ça ! Les réservations sont déjà complètes pour l'été, et il y a une liste d'attente, y compris pour les cours. J'ai même des demandes d'information pour les mariages. Et des gens qui veulent savoir si nous organiserons un salon du mariage.

— Pâtissiers, fleuristes, stylistes, etc. L'idée est excellente, commenta Ella. Deux fois par an, ce serait bien pour montrer les tendances printemps-été, et automne-hiver. Alors tu es satisfait ?

— Plus que satisfait.

— Tant mieux. Rav attendra mon retour à Londres pour un entretien officiel, mais il apprécie le déroulement de cette campagne.

— Donc, tu auras ta promotion ?

— Disons que, la semaine prochaine, mon projet sur cinq ans aura franchi une autre étape.

— Félicitations ! Je suis vraiment content pour toi.

Même si Charlie n'avait pas envie, au fond, qu'Ella s'en aille. Il se sentait plus heureux et comblé qu'il ne l'avait été depuis des années. Il adorait être avec elle.

Commençait-il à avoir des sentiments pour Ella ? Était-il en train de tomber amoureux de cette femme intelligente, pétillante, sûre d'elle, sachant apprécier les joies de la vie ? Elle devenait le cœur de Bluebell Farm, à ses yeux.

Mais elle voulait rentrer à Londres, et pour sa part, il tenait à rester ici. Alors, s'il avait très envie de lui demander de passer de l'amitié à une liaison, il n'allait pas lui mettre la pression. Il la laisserait partir sans la culpabiliser, et ils resteraient amis.

Et il espérait qu'elle trouverait à Londres un partenaire digne d'elle. Quelqu'un qui lui donnerait ce qu'il ne pouvait pas lui donner.

8

Lundi après-midi, Charlie vit que Mulberry était au premier stade de la mise bas : agitée, sans appétit, elle s'était mise à l'écart du troupeau.

Il désinfecta l'enclos de vêlage, y mit beaucoup de litière propre, puis y amena la vache. Ensuite, il alerta Ella par SMS, l'informant que Mulberry mettrait sûrement son petit au monde dans la journée et qu'il la tiendrait au courant.

À une heure du matin, le travail avait commencé.

Il n'était pas idéal de tirer quelqu'un du lit à une heure pareille, mais Ella avait insisté. Elle répondit dès la troisième sonnerie, se présenta à l'étable, dans l'enclos de vêlage, quelques minutes plus tard, vêtue d'un jean et d'un pull, de bottes en caoutchouc.

— Il y a des années que je n'ai pas assisté à la naissance d'un veau. C'est son premier ?

— Oui. J'ai préparé de quoi, pour le cas où il faudrait l'aider. Tu connais la routine, je suppose ?

— Pour une naissance sans complications, oui. Mais mes souvenirs sont flous. En cas de besoin, ce que je peux faire de mieux pour te seconder, c'est alerter le vétérinaire, dit Ella, qui tendit à Charlie un gobelet. Tiens, j'ai apporté du café.

— Merci.

Ils s'assirent sur une botte de paille, laissant de l'espace à Mulberry. Elle était couchée maintenant, et commençait à pousser avec effort.

— J'aperçois deux sabots, fit Ella. Les pattes de devant. Le veau se présente par la tête.

— Tant mieux, c'est la présentation normale, dit Charlie, qui enfila des gants. Je vais l'aider un peu en suivant les conseils que m'a donnés ton père.

Grâce à son intervention, l'expulsion du petit veau se déroula sans difficulté. Charlie donna à boire de l'eau tiède à Mulberry, l'aida à se mettre debout.

La vache renifla son nouveau-né, en balançant la queue, puis se mit à le lécher.

Ella prit quelques clichés, en mode silencieux, pour ne pas perturber la mère et son petit.

— C'est extraordinaire d'assister à une naissance. Je l'avais presque oublié. Elle lèche son petit pour le stimuler et le sécher.

— Dans les heures qui viennent, elle expulsera le placenta. Et le veau se mettra debout d'ici à une demi-heure, dit Charlie.

Il alla s'assurer que le petit allait bien, puis revint se percher près d'Ella sur la botte de paille.

— C'est une fille ! annonça-t-il. Elle a l'air en bonne santé.

C'était vraiment un moment spécial, pensa Ella. Elle était là, seule avec Charlie, dans l'enclos faiblement éclairé, pour saisir les premiers instants de vie d'un animal. Un moment parfait qui se passait de mots…

Quelques minutes plus tard, la petite génisse se leva, toute chancelante, et Ella photographia ses premiers pas.

— Elle est belle comme tout, murmura-t-elle, admirant le petit animal tout blanc, avec son museau et ses oreilles noires.

— Oh oui ! approuva Charlie.

Mulberry encouragea doucement son petit à se maintenir debout, et celui-ci lui répondit par un meuglement haut perché, avant de chercher le pis de sa mère et de se mettre à téter.

— C'est extraordinaire, souffla Ella en serrant brièvement la main de Charlie.

— Tu veux lui donner un nom ? proposa-t-il.

— Je peux ?

— Oui, dit-il en souriant, si tu trouves un nom de baie que nous n'avons pas encore utilisé.

— Nos autres protégées s'appellent Bilberry, Cranberry et Loganberry, c'est bien ça ? Que penses-tu de Huckleberry ?

— Ça marche ! répondit Charlie.

Un instant, ils regardèrent Huckleberry et Mulberry, en souriant. Puis Charlie ajouta doucement :

— Laissons-les faire connaissance.

Elle se tourna vers lui, et soudain, voici qu'il l'avait attirée entre ses bras, qu'elle l'étreignait aussi, et qu'ils s'embrassaient. Jamais elle n'avait autant désiré quelqu'un.

Charlie interrompit la caresse et appuya le front contre le sien.

— Je sais que nous devions rester amis, murmura-t-il, mais je te désire follement, Ella. Tu me bouleverses. Je rêve de toi. Tu occupes mes pensées, et je n'arrive plus à avoir les idées claires.

— Pareil pour moi, souffla-t-elle. Je sais que ce ne sera pas éternel, mais pourquoi ne pas essayer pour quelque temps ? Je crois que j'aurais des regrets, sinon.

Il hocha la tête, comme pour admettre que cela ne pouvait pas durer, mais que le moment présent leur appartenait.

— Emmène-moi dans ta chambre, Charlie.

— Tu es sûre de toi ?

— Tout à fait sûre.

Il leur fallut un moment pour gagner le cottage de Charlie, car ils ne cessaient de faire halte pour s'embrasser. Quand ils y parvinrent, ils avaient le corps brûlant l'un et l'autre.

Ils se débarrassèrent de leurs bottes en caoutchouc, et Charlie se délivra de son bleu de chauffe en quelques secondes. Dessous, il ne portait qu'un jean. Savait-il seulement à quel point il était séduisant, ainsi ?

Il l'embrassa, la souleva dans ses bras et l'emporta dans sa chambre. Et elle ne sut pas trop qui ôta les vêtements de qui, emportée par un désir irrépressible.

Puis, au moment de la faire basculer sur le lit, il hésita. Avait-il changé d'avis ?

— Qu'est-ce qui ne va pas ? demanda-t-elle, redoutant la réponse.

— Je suis navré d'avoir à te le dire, mais je n'ai pas de préservatifs, répondit-il.

Elle faillit rire de soulagement. Il ne la rejetait pas. Il se montrait simplement prudent.

— Je n'en ai pas non plus, avoua-t-elle. Mais j'ai tellement envie de toi !

— Moi aussi… mais nous devons être raisonnables.

— Promis.

Elle ouvrit les bras et rendit caresse pour caresse, baiser pour baiser, explorant son corps viril, pressée de découvrir ce qui lui arrachait des halètements, et faisait exulter sa chair. Ils s'abandonnèrent à la passion qui les consumait, et bientôt, leurs deux corps ne faisant plus qu'un, ils jouirent dans un même cri.

9

Le lendemain, Ella fit ce qu'elle avait toujours fait quand elle avait besoin de réfléchir : elle s'absorba dans le travail.

Cette phase de la campagne marketing – la mise en scène d'un faux mariage – la touchait d'un peu trop près, mais elle allait faire comme si elle n'était pas impliquée. Ce qui était le cas ! Elle allait mettre en valeur l'atmosphère romantique de la ferme pour tenter de futurs époux.

Cela n'avait rien de réel. Et cela ne le deviendrait jamais. Charlie Webb était l'associé de ses parents, et son ami. Point final. Et à la fin de la semaine, elle quitterait Bluebell Farm.

Elle lui envoya un court message.

Je décore la grange des mariages. Toujours d'accord pour jouer le marié demain après-midi ? Merci, E.

Elle n'ajouta pas de baiser. C'était pour le boulot. Elle était donc ridicule de se sentir blessée quand elle reçut l'accord de Charlie, qui n'avait pas ajouté de baiser non plus.

Parce qu'il considérait aussi que c'était un échange professionnel ? Ou bien avait-il réfléchi et conclu, comme elle, qu'ils avaient commis une énorme erreur en couchant ensemble ?

Pense à maman et papa ! s'intima-t-elle. *Il faut que la ferme prospère.* Sinon, ses parents devraient vendre Bluebell Farm. Ce serait non seulement la fin de leur rêve, mais aussi l'effacement de toute l'histoire familiale sur plusieurs générations.

Alors, même si cette affaire de mariage factice la troublait, elle devait s'en accommoder.

Elle alla voir sa mère et Lisa, qui tenaient le café-boutique.

— Il nous faut un décor de mariage pour les photos publicitaires, leur dit-elle. En attendant de vraies photos que de vrais mariés nous auront autorisés à publier. La grange est un espace exceptionnel, il faut le présenter aux clients potentiels. Frieda a accepté de faire les prises de vue.

— Quelle est ton idée ? s'enquit Angie.

— Montrer les différents espaces en situation : pour la cérémonie, le buffet et le bal. J'ai parlé aux vanniers, qui nous confectionnent une arche en osier et quelques grandes structures en forme de cœur que nous pourrons décorer avec des guirlandes lumineuses, du tulle et des fleurs. On peut disposer des sièges en nombre restreint, pour créer l'impression d'un mariage dans l'intimité familiale. On dressera joliment quelques tables...

— Et le gâteau ? demanda Angie. Il n'y a pas de mariage sans gâteau.

— Puisque nous prônons la production locale, dit Lisa, je le confectionnerai moi-même. Les gâteaux sans glaçage traditionnel sont tendance.

Elle sortit son mobile pour montrer quelques photos.

— Regardez celui que ma nièce a commandé pour son mariage ! Il n'est pas entièrement glacé, mais décoré avec des gouttes de chocolat, des fleurs et des baies.

— Ce serait génial ! approuva Ella. Pourrais-tu le préparer pour demain après-midi ?

— Bien sûr, répondit Lisa. Après, je l'offrirai au café, qui pourra le faire goûter à ses clients.

— Une excellente publicité ! commenta Ella. J'imprimerai des cartes avec toutes les informations pour que les gens en parlent autour d'eux et fassent circuler.

— On pourrait habiller les sièges avec des traînes de chaise blanches, suggéra Angie. Et disposer des pétales de fleurs et des photophores dans la travée centrale.

— Merveilleuse idée, dit Ella.

— Et le fiancé et la fiancée ? s'enquit sa mère. Ce seront des mannequins venus de Londres ?

— Non, notre budget n'y suffirait pas. Charlie et moi allons tenir ces rôles.

Angie écarquilla les yeux.

— Tu en es sûre ? Je veux dire…

— Je lui en ai parlé, maman. Avec tact, rassure-toi. Il est d'accord.

— Et pour ta robe ?

— J'en ai déniché une dans une boutique caritative de Norwich. Avec un voile et un diadème de fleurs. Charlie pourra mettre un de ses costumes chics.

— Et le bouquet de la mariée ? fit Lisa.

— Un bouquet de jacinthes sauvages s'impose, dit en souriant Ella.

— Scarlett, qui tient la boutique, est très créative et douée en stylisme. C'est elle qui s'est chargée de la décoration florale aux noces de ma nièce, glissa Lisa. On pourrait la solliciter.

— On peut la faire venir tout de suite ? demanda Ella.

— Je vais la chercher !

Une fois Lisa partie, Angie se tourna vers sa fille.

— En planifiant tout ça avec toi… j'ai envie que ce soit réel, tout à coup.

Ella pâlit.

— Pardonne-moi, maman, je ne voulais pas te faire de peine. J'ai tenu à t'impliquer parce que c'est ta ferme. Mais je dois être honnête avec toi : je ne crois pas que je trouverai un jour le prince charmant.

Elle voulut ignorer ce qu'elle avait ressenti lorsque Charlie l'avait embrassée, soulevée dans ses bras pour l'emporter jusqu'à son lit. Trop d'obstacles s'opposaient à ce que ça marche entre eux.

— Je ne cherche pas à te mettre la pression, ma chérie.

— Je sais. Je t'aime, maman.

— Moi aussi, je t'aime, dit Angie, étreignant sa fille. Nous sommes très fiers de toi, ton père et moi.

Ella avait la gorge serrée et luttait contre les larmes. Elle se contenta de hocher la tête, puis elle prit congé dès qu'elle le put.

Scarlett se révéla pleine de bonnes idées, et à elles deux elles imaginèrent la noce idéale. Puis Ella consacra le reste du temps à collecter des accessoires. Mais, en fin de journée, elle fut assaillie par le doute. Comment mener tout cela à bien alors qu'il y avait encore quelque chose en suspens entre elle et Charlie ? S'il y avait de la gêne entre eux, cela se verrait sur les photos et compromettrait leurs efforts.

Elle lui envoya un message pour demander à lui parler, et il répondit positivement. Mais elle n'avait aucune envie de se retrouver face à lui dans sa cuisine, à se remémorer son dernier séjour au cottage ! Elle suggéra :

On peut peut-être aller faire une balade ?

Je n'y vois pas d'inconvénient.

Donc, il ne tenait pas non plus à se retrouver face à elle dans sa cuisine. Elle ne savait pas très bien si c'était un bien ou un mal. Où iraient-ils ? Pas dans le bois, elle penserait au baiser, ni sur la plage, ni près de la cabane de berger, où ils avaient dansé ensemble.

— Merci de m'accorder un peu de temps, lui dit-elle quand il ouvrit sa porte. On pourrait aller à la prairie fleurie ?

— Bonne idée.

Ils s'y rendirent sans échanger un mot. Là, il demanda :

— De quoi veux-tu parler ?

— Des prises de vue de demain. S'il y a de la gêne entre nous, ça se verra. Et les photos ne nous seront d'aucune utilité.

— Autrement dit, nous devons discuter du sujet qui fâche. Très bien, je t'écoute.

— Je… Eh bien, pour commencer, je ne couche pas avec n'importe qui.

— Bien sûr que non. Je n'ai jamais pensé que tu étais ce genre de femme.

Elle soupira. Pourquoi était-ce si difficile ?

— Charlie... tu me plais, et dans d'autres circonstances... Tu m'as amenée à voir la ferme autrement, et j'y suis de nouveau bien. Je t'en suis reconnaissante. Je vois que les gens ne me traitent pas comme... dans mon adolescence.

— Mais ?

— Ma vie est à Londres. J'ai bossé dur pour avoir ma promotion. Je comptais retrouver un job auquel je tiens.

Elle hésita. C'était le moment d'avoir du courage.

— Mais il y a toi. Et c'est ici que tu vis.

Impossible d'interpréter l'expression de Charlie. Mais s'ils ne crevaient pas l'abcès...

— Bon, j'ai très peur de dire ce que je vais te dire. J'ignore ce que tu penses, et si je parle, cela risquera de compliquer encore plus les choses. Mais si je me tais... De toute façon, ce sera compliqué.

Charlie plissa les yeux.

— L'experte en communication, c'est toi, Ella. Pour le moment, je ne comprends pas du tout où tu veux en venir.

Les mots restaient coincés dans sa gorge. Ils pouvaient la conduire au désastre. S'il disait non, elle saurait qu'elle avait été rejetée pour ce qu'elle était, cette fois, et non pour ses origines. S'il disait oui, cela pourrait être merveilleux. Mais s'il finissait par lui en vouloir ?

Elle se lança.

— Bon, cartes sur table. Vendredi, je rentre. Veux-tu revenir à Londres avec moi ?

— Revenir à Londres avec toi, répéta Charlie, d'un ton indéchiffrable.

— Je sais que tu détestes Londres. Je sais que Jess y est morte. Mais tu m'as appris que je pouvais aller de l'avant, aimer de nouveau Bluebell Farm. Je peux peut-être te réapprendre à aimer Londres. À être dans l'endroit où tu peux chérir la mémoire de Jess et t'autoriser à aimer de nouveau.

Ella était plus courageuse que lui, pensa Charlie. Il avait envisagé ça depuis qu'ils avaient couché ensemble ; même s'ils étaient convenus que ce n'était qu'un moment unique, hors du temps, cela lui avait troublé les idées. Il aimait bien Ella – et même plus – mais… C'était compliqué, en effet.

Avec Ella à ses côtés, il avait le sentiment de pouvoir enfin aller de l'avant. S'il ne voulait pas revenir à son ancien job, il était certain de trouver à travailler avec des sociétés favorables à l'environnement grâce à son bon réseau de relations.

Mais Bluebell Farm l'avait changé. Son cœur était ici, maintenant. Il ne voulait pas retourner à Londres.

— Nous pouvons peut-être trouver une solution pour nous, dit-il, mais pas à Londres. Je serai honnête avec toi. Avec le recul, je n'aime pas ce que j'étais quand j'y vivais. J'ai changé, et je ne veux pas redevenir cet homme-là.

— Comment cela pourrait-il marcher ? Rejoindre Norwich, prendre le train puis le métro, il y en a pour trois heures à l'aller et autant pour le retour ! Ce serait infernal de faire la navette. Et nous nous verrions à peine.

— Et si tu passais les week-ends ici tout en travaillant à Londres dans la semaine ? suggéra Charlie. Nous aurions l'un et l'autre ce que nous voulons.

Un instant, Ella resta méditative. Puis finit par secouer la tête.

— J'aurais le sentiment d'avoir deux vies sans m'investir vraiment dans l'une ou l'autre.

Elle ne voulait pas. Donc, s'il désirait être avec elle, il devait déménager à Londres. Retrouver les transports en commun, les heures de travail extensibles à l'infini. La sensation d'étouffement.

— Je suis incapable de vivre à Londres, dit-il avec douceur. Même pour toi. Je sais que je me sentirais piégé, étouffé. Même avec un job à mi-temps dans la City et un accès à un grand jardin où je pourrais passer la moitié de mes journées. Je finirais par t'en vouloir de m'avoir convaincu de revenir. Et si tu restais ici, tu finirais par m'en vouloir de t'avoir fait perdre les opportunités que t'offre la grande ville.

Ella savait que Charlie voyait juste, et qu'elle ne pourrait pas le faire changer d'avis. Mais si elle restait pour lui... que deviendrait-elle, s'il changeait d'avis ? Elle se retrouverait sans rien !

En secret, elle avait espéré que Charlie était tombé amoureux d'elle comme elle était tombée amoureuse de lui. Mais ce n'était pas le cas, visiblement. Pour le moment, ils supposaient tous les deux qu'il pouvait l'accueillir dans sa vie. Mais la disparition de Jess avait durement frappé Charlie. S'il ne tenait pas assez à elle pour la suivre à Londres, qui pouvait affirmer qu'elle lui suffirait ici ? Se languir de lui à Londres était une chose ; le voir au quotidien et souffrir de constater que ses sentiments n'étaient pas réciproques en était une autre, plus douloureuse encore...

— Il n'y a pas de compromis possible, n'est-ce pas ?

— Je n'en vois aucun, soupira-t-il. J'en suis navré. Pourtant, tu es la seule femme pour laquelle je serais prêt à en accepter un. Je n'ai pas envie que tu partes, mais je ne veux pas non plus que tu restes et sois malheureuse.

Ella éleva la main pour lui effleurer la joue.

— Je voudrais que ce soit différent. Qu'on puisse s'installer ensemble. Mais tu as raison C'est insoluble.

— Je ne peux t'offrir qu'une amitié, Ella.

— Alors, va pour l'amitié, dit-elle, le sourire aux lèvres malgré les sanglots tout proches. C'est donc d'accord pour les prises de vue de demain ?

— Oui. C'est d'accord.

— Parfait. J'ai à faire, alors, à demain ! dit-elle avec une gaieté forcée.

Vendredi. Le jour du mariage. Enfin, du mariage factice. Le jour où ils décoraient la grange comme pour une noce, mais où la noce n'aurait pas vraiment lieu.

Bizarrement, Charlie se sentait aussi nerveux que si c'était réel. Alors qu'il s'agissait d'une mise en scène pour des prises de vue !

Il n'avait pas été impliqué dans la décoration de la grange, bien qu'il eût offert son aide. Ella lui avait affirmé qu'à elles quatre – elle-même, sa mère, Lisa et Scarlett –, elles maîtrisaient la situation. Il suffisait qu'il se présente à 15 heures pour les photos.

Il arriva avec cinq minutes d'avance.

La métamorphose de la grange était extraordinaire. Il y avait, près d'une petite table, une arche en osier tressé décorée de tulle ivoire, de verdure et de lumières. Les chaises de Chiavari lasurées de blanc étaient disposées en deux sections, comme pour un mariage familial dans l'intimité, et simplement ornées de ceintures de chaise ivoire. Des pétales blancs ainsi que de petits vases boule remplis de guirlandes lumineuses dessinaient les lisières de la travée centrale.

Au cœur de la grange, l'espace était disposé pour le buffet : deux tables rondes nappées de damas, avec argenterie et verres scintillants, brocs en émail ivoire accueillant de délicates fleurs sauvages. De petites boîtes ornées de rubans or et d'une unique hampe de jacinthes étaient présentes à chaque place – censées contenir, sans doute, les cadeaux rituels aux invités.

Sur une petite table, un gâteau était disposé, sans le glaçage blanc traditionnel, et orné au contraire de fleurs et de baies, du mot « love » en caractères chantournés.

Le mot « love » était répété à l'extrémité de l'aire de bal, en grandes lettres lumineuses, sur le mur qui accueillait aussi des cœurs en osier décorés comme l'arche nuptiale.

— C'est magnifique, dit-il à Angie, qui venait vers lui. On s'y croirait. Chapeau bas ! Vous vous êtes surpassées.

Mais où était donc Ella ? Il savait, sans avoir à se retourner, qu'elle n'était pas là. Sinon, il aurait senti sa présence. D'un ton qui se voulait décontracté, il demanda :

— Où est Ella ?

— Elle est allée se changer. Ce que nous avons réalisé te plaît, alors ?

— C'est superbe.

— Ce sont surtout les idées d'Ella et de Scarlett, glissa Lisa en les rejoignant.

— Vraiment, c'est splendide. Et j'aime beaucoup le gâteau.

— C'est mon œuvre, dit Lisa, rougissante. On va en proposer des tranches gratuites au café, tout à l'heure, avec un dépliant montrant les différentes activités de la ferme.

— Super idée !

— Ah, et voilà la mariée ! lança Frieda, la photographe.

Il se retourna, presque comme s'il avait attendu Ella à l'autel. Elle portait une robe bustier ivoire toute simple, avec un corsage orné de perles, un voile court et une fine couronne de fleurs, ivoire elles aussi. Elle tenait un bouquet de jacinthes sauvages.

Cette mise en scène était-elle le mariage de ses rêves – le mariage qu'elle pensait ne jamais avoir ? se demanda Charlie, privé de mots.

À mesure qu'elle avançait vers lui, son cœur se serrait un peu plus. Il désirait cette femme. Il voulait faire sa vie avec elle.

Mais pas à Londres. Il en était incapable.

— Salut, dit-elle doucement en le rejoignant. Qu'en penses-tu ?

— Magnifique.

Elle parlait de la grange. Il parlait d'elle.

— Je recommande Scarlett comme coordinatrice de mariages. Elle a des idées super.

Il hocha la tête.

— On y va ?

Charlie n'avait jamais pensé être acteur, mais là, il devrait vraiment jouer la comédie.

Alors, il sourit. Même lorsque Lisa et Angie mirent en route un canon à confettis et que Frieda les mitrailla, Ella et lui. Même quand ils posèrent pour la découpe du gâteau. Et quand Angie lança *Everything I Do, I Do It for You*, de Bryan Adams, tandis qu'Ella et lui dansaient avec les lettres lumineuses en arrière-fond et que Frieda prenait cliché sur cliché...

— Voilà, c'est bouclé, annonça enfin cette dernière. J'ai un peu de postproduction à faire à la maison, mais je t'enverrai ça dans une heure ou deux.

— C'est génial, Frieda, merci ! s'exclama Ella, s'écartant de lui. Et merci à toute l'équipe ! Nous avons fait un super bon travail. Je vais aider à débarrasser et rapporter tout ça à la ferme, puis je n'aurai plus qu'à insérer les photos de Frieda.

— Vas-y, je me charge du débarras, dit Charlie. C'est mon tour de donner un coup de main.

— Tu es sûr ?

— Tout à fait sûr.

— Je te garderai une tranche de gâteau, promit Lisa, en tapant sur l'épaule de Charlie.

Il ne fallut guère de temps pour ranger les couverts, les verres, les nappes dans leurs boîtes, puis balayer les confettis et remettre chaises et tables en place.

Charlie fut content d'avoir à faire la traite de l'après-midi pour se distraire de ses pensées. Et quand Ella lui envoya un message pour savoir s'il voulait participer à la sélection des photos, il répondit qu'il s'en remettait à son jugement en toute confiance.

Il n'allait donc pas venir contribuer au choix des photographies ? pensa Ella, blessée. Elle réprima ses sentiments. Cela n'avait rien de surprenant, n'est-ce pas ? Cette journée avait dû raviver une foule de souvenirs de son vrai mariage avec Jess – et son deuil.

Elle lui envoya un autre message.

Si tu veux jeter un coup d'œil, voici le lien.

Puis elle effectua le choix des clichés avec ses parents.

Frieda avait effectué un travail magnifique. Mais Ella espéra que nul ne remarquerait l'expression de son visage et ne devinerait ses sentiments réels pour Charlie Webb.

Dix minutes après avoir téléchargé les derniers éléments du site web, un bip lui annonça un message. Charlie ? Bien sûr que non. C'était son patron.

Site web sensationnel. Hâte de fêter au champagne notre nouvelle chargée de clientèle senior à son arrivée lundi. Félicitations, Ella !

— C'était Charlie ? demanda Mike.

— Non, mon boss. J'ai ma promotion ! répondit-elle. Donc, je retourne définitivement à Londres vendredi.

Là-dessus, les larmes lui jaillirent des yeux. Pourvu que ses parents s'imaginent que c'étaient des larmes de joie, et non de tristesse - parce qu'elle allait partir loin de Charlie...

— Ella, dit sa mère en l'enveloppant de ses bras, tu vas tellement me manquer. Tu es bien sûre de ne pas vouloir rester ? Tu ne pourrais pas travailler pour l'agence à partir d'ici ?

— Non, fit Ella, le plus gentiment qu'elle put. Mais je reviendrai bientôt, maman.

— Tu ne peux pas rester jusqu'à dimanche ? demanda Mike.

— J'ai une foule de choses à faire à Londres avant lundi. Mais je vous promets de venir plus souvent.

— Nous te conduirons à la gare, dit Mike.

La camionnette de son père avait beau être aux antipodes de la confortable Range Rover de son associé, au moins, elle n'aurait pas à affronter Charlie. Et tout ce qu'elle allait perdre.

— Je ferais mieux de préparer mes bagages, déclara-t-elle. Merci, papa. Je t'aime.

10

Le retour à Londres fut plus difficile qu'Ella ne l'avait cru. Elle fut très triste en allant dire adieu à tous les animaux. Elle fit une ultime promenade dans la prairie de fleurs sauvages et dans le bois, pour dire au revoir aux cygnes. Autrefois, elle avait eu hâte de s'en aller. Cette fois, c'était beaucoup plus dur.

La nouvelle de son départ se répandit vite, et elle fut touchée de recevoir, le jeudi venu, autant de visites. Rosie, avec une paire de gants tout doux tricotés avec la laine des moutons de la ferme. Frieda, avec une aquarelle de Bluebell Farm. Nicki, des artisans vanniers, avec un beau cœur en osier. Lisa, avec un gâteau à la carotte, et Scarlett avec une très jolie boîte remplie de bonnes choses.

— C'est offert par toute l'équipe du café et de la boutique, mais c'est aussi un prototype de panier de friandises, dit-elle avec un grand sourire. Je pense à Noël ! Et après, on pourrait en proposer des variations saisonnières.

Une seule personne ne vint pas : Charlie. Elle avait cru qu'elle le verrait en allant dire au revoir aux animaux, mais il était clair qu'il la fuyait. Elle lui avait envoyé un message pour l'informer qu'elle débutait le lundi suivant dans son nouveau poste et partirait vendredi à Londres. Mais la réponse avait été sans chaleur.

Félicitations. Je suis content pour toi.

Ce ne fut seulement qu'une fois installée dans le train pour Londres qu'Ella prit conscience d'avoir éperdument souhaité en secret que Charlie l'accompagne à la gare, la soulève dans ses bras avant qu'elle ait franchi l'accès au quai et lui dise qu'il la rejoindrait bientôt à Londres.

En dépit de ses retrouvailles avec ses amis pour dîner ou prendre un pot afin de fêter sa promotion, et la reprise des cours en salle de sport, elle se surprit à se sentir seule.

Tout le monde fêta l'événement au bureau, lorsque Rav annonça officiellement sa promotion. Elle avait apporté des gâteaux, des fruits et du champagne, et Hugo l'invita avec l'équipe senior dans un restaurant chic.

Lorsqu'un énorme bouquet de fleurs fut livré pour elle à la réception, et qu'elle vit le nom sur la carte, elle retint son souffle. Charlie. Cela signifiait-il… ? Le cœur battant, elle lut ce qui était écrit.

Félicitations pour ta promotion – largement méritée. Brille et impressionne-les tous. Meilleurs sentiments, Charlie.

Ceux qui ignoraient ce qui s'était produit entre elle et Charlie y verraient le message d'un client reconnaissant. Mais elle savait à quoi s'en tenir. Charlie lui disait ainsi, clairement, qu'il ne bougerait pas et lui souhaitait d'être heureuse à Londres.

Accablée par la mélancolie, elle s'en sentait bien incapable.

Les fleurs avaient été une bonne idée, ainsi que le message, pensa Charlie. Ella comprendrait ce qu'il lui disait réellement : il ne la retiendrait pas.

Le problème était qu'elle lui manquait. Il regrettait qu'elle ne soit pas là pour l'aider à la traite et chanter des chansons aux vaches. Il regrettait son franc-parler et ses taquineries. Et le lit où il avait toujours dormi seul à l'exception d'une nuit avec elle lui semblait immense et vide.

Sans Ella, rien n'allait. Même les vaches s'en rendaient compte, et lui donnaient de petits coups de museau, le léchaient doucement comme pour lui dire de ne pas se laisser abattre.

Et le fautif, c'était lui. Ella lui avait demandé de venir à Londres avec elle. Il avait répondu non. Alors, il n'avait plus qu'à faire bonne figure jusqu'à ce que la vie se remette d'aplomb.

— Ella, tu reviens sur terre ?

— Excuse-moi, Marcie, j'ai eu une journée chargée, dit Ella, souriant à sa meilleure amie.

— Une quinzaine chargée, plutôt. Depuis ton retour, tu n'es plus la même, observa Marcie. Et n'essaie pas de me faire croire que c'est parce que tu es débordée dans ton nouveau job. Tu es la reine de l'organisation et du travail bien accompli. Alors, qu'est-ce qui ne va pas, en réalité ?

Ella soupira.

— C'est à titre strictement confidentiel, hein ?

— *Évidemment,* souligna Marcie, l'air blessée. Je suis ta meilleure amie.

— Je sais bien. Excuse-moi, je ne voulais pas te vexer. Je ne sais plus où j'en suis.

Là-dessus, Ella raconta tout au sujet de Charlie.

— Il n'y a aucun compromis possible, conclut-elle. Il ne veut pas vivre à Londres.

— Et tu lui as dit que tu ne voulais pas vivre à *Bluebell Farm*, enchaîna Marcie en l'étreignant. Mais, vu la façon dont tu m'en as parlé, je dirais que tu es tombée amoureuse de ce lieu autant que de lui.

— C'est vrai, avoua Ella. Mais mon job est ici. Il n'y a pas de solution.

— Est-ce bien sûr ? Il y a le télétravail, pour commencer. Tu pourrais passer une journée ici, par exemple, et le reste de la semaine dans le Norfolk. S'il sait qu'il te perdrait en refusant, Rav acceptera.

— Tu crois vraiment que je pourrais travailler là-bas, même avec une couverture réseau capricieuse ?

— En cas d'urgence, tu pourras toujours aller en ville pour envoyer tes mails et passer des appels vidéo, soutint Marcie. Et puis tu veux créer ta propre agence tôt ou tard. Pourquoi pas à la ferme ?

Ella réfléchit.

— Pourquoi n'y ai-je pas pensé, et Charlie non plus ?

— Parce que vous étiez trop occupés à tomber amoureux, et à stresser pour la suite ! répondit Marcie.

— Tu as raison, admit Ella avec un soupir.

— Que veux-tu, Ella ?

— Je veux tout à la fois. Charlie. Participer à ce qui se passe à la ferme. Être proche des parents et de mes amis. Garder mon job ici. Avoir un labrador… Mais je ne peux pas tout avoir, pas vrai ?

— Pas tout le temps, non. Mais une partie du temps, oui. Tu peux être avec l'homme que tu aimes, moduler tes journées de travail, faire la fête à Londres de temps à autre, et nous inviter tous à dorloter les agneaux et nous gaver de gâteaux maison dans le Norfolk.

— Vraiment ?

Marcic hocha la tête.

— Tu dois parler à Charlie. En tête à tête. Il a besoin de te regarder dans les yeux, pour savoir ce qu'il y a dans ton cœur.

— Si je pars dans les vingt minutes, dit Ella, je peux attraper un train pour Norwich et aller à la ferme en taxi.

Quinze jours sans Ella. Autant dire une éternité !

Charlie ferma les yeux. Il aurait dû dire oui. Il aurait pu gérer les choses ici sans elle, dans l'attente que Mike et Angie lui trouvent un remplaçant et qu'il déménage à Londres, s'il avait su qu'il rejoindrait Ella. Alors que là, il n'en finissait plus de compter les heures, et de se torturer avec les posts d'Ella sur ses réseaux sociaux. Cocktails dans des *roof-tops*, cygnes à Green Park, café dans des endroits chics, cuisine de rue et danses sur les rives de la Tamise… Il aurait pu partager tout cela avec elle, s'il n'avait pas eu la stupidité de la repousser.

Il ne voulait plus de la vie londonienne, mais sans Ella, il était malheureux à Bluebell Farm.

Il en vint enfin à conclure qu'il était temps qu'il mette de nouveau son cœur dans la balance. Là où était Ella, là était son foyer. S'il ne pouvait pas la convaincre de revenir à Bluebell Farm, alors, il déménagerait à Londres. Pour être avec elle, plutôt que de vivre sans elle.

Mais comment la convaincre de lui accorder une chance ?

Il pouvait accomplir des gestes extravagants, lui déclarer sa flamme dans un grand restaurant, l'emmener à Paris, Rome ou Venise… Rien de tout cela, pourtant, ne semblait approprié, alors qu'il était tombé amoureux d'elle dans un sous-bois tapissé de jacinthes sauvages où chantait un rossignol.

Reste simple, décida-t-il. Alors, il alla parler aux parents d'Ella, leur expliqua ce qu'il désirait faire. Et ils lui donnèrent leur bénédiction, ainsi que l'adresse de leur fille. Il prit alors le train pour Londres. C'était étrange de revenir dans cette ville, théâtre de ses jours les plus sombres et certains des plus heureux.

Il ne savait toujours pas ce qu'il dirait à Ella. Mais elle aimait les fleurs, aussi acheta-t-il le plus ravissant des bouquets dans Liverpool Street, avant de descendre dans le métro et prendre, le cœur battant, la direction de la résidence où elle habitait.

C'était un bel immeuble de style édouardien, d'ardoise et de brique, avec des fenêtres et des terrasses blanches. Exactement le genre d'endroit où il l'aurait vue vivre.

Il appuya sur le bouton de l'Interphone et patienta.

Ella n'attendait aucune visite. *Sans doute quelque démarcheur !* pensa-t-elle en ignorant la sonnerie. Mais celle-ci se renouvela, persistante, et elle leva les yeux au ciel. Elle allait éconduire poliment l'importun et continuer à faire ses bagages.

— Merci..., commença-t-elle en décrochant.

— Ella. Puis-je monter ?

Elle reconnut la voix aussitôt, bien sûr.

— Charlie ? Mais que fais-tu ici ?

— Je voudrais te voir.

— J'habite au rez-de-chaussée. Tourne à droite dans le couloir. Deuxième porte.

Pourquoi Charlie venait-il la voir ? Et pourquoi était-il à Londres, où il avait affirmé ne plus vouloir revenir ?

Elle ouvrit dès qu'il eut frappé à la porte, et il lui flanqua dans les bras un gros bouquet de fleurs.

— Merci... elles sont très belles.

— Elles n'ont rien d'extraordinaire, mais c'est ce que j'ai trouvé de mieux à la sortie de la gare, dit-il d'un air d'excuse.

— Elles sont parfaites. Encore plus belles que celles que tu m'as envoyées. Puis-je t'offrir un café, ou autre chose ?

— Non, je veux seulement te parler, fit-il avec un demi-sourire. Je crois bien que je ne me suis jamais senti aussi nerveux.

— Nerveux ? répéta-t-elle, intriguée.

Pourquoi diable Charlie aurait-il été nerveux ?

— Parce que je m'apprête à... Je... je vais peut-être accomplir la plus belle chose de ma vie, ou la plus stupide. Je n'en sais rien.

— Entre donc et viens t'asseoir, lui dit-elle. Je vais juste mettre ces fleurs dans l'eau.

Le séjour était tel que Charlie l'avait imaginé : murs clairs, parquet orné d'un tapis de couleurs vives, canapé et fauteuil de lecture confortables, grande bibliothèque aux rayonnages remplis de livres. Il y avait une petite table avec quatre chaises qui devait sans doute aussi faire office de bureau. Et suspendue au mur, bien en vue, l'aquarelle de Frieda représentant Bluebell Farm. Sur le manteau de la cheminée, des photos d'Ella avec ses parents, le jour de sa remise de diplôme et à la ferme. Une autre avec une femme qui devait être sa meilleure amie.

Elle revint dans la pièce et lui demanda :

— Tu es sûr que tu ne veux pas boire quelque chose ?

Il secoua la tête.

— Je veux seulement parler. J'ai essayé de préparer les mots justes, mais je ne les trouve pas. Ce que je vais te dire n'a rien d'élaboré, mais c'est honnête et ça vient du cœur. Tu es partie depuis quinze jours. Pour moi, c'était une éternité. Je regrette de t'avoir poussée à partir. J'adore Bluebell Farm, mais pas sans toi. Si pour être avec toi je dois vivre à Londres, alors, soit. Parce que là où tu es, là est mon cœur, acheva Charlie.

Puis, incapable de se contenir davantage, il lâcha :

— Je t'aime, Ella...

Elle le dévisagea fixement. Était-elle heureuse, horrifiée, indifférente ? Il n'en avait pas la moindre idée. Sa présence d'esprit l'avait totalement déserté.

Ou alors, il venait de se fourvoyer dans les grandes largeurs.

— Désolé, dit-il. Maintenant que tu es de retour, tu dois voir les choses d'un autre œil. Je vais partir. Oublie cette conversation. Je ne voudrais pas que ça te mette en porte-à-faux vis-à-vis de tes parents. Je me tiendrai à l'écart quand tu viendras. Tu n'auras pas à te sentir mal à l'aise.

Il se leva, décidé à s'en aller. Mais elle se leva aussi, lui prit la main.

— Tu m'aimes. Et tu veux vivre avec moi, même si ça implique de revenir à Londres ? répéta-t-elle.

Incapable d'émettre un son, il hocha la tête.

— Quand tu as sonné, j'étais en train de faire mes valises, figure-toi. Pour retourner à Bluebell Farm et te demander de vivre avec moi. Pour te dire que je reviendrais dans le Norfolk s'il n'y avait pas d'autre moyen d'être ensemble.

— Mais... et ton job ? Tu as travaillé si dur pour l'obtenir !

— Il ne me suffit pas, si tu n'es pas avec moi. Et Londres ne me suffit pas non plus. Je te veux à mes côtés, Charlie.

Il l'enveloppa de ses bras et l'embrassa longuement.

— Je ne m'attendais pas à tomber amoureux. Et à l'idée d'aimer à nouveau et risquer de te perdre, je suis terrifié. Mais vivre sans toi, c'est pire, dit-il en lui caressant le visage. Les prises de vue pour le mariage… c'est là que j'ai compris ce que je désirais vraiment. Te voir venir vers moi dans la travée, un bouquet de jacinthes à la main, avec nos proches et nos amis autour de nous, cela semblait si juste. Je désirais que ce soit réel.

— Mais tu n'as même pas voulu m'aider à choisir les photos ! protesta Ella.

— J'avais peur que l'objectif de Frieda ait saisi mes sentiments pour toi… et que tu ne les partages pas, dit Charlie.

Il sortit son mobile et lui montra une photographie.

— Dis-moi ce que tu vois.

— Notre mise en scène d'une première danse. Je pensais au soir où nous avons dansé ensemble devant la cabane de berger.

— Le soir où je t'ai embrassée pour la première fois, au chant du rossignol. C'est à ça que je pensais aussi. Et à mon désir de t'embrasser encore, même si je savais que tu partirais et qu'il serait déloyal de ma part de te retenir.

— Moi aussi, j'avais envie de t'embrasser. Mais tu avais dit que nous pouvions seulement être amis. Je croyais qu'il valait mieux être malheureuse sans toi à Londres que de te voir tous les jours et me languir de toi.

— Nous sommes deux idiots, fit Charlie. Il doit y avoir un moyen de tout arranger, Ella. Je t'aime. Je veux voir passer les saisons à Bluebell Farm avec toi à mes côtés. Mais je refuse que tu sacrifies ton job.

— Ma meilleure amie m'a suggéré quelque chose : travail à la carte. Je pourrais travailler un jour ou deux à Londres, et le reste du temps dans le Norfolk.

— Mais oui ! Pourquoi n'y avons-nous pas pensé ?

— Parce que nous n'allions pas très bien l'un et l'autre, dit Ella. Tu n'es pas encore guéri d'avoir perdu Jess.

— Elle me manquera toujours, et je l'aimerai toujours. Mais l'amour est mouvant, c'est quelque chose qui croît et change. Je suis enfin prêt à aller de l'avant - avec toi, déclara Charlie.

Il eut un temps d'arrêt, puis demanda :

— Et toi ? Que feras-tu si ton boss décrète que tu dois rester ici ?

— Eh bien, je lancerai ma propre agence plus tôt que prévu. Ce qui fait un peu peur.

— Je t'épaulerai. En tout, quoi qu'il faille faire.

— Je te prends au mot. Et moi aussi, je t'épaulerai, dit-elle.

— Je te prends au mot ! répliqua Charlie.

— Et il nous faut un nouveau plan pour cinq ans. Un plan commun.

— Un plan modulable. Tout d'abord, il faut savoir tout de suite si ton boss est d'accord pour modifier ta façon de travailler. L'essentiel est que tu sois heureuse.

— Que *nous* soyons heureux, rectifia Ella.

— Ensuite, il faut se donner du temps. Je veux te demander en mariage, et qu'on soit les premiers mariés de Bluebell Farm, mais avant, je tiens à ce que tu sois sûre que la vie là-bas te convient. Sinon, on s'adaptera. Jusqu'à ce que ça marche pour tous les deux.

— C'est prudent, mais je suis sûre de mes sentiments. Je t'aime, Charlie. Tu as manqué le dernier train, tu sais. Peux-tu supporter de passer une nuit à Londres ?

— Avec toi ? Je crois que oui !

Épilogue

Quatre mois plus tard

— Tu es occupée, je sais. Mais le petit déjeuner est le repas le plus important de la journée, dit Charlie, s'appuyant contre l'encadrement de la porte du bureau d'Ella, à Bluebell Farm.

Ella huma l'odeur qui lui venait aux narines.

— Croissants chauds ?

— Tu vas devoir me suivre pour en avoir le cœur net. Je décrète une pause. La plupart des gens ne sont pas encore au bureau.

— Moi si, parce que je suis matinale. Et c'est tant mieux, puisque tu es debout aux aurores pour la traite !

Charlie sourit en voyant Ella fermer son ordinateur pour le suivre.

— Maman et papa sont dans la cuisine ?

— Aucune idée.

— Tu aurais pu m'envoyer un message depuis le cottage, pour les croissants.

— Le petit déjeuner ne sera pas non plus servi au cottage, mais au grand air, expliqua Charlie en prenant le panier en osier qu'il avait posé dans le vestibule.

Il vola un baiser à Ella, elle le lui rendit.

— Qu'est-ce qui nous vaut ce petit déjeuner dehors ?

— Je me suis dit que ce serait sympa, c'est tout.

— En quatre mois de vie commune, s'il y a une chose que j'ai apprise, c'est que tu ne fais jamais rien sans raison.

Charlie se contenta de rire.

Ella se rendit compte qu'ils se dirigeaient vers la prairie de fleurs des champs. Comme ils en approchaient, elle vit qu'une table et deux chaises y étaient disposées, avec une nappe en damas, des couverts pour deux, un pot à lait contenant des brins de reines-des-prés.

— C'est une occasion particulière, ça m'en a tout l'air, dit-elle alors que Charlie lui tirait une chaise.

— Il fait beau, et tu es là. Pour moi, c'est spécial. Un homme ne peut-il pas offrir un moment romantique à sa petite amie, de temps à autre ?

Charlie sortit une flasque du panier, et leur servit du café, ajoutant un peu de lait dans la tasse d'Ella.

— Merci, dit-elle. C'est très agréable, en fait, avec tous ces oiseaux qui chantent à tue-tête. Je vais avoir droit à mes croissants, pas vrai ?

Il puisa encore dans le panier, déposant sur la table du beurre, un pot de confiture de framboises, vite suivis de croissants enveloppés dans une serviette en lin.

— Vos désirs sont des ordres, ma chère...

— Et ils sont encore chauds ! commenta Ella. Tu es un prince parmi les hommes.

— Tu ne regrettes pas d'être revenue ? demanda Charlie avant de lui tendre un croissant.

— Non. Je peux travailler ici, me mettre à jour ou visiter les clients à Londres tous les mardis, et profiter des deux mondes. Et le meilleur, c'est de me réveiller près de toi tous les matins. Cela vaut la peine de subir les jacassements de cette fichue pie !

— Bien, dit Charlie.

— Et toi ? Tu ne regrettes pas de m'avoir invitée à emménager chez toi ?

— Je me réveille tous les matins à côté de la femme que j'aime, même si elle tire sur la couette et réchauffe ses pieds froids contre les miens. Non, je n'ai pas de regrets. Mais je veux suggérer un petit changement au plan sur cinq ans.

— Je t'écoute.

— Il y a quatre mois, en marchant dans cette prairie, j'ai dit à une personne de rentrer à Londres sans moi. C'était idiot. Je propose de corriger ça.

— Nous l'avons déjà fait !

— Le souci, avec les spécialistes en communication, c'est qu'ils ne vous laissent pas en placer une, fit Charlie.

— Espèce d'insolent ! protesta Ella.

Charlie toussota.

— Je pensais attendre les premières jacinthes sauvages. Mais l'an prochain, c'est loin. Alors, je te fais ma demande maintenant, dit-il en mettant un genou en terre. Ella Newton, je t'aime infiniment. Je veux fonder une famille avec toi, dans la ferme de tes ancêtres. Mais si tu tiens à retourner à Londres, j'y suis prêt maintenant, car tu comptes pour moi plus que tout au monde. Veux-tu m'épouser ?

Il sortit un écrin de sa poche et l'ouvrit. Niché au cœur du velours, Ella vit l'anneau « toi et moi » qu'elle lui avait décrit sur la plage, le jour où ils avaient pris les photos des fausses fiançailles. C'était un fin ruban de platine, avec un cœur en saphir niché près d'une tanzanite, couleur des jacinthes du sous-bois et des yeux de Charlie.

Il n'avait rien oublié !

Elle sut qu'ils auraient une belle et heureuse vie ensemble.

— Charlie Webb, tu es l'amour de ma vie. Oui, je t'épouserai et je fonderai une famille avec toi. Ici. Parce que, grâce à toi, je me sens de nouveau chez moi à Bluebell Farm.

Il lui glissa la bague au doigt et l'embrassa.

— Au printemps, dit-il, tu me rejoindras à l'autel en portant un bouquet de jacinthes. Mais cette fois, ce sera pour de vrai. Et pour toujours.

— Rien ne saurait être plus parfait, murmura Ella avant de lui offrir ses lèvres.

LUCY MONROE

Séduction sans scrupule

Traduction française de
EMMANUELLE DETAVERNIER

AZUR

HARLEQUIN

Titre original :
THE SICILIAN'S MARRIAGE ARRANGEMENT

Ce roman a déjà été publié en 2020.

1

— Il paraît qu'il a décidé de lui acheter un mari ! lança une voix féminine d'un ton moqueur.

— Vu sa fort une, ça ne devrait pas être trop difficile.

— Le vieux Reynolds est bien décidé à diriger la société jusqu'à sa mort et ce n'est pas près d'arriver, reprit la femme. Autrement dit, l'heureux élu se retrouvera marié pour les trente années à venir à une petite idiote dénuée de charme et d'intelligence, et qui est probablement encore vierge aujourd'hui !

— C'est beaucoup moins tentant quand tu présentes les choses de cette façon...

— Tu comptais te porter volontaire, chéri ?

Le rire gras qui suivit fit grimacer Luciano. Il connaissait personnellement l'objet de ces moqueries : Hope Reynolds. Hope, la petite-fille de leur hôte, le multimillionnaire Joshua Reynolds, était une jeune femme charmante, douce et réservée, et elle ne méritait pas ces insultes.

Cela dit, la décision de Reynolds était compréhensible. Hope devait avoir près de vingt-quatre ans, à présent, et n'était toujours pas mariée. Elle avait terminé ses études deux ans auparavant. A l'époque, Reynolds avait organisé un dîner pour l'occasion, mais les conversations avaient rapidement tourné aux négociations commerciales et l'invitée d'honneur avait disparu avant la fin de la soirée. Luciano avait sans doute été le seul à s'en apercevoir...

Serrant les dents, il contourna une plante pour s'éloigner et se heurta à Hope Bishop. Que diable faisait-elle là ?

— *Signore* di Valerio ! s'écria-t-elle en s'écartant d'un bond.

Il eut à peine le temps de la rattraper pour l'empêcher de tomber sur l'imposant cache-pot en porcelaine.

— Je vous remercie, murmura-t-elle. Je suis si maladroite...

— Vous n'avez pas de reproches à vous faire, *signorina*. C'est plutôt à moi de vous demander pardon, j'aurais dû faire plus attention.

Comme il s'y attendait, ses excuses formelles lui arrachèrent un sourire.

— Vous êtes très gentil, *signore*.

— Et vous êtes ravissante, ce soir.

A ces mots, Luciano se rembrunit. Quel idiot ! De toute évidence, Hope avait surpris la conversation du couple, un peu plus tôt.

— Nous savons tous deux que je suis ordinaire et dénuée de charme, dit-elle d'une voix triste.

Luciano jura intérieurement. Pour une raison inconnue, la réaction de Hope le touchait au plus profond. Il pouvait peut-être l'emmener dans une autre pièce. Là au moins, ils seraient débarrassés de ces imbéciles...

— Venez, *piccola*, dit-il en la prenant par le bras.

« Ma petite », c'était un surnom qui lui allait comme un gant. Elle avait l'air si jeune — surtout en cet instant !

Hope acquiesça et le suivit en silence. Un autre aspect de sa personnalité qu'il appréciait particulièrement : elle était toujours raisonnable et ne cherchait pas la confrontation. Au contraire, elle restait calme et courtoise en toutes circonstances, même lorsque des invités de son grand-père l'insultaient ou que celui-ci se montrait autoritaire et désagréable.

Sans perdre une seconde, il l'entraîna vers la bibliothèque et, après s'être assuré qu'ils étaient seuls, referma prestement la porte. Ainsi, personne ne viendrait les déranger. Hope avait besoin d'un peu de temps pour se ressaisir...

Lui tournant le dos, elle fit quelques pas et il en profita pour l'observer. Elle était vraiment très belle. Sa robe d'un mauve soutenu soulignait la blancheur de sa peau et mettait ses formes en valeur. Elle n'était pas aussi sexy que les femmes qu'il avait l'habitude de fréquenter, mais elle n'en était pas moins ravissante… et très attirante.

— Je ne crois pas que grand-père ait décidé de m'acheter un mari, déclara-t-elle en lui faisant face. Il me couvre de cadeaux depuis qu'il a eu sa crise cardiaque, mais il n'irait pas jusque-là. J'en suis certaine.

Si seulement il avait pu en dire autant ! Mais elle n'avait pas besoin d'entendre cela.

— Il est normal qu'il cherche à vous faire plaisir.

— Peut-être, reconnut-elle en haussant les épaules, mais il ne s'est jamais autant impliqué.

— Que voulez-vous dire, *signorina* ?

— Oh ! je vous en prie, appelez-moi Hope. Après tout, nous nous connaissons depuis cinq ans.

Si longtemps que ça ?

— Très bien, Hope, concéda-t-il avec un sourire.

Les joues rouges, elle baissa la tête comme pour éviter son regard.

— C'est grand-père qui m'a élevée. Je vis avec lui depuis mes cinq ans.

— Je l'ignorais.

— Il ne s'est jamais vraiment occupé de moi par le passé. Il se contentait de laisser les domestiques m'acheter des vêtements, des livres ou ce dont j'avais besoin.

Ainsi, il avait vu juste. Reynolds avait relégué sa petite-fille au second plan… et elle le savait.

— Mais les choses changent, poursuivit-elle d'une voix douce. Le mois dernier, il m'a offert une voiture pour mon anniversaire. Il l'a choisie lui-même chez le concessionnaire. C'est la gouvernante qui me l'a dit.

— Je ne vois pas où est le problème.

De quoi se plaignait-elle au juste ? La plupart des jeunes femmes de sa connaissance trouveraient ce genre de cadeau parfaitement approprié pour l'occasion.

— Je ne sais pas conduire, affirma-t-elle en plongeant ses yeux dans les siens. Mais c'est surtout que j'ai l'impression qu'il cherche à se faire pardonner quelque chose.

— Peut-être qu'il regrette de ne pas s'être occupé de vous pendant toutes ces années ?

A ces mots, elle éclata de rire.

— Il a demandé à la gouvernante de m'emmener dîner pour mon anniversaire, juste après avoir fait livrer la Porsche.

— Il vous a offert une Porsche ?

Non, mais quelle idée ! Elle risquait de se tuer au volant d'un bolide pareil. Il fallait impérativement qu'il discute avec Reynolds. Hope allait avoir besoin de prendre des cours de conduite le plus vite possible.

— Il m'a également acheté un manteau en vison. J'ai vérifié, c'est un vrai, ajouta-t-elle en se laissant tomber dans un fauteuil de cuir. Hélas, je suis végétarienne, et la simple idée de tuer un animal me rend malade.

— On dirait que votre grand-père ne vous connaît pas très bien, *piccola*.

— En effet ! Cela dit, il m'a offert un voyage en Europe pour Noël. Je partirai au début de l'été avec un groupe d'étudiants et un guide, ajouta-t-elle, les yeux brillants d'excitation.

— Combien de jeunes femmes vous accompagneront ?

Elle haussa les épaules.

— Je n'en sais rien. Je crois que nous serons une dizaine, mais j'ignore la proportion de femmes.

— Vous voulez dire que vous voyagerez avec des hommes ? demanda-t-il, incrédule.

— Bien sûr ! J'ai toujours rêvé de vivre ce genre d'expériences quand j'étais à l'université. Mieux vaut tard que jamais, n'est-ce pas ?

Rien n'était moins sûr. Pour une raison inconnue, l'imaginer en compagnie d'une bande de crétins libidineux le rendait fou de rage. Sa réaction était à la fois incompréhensible et ridicule, mais il n'avait aucune envie d'y réfléchir. Après tout, c'était dans sa nature de se soucier du bien-être des autres.

— Je ne crois pas que ce soit très convenable. Vous feriez mieux de partir avec vos amies.

Visiblement surprise, elle se contenta de le dévisager un instant.

— C'est une plaisanterie ? finit-elle par demander. C'est justement pour passer du temps avec des hommes de mon âge que j'ai envie d'y aller.

— Si je comprends bien, vous refusez que Joshua vous achète un mari, mais vous n'avez aucune objection à ce qu'il vous trouve un amant ?

A ces mots, Hope pâlit et il se reprocha sa remarque. Pourquoi diable s'était-il montré aussi cruel ? Elle avait le droit de fréquenter qui elle voulait, alors pourquoi se mettait-il dans un état pareil ?

— Je n'ai jamais dit que je cherchais un... un amant, affirma-t-elle en se levant d'un bond, avant d'ajouter, en le contournant comme si elle craignait qu'il ne s'en prenne à elle : je crois que je ferais mieux de rejoindre la fête...

Jurant intérieurement, il la regarda s'éloigner, les yeux humides. De toute évidence, il avait réussi là où le couple avait échoué : il l'avait fait pleurer.

Sans perdre une seconde, il s'élança à sa suite.

Elle sentit des mains à présent familières se poser sur ses épaules.

— Je vous en prie, *piccola*, laissez-moi vous présenter mes excuses.

Incapable de parler, Hope s'efforça de se calmer. C'était plus fort qu'elle. Dès que Luciano la touchait, elle perdait le contrôle de ses émotions. Celui-ci n'avait aucune idée de l'effet qu'il avait sur elle et c'était aussi bien ainsi. Après tout, il était bien trop séduisant et viril pour s'intéresser à une vierge de vingt-trois ans. Sans compter qu'il avait entendu les remarques des invités de son grand-père. Quelle humiliation !

— Lâchez-moi, ordonna-t-elle d'une voix tremblante. Il faut que j'aille voir comment va grand-père.

— Joshua a des dizaines de domestiques à sa disposition. Moi, je n'ai que vous.

— Vous n'avez pas besoin de moi.

Il la fit pivoter vers lui et glissa un doigt sous son menton.

— Je suis désolé, *piccola*. Je ne voulais pas vous blesser, affirma-t-il en plongeant son regard dans le sien.

Elle se dégagea aussitôt. Il ne fallait surtout pas que Luciano découvre à quel point sa remarque l'avait fait souffrir. Comment avait-il pu suggérer qu'elle avait besoin de payer pour se trouver un amant ? L'idée qu'un homme puisse la trouver attirante était-elle donc si ridicule ?

Comme elle restait silencieuse, il en profita pour lui essuyer délicatement les joues.

— Ce n'était qu'une plaisanterie, vous savez, ajouta-t-il avec douceur.

— C'est à moi de m'excuser, j'ai eu une réaction stupide.

— Votre réaction n'avait rien de stupide, *piccola*, mais vous devriez vous endurcir, sinon certaines personnes risquent de profiter de votre faiblesse.

— Je ne...

— Vous savez que j'ai raison, l'interrompit-il. Ces idiots racontaient n'importe quoi et pourtant ils ont réussi à vous blesser. Votre grand-père n'a pas besoin de vous acheter un mari ou un amant. Vous êtes une femme merveilleuse et n'importe quel homme aurait de la chance de vous avoir.

A ces mots, Hope sentit son cœur battre la chamade. « Reprends-toi ! », s'ordonna-t-elle. Luciano ne cherchait qu'à la consoler, rien de plus.

— C'est très gentil à vous, dit-elle avec un sourire forcé.

Luciano sembla aussitôt se détendre et lui rendit son sourire. Parfait.

Si elle arrivait à lui faire croire qu'elle allait mieux, il la laisserait peut-être tranquille et elle pourrait en profiter pour s'éclipser. Personne ne remarquerait son absence... enfin, presque personne. Edward, qui travaillait au foyer pour femmes avec elle, se poserait sans doute des questions, mais elle l'avait laissé en pleine discussion avec l'un des invités de son grand-père. Tel qu'elle le connaissait, il risquait d'en avoir pour plusieurs heures...

— Je suis certaine que vous avez des gens à voir, reprit-elle d'une voix calme. Grand-père adore profiter de ce genre d'occasion pour mener des négociations. C'est sans doute aussi votre cas.

— Je crains que vous ne vous trompiez, Hope, répliqua-t-il en s'approchant dangereusement.

Son parfum viril l'enveloppa aussitôt et ses jambes se mirent à trembler.

— Je ne comprends pas, parvint-elle à dire.

— Je n'ai aucune envie de discuter avec des hommes que je croise tous les jours. Je préférerais que vous m'accompagniez jusqu'au buffet. Je suis arrivé en retard et je n'ai pas eu l'occasion de dîner, expliqua-t-il comme elle haussait les sourcils.

Elle n'avait pas le choix. Après tout, c'était son devoir d'hôtesse...

— Dans ce cas, suivez-moi.

Elle manqua défaillir quand la main de Luciano se posa dans son dos. Il fallait à tout prix qu'elle se ressaisisse !

— Nous y voilà, déclara-t-elle dans un souffle.

— Auriez-vous la gentillesse de vous asseoir avec moi ? s'enquit-il en plongeant son regard dans le sien. J'ai horreur de manger seul.

— Bien sûr.

Que pouvait-elle faire d'autre ? De toute évidence, Luciano cherchait toujours à se faire pardonner. Elle ne pouvait décemment pas le planter là. Ce serait à la fois ridicule et impoli.

Avec un soupir résigné, elle attendit qu'il ait rempli son assiette et s'installa à une petite table, dans un coin de la pièce. Ici, au moins, ils ne seraient pas dérangés. Si elle était forcée de rester, autant en profiter un peu, car Luciano la fascinait littéralement. C'était ainsi depuis leur première rencontre, cinq ans plus tôt. Depuis, ils s'étaient croisés à de nombreuses reprises puisqu'il travaillait avec son grand-père.

— Vous vous occupez toujours de la comptabilité du foyer pour femmes ? demanda-t-il soudain.

Surprise, elle le dévisagea un instant. Il s'en était souvenu...

— Oui, nous ouvrons un autre centre à Boston dans une semaine.

— Je suppose que vous cherchez toujours des donateurs ?

C'est donc ainsi qu'il comptait se dédouaner ? Et pourquoi pas, après tout ? Inutile de le nier, sa réaction avait été exagérée. Cela dit, Luciano était immensément riche et le foyer avait besoin d'argent pour continuer à aider les femmes victimes de violences conjugales et les mères célibataires.

— Oui. Nous avons acheté des meubles pour le premier étage avec mon manteau en vison, mais le rez-de-chaussée est loin d'être terminé.

— Vous avez vendu votre fourrure ? s'enquit-il avec un sourire.

— Bien sûr que non ! C'était un cadeau, je ne pouvais pas faire une chose pareille. Je la leur ai donnée, ajouta-t-elle avec malice, et eux l'ont vendue.

— Vous êtes un peu espiègle, ma chère.

— Vous avez sans doute raison, *signore*, concéda-t-elle, les joues rouges.

— Pourriez-vous me donner les coordonnées du foyer ?

— Bien sûr.

— Je vais demander à mon assistant de faire un don en mon nom afin de financer la rénovation de plusieurs pièces.

— J'ai une carte de visite dans ma chambre. Je peux aller vous la chercher, si vous voulez ?

— Ce serait parfait. Je vous attends.

Hope récupéra la carte dans le premier tiroir du secrétaire de son bureau. En passant, elle jeta un coup d'œil à l'horloge et s'aperçut soudain qu'il était presque minuit. Si elle attendait quelques minutes, elle pourrait échapper au rituel du baiser de nouvel an. Non qu'elle craignît d'embrasser l'un des invités de son grand-père, au contraire. Mais elle devrait probablement se contenter de rester plantée au milieu de la pièce, toute seule, à regarder les autres s'enlacer...

Comme le visage de Luciano s'imposait soudain à son esprit, elle sentit son cœur se serrer. Non, c'était impossible. Elle ne supporterait jamais de le voir dans les bras d'une autre. Il aurait pourtant l'embarras du choix. Les riches hommes d'affaires attiraient toujours l'attention de magnifiques créatures avec lesquelles elle ne pouvait rivaliser.

Il valait peut-être mieux rester ici. Luciano avait sûrement trouvé à s'occuper pendant son absence. Il avait sans doute quitté la table, certain qu'elle ne manquerait pas de lui donner les renseignements demandés. Après tout, il avait fait amende honorable. Il n'avait plus à rechercher son pardon... ou sa compagnie...

Vraiment, elle n'avait rien à gagner à redescendre, si ce n'est l'assurance de n'avoir pas sa place parmi ces gens. Elle était peut-être née dans ce monde, mais elle s'y sentait une étrangère... comme partout, d'ailleurs.

Malgré elle, son regard se posa sur une citation d'Eleanor Roosevelt accrochée au mur. Elle était peut-être timide, mais il était hors de question de faire preuve de lâcheté.

Redressant la tête, elle se dirigea vers l'escalier.

Luciano sut que Hope était revenue avant même de l'apercevoir. Son parfum délicat l'enveloppa aussitôt et il se détourna du mannequin qui l'avait rejoint dès le départ de Hope.

— Vous revoilà...

Tout en jetant un bref regard à la jeune femme pendue à son bras, Hope lui tendit une petite carte blanche.

— Voici les coordonnées du foyer.

— *Grazie*, répondit-il en la glissant dans sa poche.

— Je vous en prie.

Des cris de joie retentirent soudain et les invités se mirent à égrener le compte à rebours jusqu'à minuit. Le visage de Hope s'assombrit aussitôt et elle se joignit à eux avec une expression résignée. Pourquoi diable avait-elle l'air si triste ? C'était le nouvel an...

En voyant un homme enlacer une blonde, il comprit soudain. Hope s'attendait à ce qu'il lui préfère la magnifique créature qui lui avait tenu compagnie pendant son absence. Elle avait tellement l'habitude de passer au second plan qu'il ne lui était même pas venu à l'esprit qu'un homme puisse avoir envie de l'embrasser. Il est vrai qu'elle était incroyablement timide, mais aussi douce et généreuse...

Sans perdre une seconde, il se rapprocha d'elle. Surprise, elle se contenta de le dévisager en silence. Quand il prit son visage entre ses mains et posa ses lèvres sur les siennes, elle se raidit un instant, mais ne tenta pas de le repousser. Il en profita pour approfondir son baiser et manqua devenir fou en l'entendant gémir de plaisir.

Des acclamations s'élevèrent, mais il les ignora. Plus rien n'existait que le corps de Hope contre le sien. Il ne rêvait de rien tant que de l'emmener dans la bibliothèque et de l'allonger par terre pour...

Il était sur le point de la soulever dans ses bras lorsqu'une voix masculine se fit entendre :

— L'année sera sûrement excellente si elle commence par un baiser pareil !

2

Luciano reprit soudain ses esprits et relâcha Hope.

— Luciano ? murmura-t-elle, visiblement inconsciente du trouble qu'ils suscitaient parmi les autres convives, qui les observaient avec un sourire entendu.

C'était compréhensible, du reste. Il s'était comporté comme un adolescent à son premier rendez-vous.

— J'ignorais que vous vous connaissiez aussi bien, poursuivit Joshua Reynolds sur un ton qui lui déplut immédiatement.

— Il n'est pas nécessaire de bien connaître quelqu'un pour l'embrasser le soir du réveillon, rétorqua-t-il d'une voix ferme.

Il était hors de question de laisser le vieil homme s'imaginer qu'ils entretenaient une relation.

— Tu partages son avis, ma petite ? s'enquit-il en se tournant vers Hope.

Celle-ci se contenta de le dévisager, et Luciano ne put s'empêcher de froncer les sourcils. Pourquoi restait-elle silencieuse ?

— C'est votre petite-fille, reprit-il, et vous savez aussi bien que moi que nous nous sommes à peine croisés ces dernières années.

Son regard se posa sur la jeune femme, qui sembla enfin comprendre ce qui se passait. Elle eut soudain l'air horrifiée, mais se ressaisit rapidement.

— Ce n'était rien du tout, grand-père, affirma-t-elle avec un sourire forcé, avant de tourner les talons et d'ajouter : il faut que j'aille vérifier le champagne...

Luciano la regarda s'éloigner, le cœur lourd. Il aurait dû gérer les choses différemment. De toute évidence, il avait réussi à la blesser, de nouveau. Il aurait mieux fait de rester chez lui, ce soir...

— Ça m'avait l'air plutôt sérieux, déclara Reynolds, mais je peux me tromper...

Luciano fut aussitôt sur ses gardes. Les rumeurs qui circulaient étaient peut-être fondées, en fin de compte. Cela dit, si Reynolds cherchait à acheter un mari à sa petite-fille, il risquait d'être déçu. Luciano Ignazio di Valerio n'était pas à vendre.

Il n'avait d'ailleurs aucune intention de se marier pour l'instant... et surtout pas avec une Américaine. Non, c'était une épouse traditionnelle sicilienne qu'il lui fallait. Une femme qui ne chercherait pas à tout prix à lui imposer son désir d'indépendance. Sa famille n'en attendait pas moins de lui.

Hope Bishop avait réussi à lui faire perdre momentanément l'esprit, mais il ne s'y ferait pas prendre une deuxième fois.

Hope regagna sa chambre et verrouilla la porte avec un soupir de soulagement. Il était plus de 3 heures et les derniers invités venaient enfin de partir. Elle avait dû se forcer pour ne pas se réfugier à l'étage plus tôt, mais elle avait tenu bon. Après tout, c'était pour elle que son grand-père avait organisé ce réveillon du nouvel an à Boston. C'est en tout cas ce qu'il lui avait dit. Il aurait mieux fait de s'abstenir, car elle avait passé une horrible soirée. Enfin, pas tout à fait... car Luciano l'avait embrassée !

Les jambes tremblantes, elle s'assit sur son lit. Cela faisait près de cinq ans qu'elle en rêvait, et ce soir c'était enfin arrivé. Ce baiser était encore plus merveilleux que tout ce qu'elle avait pu imaginer. Luciano était si viril, si sensuel... Il l'avait désirée avec une force qui résonnait au plus profond de son être. Mais, ensuite, il n'avait pas hésité à la repousser sans ménagement. Pis, il avait paru embarrassé que son grand-père les ait surpris...

Les larmes aux yeux, elle serra un coussin dans ses bras. Comment

Luciano avait-il pu la traiter de cette façon alors qu'il avait visiblement apprécié leur baiser ? Inutile de le nier, elle n'avait rien en commun avec les magnifiques créatures qu'il avait l'habitude de fréquenter, mais ce n'était pas une raison pour l'humilier. Il n'avait pas hésité à disparaître quelques minutes plus tard pour la laisser affronter seule les remarques et les commentaires des autres invités. Certains n'avaient pas hésité à affirmer qu'elle s'était jetée à son cou, d'autres avaient proposé de prendre la place de Luciano...

Soudain furieuse, elle jeta le coussin sur le sol. La joie qu'elle avait ressentie en embrassant l'homme de ses rêves n'était rien comparée à la colère qui lui étreignait à présent le cœur. Avec un peu de chance, elle ne reverrait plus jamais Luciano di Valerio.

— Les actions ne sont pas à vendre.

Luciano étudia Reynolds à la recherche d'une faille dans son armure, en vain. Celui-ci était un négociateur habile qui ne laissait rien paraître de ses émotions.

— Je vous offre le double de la somme que vous avez payée à mon oncle.

Il avait déjà proposé un retour sur investissement à hauteur de cinquante pour cent, sans succès.

Le vieil homme secoua la tête.

— Je n'ai pas besoin d'argent.

Il aurait dû s'en douter. Reynolds avait visiblement une idée derrière la tête...

— Dans ce cas, *signore*, de quoi avez-vous besoin ?

— D'un mari pour ma petite-fille.

Il n'était quand même pas sérieux !

— Je vous demande pardon ?

Joshua se renfonça sur son siège.

— Je ne suis plus tout jeune et j'aimerais m'assurer que quelqu'un s'occupera de Hope quand je ne serai plus là.

— Je ne pense pas que votre petite-fille approuverait votre projet.

— Ça, c'est votre problème ! rétorqua-t-il en haussant les épaules. Hope n'a aucune idée de ce qui est bon pour elle. Elle insiste pour travailler au foyer pour femmes ou au refuge pour animaux. Chaque année, elle joue les bénévoles pour le téléthon. Elle répond au téléphone et enregistre les dons, ajouta-t-il, l'air incrédule. Elle est encore plus sensible que sa grand-mère.

Visiblement, il désapprouvait fortement ses choix.

— Si je comprends bien, elle ignore que vous lui cherchez un mari ?

— Je n'ai aucune intention de discuter de ce genre de choses avec vous. Si vous voulez vraiment ces actions, vous devrez épouser Hope, conclut-il d'un ton sans réplique.

Luciano n'en croyait pas ses oreilles. Les actions en question appartenaient autrefois à Di Valerio Shipping, une entreprise créée par son arrière-grand-père, transmise de génération en génération au sein de la famille. Cela dit, il n'était pas prêt à vendre son âme pour les racheter à Reynolds...

— Gardez-les, déclara-t-il en se levant. Je ne suis pas à vendre.

— Vous, peut-être pas, mais Di Valerio Shipping, si.

A ces mots, Luciano s'immobilisa.

— Vous vous trompez, dit-il d'une voix forte. Je n'approuverai jamais la vente de la compagnie.

Di Valerio Shipping n'était qu'une part infime de son empire financier, mais il était hors de question de laisser la société familiale tomber entre les mains de ce salaud.

— Vous ne pourrez pas m'en empêcher, affirma Reynolds d'un air serein.

— Je vous rappelle que mon oncle ne détenait pas la majorité des actions.

Pour éponger ses dettes de jeu, cet idiot avait pourtant préféré s'adresser à Joshua Reynolds plutôt qu'à son neveu.

— Non, mais j'ai réussi à convaincre certains de vos cousins éloignés de me confier la gestion ou de me vendre leurs parts. J'en possède assez pour faire ce que bon me semble, conclut-il avec un sourire triomphant.

— Je ne vous crois pas.

C'était impossible. Ses cousins n'auraient jamais fait une chose pareille !

Que son oncle ait vendu à Reynolds était tout à fait compréhensible. Il avait toujours été accro aux femmes, à l'alcool et au jeu. Mais le reste ? Il refusait d'y croire...

— Lisez, ordonna Reynolds en lui tendant un dossier.

Furieux, Luciano le lui arracha pratiquement des mains. Il le parcourut à la hâte et manqua devenir fou. Il s'agissait d'un rapport recommandant la fusion de Di Valerio Shipping avec l'un de ses principaux concurrents. Il prévoyait en outre la dissolution totale de l'entreprise familiale. C'était plus qu'il n'en pouvait supporter.

— Vous ne voulez pas m'acheter, vous cherchez à me faire chanter.

Reynolds haussa les épaules, nullement embarrassé.

— Appelez ça comme vous voulez mais, si vous tenez à garder Di Valerio Shipping au sein de votre famille, vous épouserez ma petite-fille.

— Qu'est-ce qui ne va pas chez elle ? demanda soudain Luciano. Ça doit être grave pour que vous en soyez réduit à de telles manœuvres.

Pour la première fois depuis le début de leur conversation, Reynolds parut sincèrement désarçonné. De toute évidence, il ne s'attendait pas à ce que Luciano lui pose la moindre question.

— Rien du tout, répondit-il, vexé. Elle est timide et bien trop sensible, mais je suis certain qu'elle fera une épouse parfaite.

— Pour un homme qui n'a pas la moindre envie de l'épouser ? ironisa-t-il, furieux.

— Ne me dites pas que vous croyez au grand amour, rétorqua Reynolds. Vous êtes assez âgé pour penser à fonder une famille et je ne saurais que trop vous conseiller de ne pas perdre de temps. Sans quoi, vous découvrirez qu'il est trop tard pour profiter de ceux que vous aimez, conclut-il dans un souffle.

C'était vraiment la meilleure ! Comment Reynolds osait-il lui donner ce genre de conseils alors qu'il avait négligé sa petite-fille pendant des années ?

— Je vous ai fait une offre, reprit-il d'une voix plus ferme. A vous de voir si vous l'acceptez.

Comme s'il avait le choix ! Le vieux grigou était visiblement bien décidé à mettre son plan à exécution.

— Si je refuse, la société disparaîtra.

— Rien n'est éternel, lâcha Reynolds, sans la moindre gêne.

Fou de rage, Luciano s'efforça de se calmer. Il ne perdait jamais le contrôle de ses émotions et il était hors de question de laisser Reynolds voir à quel point la perspective de perdre l'entreprise familiale le touchait.

— Il faut que j'y réfléchisse, finit-il par dire.

— Faites... Pendant que j'y pense, ajouta-t-il comme Luciano se dirigeait vers la porte, ma petite-fille est partie pour l'Europe il y a deux semaines en compagnie de quatre autres filles et cinq jeunes hommes. Elle parle souvent de l'un d'entre eux dans ses lettres. Apparemment, ils seraient... très proches, précisa-t-il avec malice. Vous devriez peut-être faire quelque chose si vous souhaitez que votre fiancée soit toujours vierge le jour de votre mariage...

Hope poussa un soupir émerveillé en observant le Parthénon. Les derniers rayons du soleil illuminaient le monument, offrant une vue à couper le souffle.

— Tu devrais prendre une photo avant qu'il ne soit trop tard, lança David. Allez, chérie, dépêche-toi un peu...

Déconcentrée par son accent texan, elle dut faire un effort pour ne pas lui demander de partir.

Il s'était montré si gentil ces trois dernières semaines, l'accompagnant quand les circonstances l'exigeaient sans rien demander en retour que son amitié. Elle s'était sentie très à l'aise dans le groupe, mais elle avait eu un peu de mal à se faire des amis. C'était David qui l'avait aidée à s'intégrer, aussi s'évertua-t-elle à la patience...

— Je n'en ai que pour une minute. Pourquoi tu ne retournerais pas m'attendre dans le bus ?

— Je ne peux pas te laisser seule.

Ravalant un soupir, Hope fit le point et prit un cliché.

— C'est bon, on peut y aller, dit-elle en rangeant l'appareil offert par son grand-père avant son départ.

— On a encore vingt minutes devant nous, fit remarquer David.

— Dans ce cas, pourquoi as-tu insisté pour que je me dépêche ?

— Je voulais avoir ton attention, avoua-t-il avec un sourire.

Surprise, elle l'observa avec méfiance.

— Pourquoi ?

— On pourrait aller se promener, proposa-t-il en lui prenant la main.

De toute évidence, l'idée qu'elle puisse refuser ne lui avait même pas effleuré l'esprit. Elle hésita un instant, mais finit par se laisser entraîner à l'écart du groupe. C'était leur dernière journée à Athènes. Autant en profiter un peu...

— C'est magnifique, dit-elle en découvrant l'entrée du Parthénon.

— C'est encore plus beau avec toi, rétorqua-t-il en plongeant son regard dans le sien. Tu es vraiment charmante, Hope.

Elle éclata de rire.

— Je pourrais en dire autant de toi.

— Les hommes ne sont pas charmants. Ton père ne t'a-t-il rien appris ? s'enquit-il d'un air moqueur.

Hope se contenta de secouer la tête. Elle n'avait aucune envie de lui expliquer qu'elle n'avait jamais connu son père. Ce n'était qu'un visage sur la photographie que son grand-père gardait dans le salon.

— Dans ce cas, je ne le dirai plus, mais tu ne pourras pas m'empêcher de le penser, ajouta-t-elle, malicieuse.

David éclata de rire et serra sa main dans la sienne. Il lui avait fallu du temps pour s'habituer à ces petits gestes sans importance... comme à sa façon de l'appeler « chérie » en permanence.

Ils se dirigeaient vers le bus lorsqu'une voix féminine retentit soudain.

— Hope !

Surprise, elle aperçut leur guide qui agitait la main dans sa direction. Un homme en costume se tenait à ses côtés. Elle plissa les yeux dans l'espoir de l'identifier, en vain. Il était trop loin.

Comme elle s'approchait, l'inconnu tourna la tête et elle manqua défaillir. Luciano ! Que venait-il faire ici ?

Visiblement conscient que quelque chose n'allait pas, David la força à s'arrêter et se plaça devant elle.

— Tu le connais ? demanda-t-il d'une voix sèche.

Surprise de sa réaction, elle étudia un instant son visage.

— C'est l'un des associés de mon grand-père.

— On dirait un *mafioso.*

— Il est sicilien, reconnut-elle, mais c'est un homme d'affaires, pas un mafieux.

— Il y a une différence ? se moqua David.

Elle s'apprêtait à répondre, mais fut distraite par Luciano qui se dirigeait vers eux d'un pas décidé. Pour une raison inconnue, il lui rappelait un jaguar qu'elle avait vu au zoo quand elle était enfant. Il était magnifique… et incroyablement dangereux.

— J'aimerais vous inviter à dîner, déclara-t-il en guise de salut.

— Comment saviez-vous que j'étais ici ? demanda-t-elle, trop curieuse pour lui en vouloir.

— Votre grand-père savait que je me rendais à Athènes. Il m'a demandé de vous rendre visite.

— Oh…

C'était idiot, mais elle ne pouvait s'empêcher d'être déçue. Il n'était pas venu la voir ; il ne cherchait qu'à rendre service à son grand-père…

— Elle va très bien, déclara David.

Elle rougit soudain en s'avisant qu'elle n'avait pas fait les présentations.

— Luciano, voici David Holton. David, je te présente Luciano di Valerio.

Les deux hommes s'observèrent en silence et l'expression de

Luciano sembla s'assombrir davantage quand il remarqua que David lui tenait la main.

— Je vois que vous avez choisi l'option numéro deux, se contenta-t-il de dire.

Hope le dévisagea un instant sans comprendre. Soudain, le souvenir de leur conversation dans la bibliothèque lui revint à la mémoire. Si la première option était un mari, la seconde devait être... un amant ! Luciano pensait que David et elle étaient amants...

Pour une raison inconnue, elle se sentit soudain coupable.

— Il n'y a rien entre nous, dit-elle en forçant David à la lâcher.

Visiblement vexé, celui-ci lui adressa un regard peu amène.

— Je comptais t'inviter à sortir avec moi, ce soir.

— Je suis navré, mais ça ne va pas être possible, lança Luciano.

S'adressant à Hope, il reprit :

— J'ai prévenu votre guide que je vous raccompagnerais à l'hôtel.

— C'est très gentil à vous, mais ce ne sera pas nécessaire, rétorqua-t-elle d'un ton sec.

Il ne pensait pas qu'elle allait accepter de le suivre après la façon dont il l'avait traitée, le soir du réveillon ?

— Grand-père n'a pas à s'inquiéter, poursuivit-elle, et vous n'auriez pas dû annuler vos projets pour lui rendre service.

— Il voulait que je vienne vous voir, mais c'est moi qui ai décidé de vous inviter à dîner.

Hope ne pouvait y croire. Elle s'y refusait. Six mois plus tôt, il l'avait embrassée comme si sa vie en dépendait avant de la rejeter publiquement. Il l'avait laissée affronter seule les remarques désobligeantes des autres invités... et n'avait même pas pris la peine de la joindre pour s'excuser. C'était presque comme si elle n'existait pas. Et, maintenant, il s'attendait à ce qu'elle...

Elle s'apprêtait à répondre, mais David s'interposa.

— Je comptais t'emmener dans ce petit resto que tu aimes tant, chérie, dit-il en insistant sur ce dernier mot.

De toute évidence, il cherchait à convaincre Luciano qu'ils étaient ensemble. Ce qui était un mensonge, évidemment.

— Tu aurais pu m'en parler plus tôt.

— Je voulais te faire la surprise. Je n'imaginais pas qu'une espèce d'Italien arrogant tenterait de te voler à moi, ajouta-t-il avec une grimace de mépris en direction de Luciano.

La tension était à son comble. Les deux hommes semblaient prêts à en venir aux mains. Il fallait impérativement faire quelque chose...

Elle aurait pu demander à Luciano de les laisser tranquilles, mais elle avait envie de profiter de l'occasion pour lui faire comprendre que son comportement était inacceptable. Sans compter qu'elle mourait d'envie de découvrir pourquoi il s'intéressait tout à coup à elle après l'avoir traitée comme une pestiférée.

Cela dit, c'était sans doute une très mauvaise idée. Luciano était bien trop séduisant et viril. Il risquait de lui briser le cœur si elle ne se montrait pas plus prudente. Non, il valait mieux garder ses distances et rester avec David... qui se montrait de plus en plus possessif à son égard. Il n'avait pourtant aucun droit sur elle, puisqu'ils n'étaient qu'amis.

Perplexe, elle observa ses deux compagnons en se mordillant les lèvres. Elle allait devoir faire un choix, mais lequel ?

3

— J'ai fait une réservation pour 20 h 30. Nous devrions nous dépêcher, *piccola mia*, dit Luciano en ignorant complètement David.

— Tous les Européens sont-ils aussi arrogants ? demanda ce dernier.

Inquiète, Hope croisa le regard de Luciano, qui semblait imperturbable.

— Nous y allons ? s'enquit-il d'un ton calme.

David fit une grimace et s'avança, mais elle le retint. Il était encore trop jeune et inexpérimenté pour comprendre qu'il valait mieux ne pas avoir un homme aussi puissant que Luciano di Valerio comme ennemi. Sa réaction était disproportionnée et ridicule, mais David était son ami. C'était peut-être aussi l'occasion de lui faire comprendre que leur relation ne dépasserait jamais le stade de l'amitié.

— Je suis navrée, David, fit-elle en se tournant vers lui. On pourrait peut-être remettre ça ?

— Nous quittons Athènes demain, lui rappela-t-il.

— Je sais.

Il aurait probablement continué si le chauffeur du bus ne s'était pas mis à klaxonner.

— Tu ferais mieux d'y aller, dit-elle, soulagée. On se voit demain ?

— Comme tu veux, chérie, concéda-t-il avant de lui donner un baiser.

Trop choquée pour réagir, elle se contenta de rester plantée là. C'était la première fois qu'il l'embrassait.

— Si tu ne veux pas attendre demain, tu peux toujours me rejoindre dans ma chambre quand « l'ami » de ton grand-père t'aura ramenée à l'hôtel, conclut-il avec un sourire sous-entendant que Luciano était aussi âgé que Joshua Reynolds.

Malgré elle, Hope faillit l'imiter.

— Les compagnes de votre jeune ami doivent sans doute chercher ailleurs ce qu'il ne peut leur offrir, mais je peux vous garantir, *bella mia*, que vous rentrerez parfaitement satisfaite... de votre soirée, ajouta-t-il d'une voix suave.

Hope manqua suffoquer. Cette fois, il était allé trop loin !

— Ça suffit. Je n'ai aucune intention de laisser l'un d'entre vous me satisfaire, s'écria-t-elle, les joues rouges. Et sachez que je n'apprécie pas ce combat de coqs. Je crois que je vais rentrer à l'hôtel et dîner dans ma chambre !

David adressa un regard triomphant à Luciano et se dirigea vers le bus. Il pensait peut-être avoir gagné, mais il se trompait. Il allait le découvrir rapidement, car elle était bien décidée à mettre sa menace à exécution.

Elle voulut le suivre, mais la main de Luciano se posa sur son épaule.

— Nous devrions vraiment parler de votre détestable habitude de partir avant la fin de la conversation. Ce n'est pas très poli, *piccola*, ajouta-t-il en faisant signe au chauffeur de s'en aller.

Furieuse, elle regarda le bus s'éloigner. Elle aurait pu se mettre à hurler mais, avec l'air conditionné à pleine puissance, personne ne l'aurait entendue. Sans compter qu'elle n'avait aucune envie de se donner en spectacle devant les centaines de touristes qui visitaient le site. Cela dit, Luciano ne perdait rien pour attendre...

— C'était très grossier de votre part, *signore*, déclara-t-elle avec colère. Je n'apprécie pas d'être traitée de la sorte. Vous n'avez d'ailleurs aucun droit de me dire ce que je dois faire.

— Je n'en ai peut-être pas le droit, mais sachez que j'ai mes raisons. J'aimerais passer du temps avec vous, *cara*.

— Mais vous vous fichez de ce que je veux, moi ? demanda-t-elle, le cœur battant.

— Au contraire, mais dites-moi : préférez-vous dîner seule dans votre chambre plutôt que de passer la soirée avec moi ?

Non, bien sûr que non, mais Luciano avait le pouvoir de la faire souffrir.

— Là n'est pas la question. Vous avez sous-entendu que nous allions...

Elle était tout simplement incapable de le dire à haute voix, ce qui raviva encore sa colère. Elle réagissait comme une vierge effarouchée. Il fallait à tout prix qu'elle se reprenne.

— Je ne ferais jamais une chose pareille, reprit-elle en croisant les bras.

Elle manqua suffoquer comme Luciano éclatait de rire. Cette fois, c'en était trop ! Elle ne le laisserait pas la ridiculiser de nouveau.

Elle tourna les talons, mais il la rattrapa, l'attira à lui et l'embrassa, la laissant les jambes chancelantes.

— Ça fait six mois que je rêve de faire cela, déclara-t-il en plongeant son regard dans le sien. Veuillez m'excuser pour ma conduite de tout à l'heure. Je crains de m'être laissé emporter.

Le souffle court, elle se contenta d'étudier son visage. Etait-il sincère ?

— Passez la soirée avec moi, *cara*, reprit-il. Je sais que vous en mourez d'envie.

— David avait raison. Vous êtes horriblement arrogant.

— Peut-être, concéda-t-il en haussant les épaules, mais j'ai raison.

Il prit ses lèvres et elle ne put retenir un gémissement de plaisir. C'était encore mieux que dans son souvenir. Luciano était tellement viril, tellement sensuel ! Il éveillait en elle des sensations nouvelles... et incroyables.

Il la relâcha soudain et l'entraîna à sa suite. Ce n'est que lorsqu'il s'adressa à son service de sécurité qu'elle s'avisa qu'il l'avait ramenée à sa voiture.

Dieu du ciel ! C'était exactement comme ce qui s'était passé le soir du réveillon. Il l'avait embrassée et le reste du monde avait disparu. Comment diable cet homme faisait-il pour avoir un tel effet sur elle ?

Avec un soupir résigné, elle s'installa à l'intérieur, son sac aux couleurs vives jurant avec les sièges en cuir de la limousine. Elle n'avait vraiment pas sa place ici, surtout dans ses sandales usées et sa robe chiffonnée.

— Il vaudrait mieux que vous me rameniez à l'hôtel, dit-elle à l'instant où il l'interrogeait sur ses vacances.

Leurs regards se croisèrent et le cœur de Hope s'emballa.

— Je n'ai aucune envie de vous raccompagner à l'hôtel.

— J'ai besoin de me changer, expliqua-t-elle avec un sourire.

Et de se recoiffer, sans doute. Elle devait ressembler à un épouvantail.

— Vous êtes parfaite.

— Pour manger un sandwich sur le pouce.

— Je ne suis pas certain de pouvoir vous trouver ça à Athènes, *cara*.

— Vous m'avez très bien comprise.

— Faites-moi confiance, *piccola*. Je ne chercherais jamais à vous humilier.

Il avait la mémoire courte.

— Alors, comment se passent vos vacances ? s'enquit-il d'un air curieux.

Il avait remonté la vitre de séparation et semblait sincèrement intéressé.

— C'est merveilleux.

— Quelle a été votre étape favorite jusqu'à présent ?

— C'est difficile à dire, répondit-elle avec un sourire. J'ai apprécié chaque instant… sauf peut-être le temps d'attente dans les aéroports. David et les autres ont rendu ces moments plus agréables.

Luciano fronça les sourcils.

— C'est sérieux, entre vous ?

— Si ça l'était, vous avez probablement tout fichu en l'air ce soir.

Il n'avait pas besoin de savoir que David ne l'intéressait pas le moins du monde...

Loin d'avoir l'air coupable, il rétorqua :

— Il avait l'air de croire que vous alliez le rejoindre dans sa chambre. Vous couchez ensemble ?

— Ça ne vous regarde absolument pas !

Il se pencha vers elle et elle eut soudain du mal à respirer.

— Répondez-moi.

C'était hors de question. Elle était timide, mais pas lâche.

— Non, dit-elle en croisant les bras. Et, si vous comptez jouer les brutes sans cervelle, j'aimerais autant que vous me rameniez à l'hôtel.

Etonnamment, il se renfonça sur son siège.

— Je ne suis pas une brute, mais je ne supporte pas de vous imaginer avec lui.

— Pourquoi ?

— Vous avez vraiment besoin de poser la question après le baiser que nous avons partagé ? demanda-t-il, incrédule.

— Vous agissez ainsi avec toutes les femmes que vous embrassez ?

— Vous êtes différente.

— Pas du tout. Je ne suis qu'une petite idiote dénuée de charme et d'intelligence, et probablement encore vierge ! rétorqua-t-elle avec force avant de se mordre les lèvres.

Elle n'aurait pas dû se laisser emporter.

— Je ne vois pas en quoi cela me rend spéciale, ajouta-t-elle précipitamment.

— Vous sembliez très proches, David et vous, fit-il soudain remarquer. Vous lui teniez même la main.

A l'entendre, il les avait surpris au lit...

— Nous sommes amis.

— Je suis également votre ami, mais vous n'agissez pas ainsi avec moi.

— Pour l'amour du ciel ! s'écria-t-elle. Nous savons tous les deux que vous ne prendriez jamais une femme par la main sauf pour l'amener dans votre lit, bien sûr.

— Etait-ce donc ce que David avait en tête ?

— C'est ridicule !

— Je ne crois pas, non. Il vous regarde comme si vous lui apparteniez.

— Je vous l'ai déjà dit : nous sommes amis, rien de plus, précisa-t-elle dans un soupir.

— Il s'attendait pourtant à ce que vous le rejoigniez dans sa chambre au milieu de la nuit, rétorqua-t-il en plissant les yeux.

Elle explosa.

— Il ne s'est jamais rien passé entre nous ! Au cas où vous l'auriez oublié, ce n'est pas du tout mon genre. Je suis censée être vierge, vous vous rappelez ?

Et voilà ! A présent, il savait qu'elle n'avait pas couché avec David...

A sa décharge, il ne sourit même pas. Au contraire, il fronça les sourcils.

— Arrêtez de répéter ces bêtises, ordonna-t-il d'une voix sèche. Cet homme ne sait rien de vous, il ne connaît pas votre nature passionnée. Vous verrez que j'ai raison quand vous serez dans mon lit.

— Je vous demande pardon ?

Elle avait sûrement mal compris...

— Ne vous inquiétez pas, dit-il avec un soupir, je n'ai aucune intention de vous séduire ce soir.

— Mais vous en avez l'intention ?

Ce n'était pas possible. Elle devait être en train de rêver...

Ignorant purement et simplement sa dernière question, il demanda :

— Pourquoi ne me donnez-vous pas le nom du restaurant que vous aimez tant ?

Soulagée qu'il change de sujet, elle lui parla de Psiri et des petits bistrots qu'elle y avait découverts.

— Ça ressemblait beaucoup à Soho, mais je m'y suis sentie

beaucoup plus à l'aise. C'était sans doute parce que j'étais encore à l'université quand j'ai visité New York, expliqua-t-elle en haussant les épaules. Ma colocataire venait de Manhattan et ses amis étaient gothiques.

Elle ne s'était jamais sentie aussi peu à sa place de toute sa vie.

— Psiri est un quartier magnifique et l'atmosphère y est beaucoup plus décontractée, si vous voyez ce que je veux dire, poursuivit-elle.

— Je ne suis jamais allé à Soho et ça fait des années que je n'ai pas profité des plaisirs nocturnes d'Athènes.

— Ça ne doit pas être facile d'aller prendre un verre dans un bar quand on est suivi en permanence par une équipe de sécurité.

Comme celle qui les suivait dans une voiture banalisée en ce moment même.

— C'est plutôt que je n'ai pas le temps. J'ai passé les dix dernières années à consolider mon empire financier, avoua-t-il d'un air sérieux. Ma vie sociale se résume à rencontrer des investisseurs ou des collaborateurs potentiels.

— Comme mon grand-père.

— Peut-être.

— C'est donc de ça qu'il s'agit ? s'enquit-elle, soudain méfiante. Vous avez passé un accord avec mon grand-père ?

— Qu'est-ce qui vous fait croire ça ?

— Ce n'était qu'une supposition, répondit-elle en haussant les épaules. J'ai simplement du mal à croire que vous ayez pensé à moi pendant six mois.

Elle préféra passer sous silence son autre déclaration : celle où il affirmait vouloir la séduire. Il n'était probablement pas sérieux.

— Vous ne m'avez même pas appelée, poursuivit-elle. Et nous savons tous les deux que je ne ressemble pas aux femmes que vous avez l'habitude de fréquenter.

C'était peu dire. Il était toujours accompagné par de magnifiques créatures aux jambes interminables, comme ce mannequin, à la soirée du réveillon. L'une de ses anciennes maîtresses était même une princesse qui dépensait sans compter. Sa dernière conquête en date était un top-modèle italien voluptueux. Comparée à ces femmes sublimes, elle devait ressembler à une adolescente maigrichonne.

— J'apprécie votre compagnie, affirma-t-il en plongeant son regard dans le sien.

— Pourquoi devrais-je vous croire ?

— Parce que je vous le dis, répondit-il, visiblement irrité.

— Votre comportement tend pourtant à prouver le contraire.

Il fronça les sourcils.

— Que voulez-vous dire par là ?

Heureusement, elle fut dispensée de répondre car le chauffeur leur annonça qu'ils étaient arrivés.

Tandis qu'il aidait Hope à sortir de la limousine, Luciano en profita pour l'observer. Qui aurait cru qu'une jeune femme aussi douce et timide se montrerait aussi têtue ? Après ce qui s'était passé lors de la fête du nouvel an, il avait cru qu'il parviendrait à la séduire rapidement. A présent, il n'en était plus aussi sûr...

Sans un mot, elle le suivit dans l'ascenseur en prenant soin de ne pas croiser son regard. Elle semblait en colère contre lui, mais pourquoi ? Peut-être éprouvait-elle des sentiments pour le grand blond qui avait osé l'embrasser ? De toute évidence, ils étaient très proches. Hope n'avait pas couché avec ce type, mais il en avait visiblement envie. Le souvenir d'un autre homme cherchant à lui voler celle qui lui appartenait s'imposa soudain à son esprit et il serra les poings. Hope l'ignorait sans doute, mais elle lui appartenait. Elle le découvrirait bientôt... comme cet idiot d'Américain. Il verrait alors ce qu'il lui en coûterait de ne pas garder ses distances...

— Où sommes-nous ? demanda soudain Hope comme les portes s'ouvraient.

— Au siège de ma compagnie, à Athènes.

Elle sortit et regarda autour d'elle.

— On dirait que vous vivez ici. Ne me dites pas que vous préférez mener vos négociations dans votre salon plutôt que dans une salle de conférences, ajouta-t-elle d'un air moqueur.

Il ne put réprimer un sourire. Décidément, il appréciait de plus en plus ce petit côté insolent. Son épouse se devait d'avoir de la repartie. Ce qui ne voulait pas dire qu'il ne divorcerait pas une fois qu'il aurait obtenu ce qu'il voulait...

— Nous sommes au dernier étage de la tour Valerio, expliqua-t-il. Mon bureau se trouve juste en dessous.

— Où mène cette porte ?

— C'est le penthouse de la compagnie.

Elle haussa les sourcils.

— Je croyais que c'était celui de votre maîtresse.

— Vous êtes déchaînée, ce soir, riposta-t-il.

Elle rougit aussitôt et détourna le regard.

Intéressant ! S'il l'avait invitée, c'était avant tout pour découvrir si elle était au courant des plans de son grand-père. Il serait injuste de la punir si elle était elle aussi victime des machinations de Reynolds. Son comportement tendait d'ailleurs à prouver qu'elle ignorait tout des projets de son aïeul.

Cela dit, les femmes adoraient jouer avec les sentiments des hommes. Elles repoussaient souvent un homme pour mieux le séduire par la suite. C'était une technique imparable... surtout lorsque l'objet de leur attention était un Sicilien particulièrement attaché aux traditions...

— Je croyais que vous m'emmeniez dîner. Nous avions une réservation pour 20 h 30.

— C'est le cas. Mon cuisinier nous a préparé un repas, expliqua-t-il comme elle le regardait d'un air méfiant. Si nous avions été en retard, ça aurait provoqué une véritable catastrophe.

— Vraiment ?

— La sauce aurait tourné et les légumes auraient brûlé, dit-il avec malice.

— Je vois, rétorqua-t-elle avec un sourire. Nous dînerons sur la terrasse ?

— La vue est magnifique. Je crois qu'elle vous plaira.

— Pourquoi faites-vous ça ? demanda-t-elle soudain. Je suis certaine que vous avez l'embarras du choix, alors pourquoi passer la soirée en compagnie de la petite-fille d'un de vos associés ?

— Comme je vous l'ai déjà dit, j'en avais envie, répondit-il, irrité. Est-ce si difficile à croire ?

Comment osait-elle douter ainsi de lui ? C'était tout simplement inacceptable.

— Vous ne fréquentez que des femmes sexy et sophistiquées qui n'ont rien en commun avec moi.

Pour une raison inconnue, sa réaction le mit en colère.

— Un homme doit goûter de nombreux fruits avant de trouver celui qui lui conviendra pour le restant de ses jours.

— Vous êtes donc en train de dire que vous avez envie de quelque chose de plus banal, répliqua-t-elle, visiblement contrariée.

Il combla la distance qui les séparait et prit son visage dans ses mains.

— Je dis juste que vous êtes celle qui me comblera pour le restant de mon existence.

Hope ne parvenait plus à respirer. C'était impossible. Elle devait avoir mal compris…

La relâchant, Luciano s'écarta légèrement.

— Souhaitez-vous vous rafraîchir avant le dîner ?

Elle acquiesça, incapable de parler. Luciano la conduisit jusqu'à une chambre d'amis, mais elle s'arrêta sur le seuil.

— Je vous en prie, Luciano, ne jouez pas avec moi. Nous savons tous les deux que vous êtes trop bien pour moi, murmura-t-elle, les yeux rivés au sol.

Elle ne voulait surtout pas se retrouver dans la même situation qu'il y a quelques mois, quand il l'avait rejetée sans explication…

— Je ne joue pas, *cara*, dit-il en plongeant son regard dans le sien.

Comme elle avait envie de le croire, mais le souvenir de ce qui s'était passé au nouvel an ne cessait de la hanter.

— Pourquoi...

Elle s'interrompit, incapable de continuer.

— Pourquoi ? répéta-t-il.

— Pourquoi m'avez-vous repoussée après m'avoir embrassée ? demanda-t-elle, la gorge serrée.

C'était plus fort qu'elle. Elle avait besoin de savoir.

— Je n'ai jamais fait une chose pareille, affirma-t-il, visiblement vexé.

— Bien sûr que si ! Je suis bien placée pour le savoir, ajouta-t-elle comme il fronçait les sourcils.

— Je suis peut-être parti un peu vite parce que je ne voulais pas vous mettre mal à l'aise.

— Vous n'êtes pas sérieux ?

— Si, rétorqua-t-il, d'un ton ferme.

— Si je comprends bien, vous m'avez humiliée pour ne pas me mettre mal à l'aise ?

Si c'était ainsi que l'esprit d'un homme fonctionnait, ce n'était guère étonnant qu'il y ait tant de problèmes entre les deux sexes.

— Embrasser Luciano di Valerio n'a rien d'une humiliation !

— Mais être rejetée publiquement, oui !

4

— Qu'est-ce que vous voulez dire ?

— Les trois heures qui ont suivi ont été un cauchemar, s'écria-t-elle. Ils se sont moqués de moi : « Cette pauvre Hope qui n'a pas hésité à se jeter au cou de Luciano di Valerio ! »

— Mais c'est moi qui vous ai embrassée ! J'ai même refusé les avances de cette blonde pour vous !

— Le mannequin ? s'enquit-elle avec un sourire désabusé. Elle a raconté à tout le monde qu'elle aurait fini la soirée avec vous si je n'étais pas intervenue.

Sans elle, l'incident n'aurait pas tourné à l'humiliation publique. Seul son cœur aurait été brisé...

— Comment s'appelait-elle ? demanda Luciano d'un ton froid.

— Qu'est-ce que ça peut faire ?

Pensait-il sincèrement qu'il pouvait encore rattraper les choses ? Il était bien trop tard pour ça.

— De toute façon, je l'ignore, reprit-elle. J'espère simplement ne plus jamais les revoir, elle et tous les autres.

C'était impossible, bien sûr, puisque la majorité des invités était constituée des associés et des collaborateurs de son grand-père.

Luciano jura en italien.

— Vous savez combien d'hommes sont venus me proposer ce que vous m'aviez refusé ? Ils ne cherchaient qu'à me rendre service, poursuivit-elle avec un rire sans joie.

Ils étaient visiblement convaincus qu'elle avait besoin d'eux. A tort. David, lui, la désirait. Il lui avait même proposé de le rejoindre dans sa chambre, ce soir. Et pourquoi pas, après tout ? Lui au moins ne lui donnait pas l'impression de rendre un service... à elle ou à son grand-père.

— Je veux leurs noms, déclara Luciano, furieux.

Sa réaction l'étonna, car c'était la première fois qu'elle le voyait perdre son sang-froid.

— Pourquoi ?

— Ils vous ont insultée, répondit-il comme si c'était une explication suffisante.

— Vous aussi.

— Donnez-moi leurs noms, exigea-t-il d'un ton froid.

Il avait ignoré sa dernière remarque, mais semblait décidé à venger son honneur. Pourquoi ?

— Je ne crois pas que ce soit une bonne idée.

— Peu importe. Contentez-vous d'obéir.

— Ne me donnez pas d'ordres, Luciano, le prévint-elle d'une voix tremblante.

— J'aime donner des ordres, demandez donc à ma sœur. Vous feriez mieux de vous y habituer, *cara*.

— Je ne crois pas, non.

— Je veux savoir qui sont ces hommes.

— Ils n'étaient pas si nombreux que ça.

En fait, il n'y en avait eu que deux, mais c'était largement suffisant...

— Vous ne devriez donc pas avoir de problèmes pour vous souvenir de leurs noms.

— Que comptez-vous faire ?

— Je vais leur parler.

— Et c'est tout ?

— C'est tout, promit-il, l'air sombre.

Hope soupira. De toute évidence, Luciano n'avait aucune intention de laisser tomber.

Elle lui donna le nom de deux individus particulièrement déplaisants. L'un d'eux l'avait même coincée dans le couloir pour l'embrasser. Elle n'avait eu d'autre choix que de lui donner un coup de pied dans le tibia pour se libérer. Il l'avait copieusement insultée avant de s'enfuir en boitant.

— Je n'ai jamais voulu ça, affirma soudain Luciano.

— Je sais.

Du moins, c'était le cas, à présent.

— Vous comprenez maintenant pourquoi il vaudrait mieux que vous me laissiez tranquille, poursuivit-elle. Je sais que je suis horriblement banale, mais je n'en demeure pas moins une femme et je n'ai aucune envie de souffrir davantage.

Luciano avait le pouvoir de la blesser plus profondément qu'aucun autre.

— Je ne vous ai pas fait de mal.

Comment pouvait-il dire une chose pareille ?

— Vous m'avez traitée comme une pestiférée. Vous êtes parti et vous n'êtes jamais revenu ! lança-t-elle avec force. Je ne sais pas ce qui se passe, mais je n'ai plus l'âge de croire aux contes de fées. Un homme comme vous ne pourrait jamais s'intéresser à quelqu'un comme moi.

A ces mots, Luciano sourit.

— Vous nous voyez donc dans les rôles respectifs du prince charmant et de la grenouille ? Je peux vous assurer que je suis plus que prêt à vous embrasser et à vous transformer en princesse.

Hope manqua suffoquer. Comment osait-il se moquer ainsi d'elle ?

— Laissez-moi tranquille, Luciano, supplia-t-elle, les larmes aux yeux.

Refusant qu'il la voie pleurer, elle tourna les talons et se réfugia dans la salle de bains. Quelques minutes plus tard, il la rejoignit.

— Vous m'avez mal compris, *bella mia*. Ce n'était qu'une blague.

— Sortez ! ordonna-t-elle dans un souffle. J'ai besoin de me rafraîchir un peu.

— Je ne peux pas vous laisser dans cet état.

— Pourquoi pas ? C'est ce que vous avez fait il y a six mois.

— Je vous assure que j'ignorais que je vous avais blessée.

— Vous voulez me faire croire que, si ça avait été le cas, vous seriez resté ? demanda-t-elle, incrédule. Vous n'auriez pas réagi comme si ce baiser ne signifiait rien pour vous ?

Cette fois, il resta silencieux. De toute évidence, la vérité risquait de la faire souffrir davantage...

— C'est bien ce que je pensais, reprit-elle d'un ton sec.

Sans lui laisser le temps de réagir, Luciano l'attira à lui.

— Tout cela appartient au passé. Nous recommençons à zéro, *cara*, dit-il en plongeant son regard dans le sien.

Le cœur de Hope se mit aussitôt à battre la chamade.

— Je ne suis pas faite pour vous, souffla-t-elle. Je devrais être avec un homme comme David.

A ces mots, Luciano sembla sur le point d'exploser.

— Votre place est avec moi, affirma-t-il avant de prendre ses lèvres.

Hope noua les bras autour de son cou. Le baiser qu'ils avaient échangé au nouvel an était extraordinaire, mais ce n'était qu'une étincelle comparée au brasier qui semblait s'être déclaré en elle.

Luciano la souleva soudain dans ses bras et elle manqua perdre la tête. C'était la première fois qu'elle était aussi proche d'un homme... et c'était merveilleux. Luciano la maintenait pressée contre lui comme pour lui prouver à quel point il la désirait.

Sans la relâcher, il glissa une main sous sa robe et remonta lentement le long de sa cuisse. Un gémissement lui échappa lorsque Luciano entreprit de la caresser. Jamais elle n'avait ressenti de telles sensations. C'était comme si de la lave en fusion coulait dans ses veines, comme si son corps ne lui obéissait plus.

Malgré elle, elle se lova plus étroitement contre lui et une vague de plaisir menaça de l'engloutir tout entière.

— Luciano...

Il dit quelque chose en italien et traça un sillon de baisers brûlants dans son cou.

— Tu m'appartiens, *bella mia*. Admets-le, ordonna-t-il en lui mordillant l'oreille.

Il avait raison. C'était ainsi depuis leur première rencontre, quand elle n'avait que dix-huit ans.

— Oui, oh oui !

— *Cara !* murmura-t-il avant de prendre de nouveau ses lèvres.

Tout à coup, le reste du monde sembla disparaître. Il n'y avait plus que la bouche de Luciano, que son corps musclé pressé contre le sien…

Une voix retentit soudain dans la pièce voisine.

— *Signore* di Valerio…

— *Si ?* fit Luciano d'une voix rauque.

— *E la vostra madre.*

« C'est votre mère. » Ces quelques mots suffirent à ramener Hope à la réalité.

Luciano s'écarta d'elle, contrarié.

— Il faut que je prenne cet appel, *piccola mia*.

Incapable de parler, Hope se contenta d'acquiescer. Comment avait-elle pu commettre la même erreur ? Elle avait embrassé Luciano, de nouveau ! Et elle s'était abandonnée entre ses bras jusqu'à perdre tout sens commun. C'était à la fois humiliant… et terrifiant.

— Regarde-moi, Hope, demanda-t-il d'une voix douce.

Elle secoua la tête. C'était tout simplement impossible.

— Tu ne dois pas te sentir coupable.

C'était facile à dire. Il avait l'habitude de faire ce genre de choses… contrairement à elle.

— Tu ne peux pas comprendre, répliqua-t-elle avec humeur. Tu collectionnes les conquêtes.

Il éclata de rire, ajoutant à sa colère.

— Je t'interdis de te moquer de moi, Luciano.

Levant les mains en un signe d'apaisement, il déclara :

— Je n'ai pas eu autant de maîtresses que tu sembles le croire et je ne cherche pas à te séduire.

— Mais oui, bien sûr !

La prenait-il vraiment pour une idiote ?

Doucement, il glissa une mèche derrière son oreille et plongea son regard dans le sien. Son cœur se mit aussitôt à battre la chamade.

— Tu m'appartiens, Hope, comme aucune femme avant toi.

Le souffle de Hope se bloqua dans sa gorge. Luciano semblait sous-entendre qu'il voulait une relation sérieuse avec elle. Elle avait dû mal comprendre, car c'était tout simplement impossible...

— Ta mère t'attend, lui rappela-t-elle en baissant les yeux.

Elle avait besoin de temps pour reprendre le contrôle de ses émotions.

Il sembla un instant sur le point d'insister, mais se contenta d'acquiescer.

— Je n'en ai pas pour longtemps.

Après s'être passé de l'eau fraîche sur le visage, Hope étudia son reflet dans le grand miroir. Elle affirmait ne rien avoir en commun avec les femmes que fréquentait habituellement Luciano, mais c'était un mensonge. Après tout, ne se trouvait-elle pas dans la salle de bains qui avait dû accueillir nombre de ses conquêtes ? La seule différence était qu'elle était vierge. Et un homme aussi viril et sensuel que Luciano di Valerio ne devait pas être habitué à cela...

Luciano s'arrêta à quelques mètres de Hope et en profita pour l'observer. Elle semblait parfaitement à sa place au milieu des fleurs décorant sa terrasse. En fait, elle avait l'air d'une fée... prête à s'évanouir dans la nature.

Malgré lui, il serra les poings. Il était hors de question de laisser Hope lui échapper. De toute évidence, elle le désirait, mais elle ne lui faisait pas confiance. Comment lui en vouloir, du reste ? Il n'en avait pas eu l'intention, mais il l'avait blessée en la quittant si rapidement après l'avoir embrassée. Les invités de son grand-père qui l'avaient humiliée payeraient pour cela. Il y veillerait personnellement.

Epouser Hope était sans doute la meilleure façon d'arranger les choses. Les méthodes de Reynolds étaient discutables, mais il avait une dette envers sa petite-fille. Une dette à laquelle l'honneur de Luciano lui interdisait de se soustraire, alors pourquoi ne pas accepter la proposition du vieil homme ? Ce n'était pas comme si la perspective de partager le lit de Hope était insurmontable. Au contraire. Il lui tardait déjà d'y être...

Hope tourna la tête et aperçut soudain Luciano qui la fixait intensément. Les battements de son cœur s'accélérèrent aussitôt.

— Je suis désolé d'avoir été si long, dit-il en la rejoignant dans son costume impeccable.

— Ce n'est rien. J'en ai profité pour admirer la vue. C'est magnifique, ajouta-t-elle, enchantée.

La terrasse était gigantesque et avait été transformée en un jardin luxuriant.

Luciano lui sourit et s'installa en face d'elle. Un serveur leur apporta l'entrée, suivie du plat principal... également végétarien.

— Tu t'es rappelé que je ne mangeais pas de viande, déclara-t-elle, sincèrement surprise.

Alors que son grand-père, avec qui elle vivait depuis ses cinq ans, semblait l'ignorer ou ne pas s'en soucier.

— Ça n'a rien d'extraordinaire, rétorqua-t-il en haussant les épaules. J'espère seulement que ça ne te dérange pas qu'on en mange en ta présence.

— Pas du tout.

Sa réponse sembla lui plaire, car il acquiesça d'un air satisfait. Elle faillit lui demander pourquoi cela l'intéressait autant, mais renonça comme il commença à l'interroger sur sa vie à Boston.

— Pourquoi es-tu à Athènes ? s'enquit-elle, curieuse.

Son grand-père refusait toujours de discuter de ses affaires.

— Je fais de fréquents voyages entre mes différentes sociétés.

Il semblait aussi passionné par son travail que son grand-père.

— Ça t'arrive de prendre du bon temps ?

Luciano sourit.

— C'est ce que je suis en train de faire.

— Pas tout à fait. Tu rends service à l'un de tes collaborateurs, expliqua-t-elle comme il la regardait sans comprendre. Autrement dit, tu défends tes intérêts professionnels.

— Je peux t'assurer que je n'ai pas pensé un seul instant à mon travail depuis que je t'ai vue marcher main dans la main avec ton ami, déclara-t-il d'un ton sec.

De toute évidence, il n'avait toujours pas digéré l'incident avec David.

— Comment va ta mère ? demanda-t-elle pour changer de sujet. Et ta sœur ? Elle doit avoir près de vingt ans à présent. Elle a déjà rencontré quelqu'un ?

L'espace d'un instant, il sembla surpris.

— Tu as l'air d'en savoir beaucoup sur moi.

— C'est normal, on se connaît depuis cinq ans.

Il n'avait cessé de hanter ses rêves les plus fous depuis…

— Ma mère va bien, répondit-il en se renfonçant sur son siège. Elle me pousse à me marier.

A ces mots, Hope sentit son cœur se serrer. Sa réaction était ridicule, elle le savait. Luciano avait déjà trente ans. Il était normal qu'il songe à fonder une famille. L'imaginer avec une autre femme était pourtant insupportable.

— Et ta sœur ?

L'expression de son visage s'adoucit aussitôt.

— Martina est bien trop occupée à profiter du temps qui lui reste à l'université pour se trouver un prétendant sérieux.

— C'est toi qui l'as encouragée à venir étudier aux Etats-Unis, n'est-ce pas ?

Ils avaient discuté des différentes facultés lors d'un dîner organisé par son grand-père, quelques années plus tôt.

— *Si*. Elle est très heureuse, mais maman craint qu'elle n'ait plus envie de revenir s'installer en Sicile.

Que répondre à ça ? Ayant perdu sa mère alors qu'elle n'était qu'une enfant, elle n'avait aucune expérience des relations mère-fille.

— Je crois qu'elle a raison de s'inquiéter, ajouta-t-il. Les gens ont une autre mentalité en Sicile. Dans le village d'où je viens, se promener main dans la main avec une personne du sexe opposé signifie que tu vas l'épouser, déclara-t-il avec un regard entendu.

Hope retint un soupir. Pourquoi revenait-il toujours sur ce qui s'était passé ? Il n'y avait rien entre David et elle.

— David vient du Texas, expliqua-t-elle. Il est très démonstratif, mais c'était parfaitement innocent.

— C'est pour ça qu'il t'a invitée à le rejoindre dans sa chambre à coucher ?

— C'était la première fois, rétorqua-t-elle avec humeur. Ce n'était qu'une réaction à ton comportement arrogant et désagréable.

Luciano haussa les sourcils.

— Es-tu vraiment assez naïve pour croire que ce type ne cherche pas à te mettre dans son lit ?

— Je ne suis pas naïve.

— Tu manques visiblement d'expérience, sinon tu saurais qu'un homme ne s'intéresse pas à une femme de cette façon sans rien attendre en retour.

Fallait-il vraiment qu'il souligne à quel point elle avait dû lui sembler maladroite, comparée à ses conquêtes habituelles ? En d'autres mots, elle s'était ridiculisée... une fois de plus !

— J'aimerais rentrer, à présent... à moins que tu n'aies prévu de continuer à m'insulter.

— Nous n'avons pas encore pris le dessert.

— Je n'ai plus faim, dit-elle en désignant son assiette, et je dois me lever tôt demain.

— Pour aller retrouver David, ajouta-t-il, l'air furieux.

C'était à peine croyable : il était jaloux !

— Je te l'ai déjà dit, je n'ai pas l'intention d'aller le retrouver, affirma-t-elle, les dents serrées. Mais, même si c'était le cas, ça ne te regarderait pas.

— Comment peux-tu dire une chose pareille après m'avoir

laissé t'embrasser et te caresser de cette façon ? s'enquit-il d'une voix vibrante de colère.

— Je ne me rappelle pas t'avoir donné l'autorisation.

— Tu ne m'as pas repoussé, répliqua-t-il, visiblement vexé par ses insinuations. Au contraire...

Elle rougit aussitôt.

— Un vrai gentleman ne ferait jamais ce genre de remarque.

— Et une vraie dame ne quitterait pas les bras d'un homme pour se jeter dans le lit d'un autre !

Indignée, Hope se leva.

— Si je comprends bien, je suis une traînée parce que je t'ai laissé m'embrasser.

Il l'imita et combla la distance qui les séparait.

— Je refuse que tu ailles retrouver David, s'écria-t-il. Tu es à moi, Hope.

— Je ne t'appartiens pas !

— Si, et je t'interdis de partir.

5

Hope n'en croyait pas ses oreilles. Elle avait déjà entendu parler du tempérament volcanique des Italiens, mais il y avait des limites. Sa réaction était à la fois ridicule et disproportionnée. Et, s'il était vraiment sincère, pourquoi ne l'avait-il pas contactée depuis le réveillon ?

— Je te rappelle que tu as disparu après m'avoir embrassée. Tu n'as pas cherché à me revoir parce que ça ne signifiait rien pour toi, poursuivit-elle sans lui laisser une chance de répondre. Tu as passé un bon moment, sans plus.

— Tu t'attendais à une demande en mariage ? s'enquit-il d'un air moqueur.

— Bien sûr que non ! C'est toi qui répètes que je t'appartiens parce que nous avons échangé un baiser sans conséquence.

— Tu sais très bien qu'il y avait plus que ça, affirma-t-il en plongeant son regard dans le sien. J'aurais pu faire de toi ce que je voulais.

Hope manqua suffoquer d'indignation.

— Tu es sans doute un amant très doué mais, comme tu l'as dit toi-même, je suis novice en la matière. N'importe quel homme aurait eu cet effet sur moi.

C'était un mensonge, bien entendu, mais Luciano n'avait pas besoin de le savoir.

— Si c'est vraiment ce que tu crois, tu devrais peut-être tenter l'expérience avec ton ami David.

— Je n'ai aucune envie d'essayer quoi que ce soit avec qui que ce soit, y compris avec toi, dit-elle en croisant les bras.

Il n'avait pas l'air convaincu, aussi reprit-elle :

— J'essayais simplement de te faire comprendre que tu n'as aucun droit sur moi. Si tu adoptais la même attitude avec tes anciennes conquêtes, tu serais déjà à la tête d'un harem.

Loin de se sentir insulté, il sembla au contraire se réjouir de son commentaire.

— Tu es très différente des femmes que j'ai connues, dit-il d'une voix plus douce.

— « Connues » est un euphémisme, je suppose ? s'enquit-elle avec ironie.

Combien de fois avait-elle eu le cœur brisé en découvrant des photos de lui et de sa maîtresse du moment dans les tabloïds ?

— La différence est que tu ne me *connais* pas, reprit-elle froidement.

— Je n'ai jamais apprécié la vulgarité, fit-il remarquer en plissant les yeux.

Elle non plus, mais ça n'avait pas d'importance. Elle rougirait plus tard de son audace. Pour l'instant, la seule chose qui comptait était de gagner cette bataille.

— Je n'ai jamais apprécié les hommes souffrant du complexe du chien du jardinier.

— De quel jardinier parles-tu ? demanda-t-il, sans comprendre.

Hope le dévisagea un instant avant d'éclater de rire. Elle était en train de se disputer avec Luciano di Valerio parce qu'il lui offrait ce qu'elle avait toujours voulu !

— Tu te moques de moi ?

— Pas du tout, répondit-elle en s'efforçant de recouvrer son sérieux. Cette situation est tellement incroyable. On se chamaille pour des bêtises ! Tu ne veux pas vraiment que je t'appartienne, tu...

— Je t'assure que si, la coupa-t-il.

— Nous savons tous les deux que ceci n'a rien à voir avec moi. David et toi vous comportez comme deux chiens se battant pour le même os, expliqua-t-elle. Tu ne cherches pas tant à gagner qu'à t'assurer que David sera perdant. Je n'ai aucune envie de me retrouver entre vous deux, conclut-elle dans un soupir.

Elle aurait dû s'en rendre compte plus tôt. Luciano ne s'intéressait pas à elle, il en voulait simplement à David. Il était temps de voir la réalité en face.

— J'aimerais rentrer, annonça-t-elle. Pourrais-tu demander à ton chauffeur de me ramener ou m'appeler un taxi ?

Luciano avait compris qu'elle était sérieuse, car il se contenta d'acquiescer.

— Je te raccompagne.

— Ce n'est pas la peine.

— Bien sûr que si, grogna-t-il.

Elle hésita un instant avant d'accepter. C'était son problème, après tout, s'il avait du temps à perdre.

Le trajet jusqu'à l'hôtel se déroula dans le silence. Luciano était trop en colère pour discuter. Il ne fallait surtout pas que Hope découvre à quel point il la désirait. Elle était peut-être timide et inexpérimentée, mais elle n'en demeurait pas moins capable de se servir de ses émotions pour le manipuler.

Comment la situation avait-elle pu dégénérer à ce point ? Il avait cru qu'il suffirait d'un baiser pour lui prouver qu'elle lui appartenait. Il s'était lourdement trompé. Elle l'avait repoussé tout en clamant haut et fort son désir d'indépendance. La convaincre de l'épouser ne serait pas chose facile. Le temps lui était pourtant compté. La date butoir fixée par Reynolds approchait dangereusement. Il lui fallait à tout prix obtenir l'accord de Hope et organiser un mariage dans les semaines à venir, dans la plus pure tradition sicilienne...

Hope sortit à l'instant où la voiture se gara. Luciano la laissa faire sans un mot avant de la suivre. Elle écarquilla les yeux en découvrant qu'il ne comptait pas lui faciliter la tâche.

— Merci pour cette soirée intéressante, dit-elle en lui tendant la main. Le repas était délicieux et la vue tout simplement époustouflante.

Elle omit délibérément de parler de lui et il ne put réprimer un sourire face à tant d'insolence.

Il lui prit le bras.

— Je te raccompagne jusqu'à ta chambre.

— Je suppose qu'il ne sert à rien de discuter.

— En effet.

— C'est bien ce que je pensais, soupira-t-elle.

— Je ne peux pas te laisser partir comme ça.

— Parce que tu es trop possessif.

— Non, parce que mes bonnes manières me l'interdisent, rétorqua-t-il d'un ton sec.

L'ascenseur était vide, ce qui était aussi bien. Il n'avait pas besoin d'un public. Ils s'arrêtèrent au quatrième étage quelques secondes plus tard.

— Quel numéro ?

— 422.

Comme ils s'engageaient dans le couloir, une porte s'ouvrit soudain et une masse de cheveux blonds apparut. C'était sûrement David. Peut-être était-ce le bon moment pour lui faire comprendre que Hope lui appartenait.

— Bonne nuit, dit-elle.

— *Buona notte*, répondit-il en prenant ses lèvres.

Elle voulut protester, mais il était trop tard. Hope se raidit comme il la plaquait contre lui avant de s'abandonner à ses caresses. Un juron retentit soudain, mais il l'ignora. Plus rien n'existait que ce corps aux courbes parfaites et au parfum ensorcelant.

Elle gémit et il envisagea un instant de lui faire l'amour jusqu'à ce qu'elle accepte de l'épouser. Ce n'était pourtant pas une bonne idée. Hope risquait de s'en vouloir et de se sentir coupable. Elle finirait par en souffrir et il ne voulait surtout pas lui faire de mal. Elle ignorait tout des projets de son grand-père, il en était certain à présent. Il lui devait le respect. Elle allait devenir la mère de ses enfants, après tout...

— Tu m'appartiens, affirma-t-il en la repoussant doucement. Ton corps le sait déjà. C'est ta tête qu'il me faudra convaincre.

— Que fais-tu de mon cœur ? murmura-t-elle.

— Toute femme a le droit d'aimer son mari.

— Son mari ? répéta-t-elle, visiblement sous le choc.

— Penses-y.

Il attendit qu'elle ait verrouillé la porte pour partir. Comme il parcourait le couloir, il songea soudain à David. Il était peut-être temps d'avoir une sérieuse conversation avec ce Roméo.

Penses-y...

C'est tout ce qu'elle avait fait depuis la veille. Luciano l'avait embrassée comme si sa vie en dépendait avant de la demander en mariage. Enfin, pas exactement... Il avait affirmé qu'une femme devait aimer son mari, mais ça ne voulait pas dire qu'il comptait l'épouser. Elle avait peut-être mal compris. A moins qu'il ne se soit moqué d'elle ? Il n'avait pourtant pas eu l'air de plaisanter...

Les jambes tremblantes, elle s'effondra sur le lit. Qu'était-elle donc censée faire ? Luciano avait hanté ses rêves pendant plus de cinq ans, mais elle n'avait jamais envisagé qu'ils puissent devenir réalité. Les hommes comme lui ne s'intéressaient jamais à des femmes comme elle. Sans compter qu'il pouvait se montrer horriblement possessif et obtus. Il avait peut-être encouragé sa sœur à venir étudier aux Etats-Unis, mais il restait attaché aux traditions. Or elle était bien trop indépendante pour accepter qu'il prenne toutes les décisions à sa place. Ce qui ne manquerait sans doute pas de le mettre en colère.

Secouant la tête, elle referma sa valise et la déposa devant sa chambre.

Epouser Luciano di Valerio était une idée ridicule. Leur mariage était voué à l'échec. A l'heure qu'il était, il devait d'ailleurs déjà regretter de lui avoir fait cette offre...

En entrant dans la salle à manger, elle aperçut David assis à une table près de la fenêtre. Ils avaient l'habitude de prendre leur petit déjeuner ensemble. D'autres membres du groupe les rejoignaient parfois, mais ce matin il était seul.

— Bonjour, dit-elle en s'installant en face de lui.

Il leva les yeux de son journal et l'observa en silence.

De toute évidence, il était toujours furieux qu'elle ait choisi de partir avec Luciano.

— Tu es retourné dans le quartier de Psiri ? s'enquit-elle avec un sourire.

— Ça t'intéresse ?

Elle fit signe au serveur.

— Je vais commander mon petit déjeuner.

— Je ne crois pas que ce soit une bonne idée, affirma-t-il d'un ton sec qui la surprit.

— Qu'est-ce que tu veux dire ?

— Ton petit ami n'apprécierait pas.

— Je n'ai pas de petit ami.

— Ce n'est pourtant pas l'impression que j'ai eue hier soir.

Hope soupira.

— Je suis désolée, mais tu n'aurais pas dû faire de projets sans me demander mon avis.

— Ne t'inquiète pas, je ne commettrai plus la même erreur.

— Ce n'était pas si grave que ça !

— Parle pour toi. Tu as peut-être apprécié que deux hommes se battent pour toi, ajouta-t-il, mais je trouve ton comportement déplorable.

— Mon comportement ? répéta-t-elle, de plus en plus irritée par son attitude.

— Tu aurais dû me dire que tu n'étais pas libre.

— Au cas où tu ne l'aurais pas remarqué, nous sommes au XXIe siècle. Je n'appartiens à personne et je ferai ce qu'il me plaît.

Tous les hommes considéraient-ils les femmes comme leur propriété ou était-ce réservé aux individus les plus arrogants ?

David ricana.

— Ton petit ami ne voit pas les choses de cette façon.

— Ce n'est pas mon petit ami, lui rappela-t-elle, les dents serrées.

— C'est pour ça que tu as préféré le suivre plutôt que de m'accompagner au restaurant ?

Elle n'allait quand même pas lui avouer que Luciano l'avait presque kidnappée. C'était bien trop humiliant.

— Si je comprends bien, dîner avec un homme en fait automatiquement mon petit ami ?

Dieu du ciel ! Il était encore plus vieux jeu que Luciano.

— Je sais qu'il s'est passé quelque chose entre vous.

— Quoi ?

— J'étais dans ma chambre quand tu es rentrée hier soir, précisa-t-il.

— Et alors ?

— Vous vous êtes embrassés ! s'écria-t-il d'une voix vibrante de colère. Et, comme si ça ne suffisait pas, il m'a ensuite ordonné de garder mes distances.

— Il n'avait pas le droit de faire une chose pareille !

Pourquoi Luciano se montrait-il aussi possessif ? Ça n'avait vraiment aucun sens…

David plissa les yeux.

— Il avait sa main sur tes fesses et sa langue dans ta bouche. Si ça n'en fait pas ton petit ami, quel genre de femme cela fait-il de toi ?

— Qu'est-ce que tu sous-entends exactement ?

David jeta son journal sur la table et se leva.

— Tu l'as laissé te tripoter en public, mais tu ne m'as jamais autorisé à te donner un baiser. Qu'est-ce que je suis censé penser ? conclut-il avant de tourner les talons.

Hope le regarda s'éloigner. Comment en étaient-ils arrivés là ?

David était son ami, du moins, c'est ce qu'elle avait cru. Il venait pourtant de l'accuser d'être une traînée...

Luciano avait peut-être raison, en fin de compte. David était jaloux... ce qui était à la fois incompréhensible et complètement ridicule. David était très séduisant. Il n'avait aucune raison de s'intéresser à quelqu'un d'aussi inexpérimenté qu'elle. Elle était encore vierge, pour l'amour du ciel ! Non, il s'agissait sans doute simplement d'une question d'ego froissé...

Cela dit, le comportement de Luciano était, lui, bien plus difficile à expliquer. Il semblait décidé à la séduire... et à l'épouser, elle, Hope Bishop. Comme si elle pouvait faire une chose pareille...

Poussant un soupir, elle entama son petit déjeuner. Il valait mieux prendre des forces. Elle allait sûrement en avoir besoin...

Hope avait mal dormi. Cela faisait cinq jours qu'elle était en Italie, et elle n'avait pas vu Luciano depuis leur dîner en Grèce. Naples ne se trouvait pourtant qu'à quelques kilomètres de Palerme. Ce n'était quand même pas le bout du monde, surtout pour un multimillionnaire possédant un hélicoptère et un jet privé...

Enfin, c'était peut-être mieux ainsi. Ça lui avait au moins permis d'arranger les choses avec David. Il s'était excusé dès leur arrivée à Rome et ils avaient décidé de visiter le Vatican ensemble. Leur relation avait toutefois changé. Elle se montrait à présent plus prudente dans ses propos et veillait à éviter tout contact physique. Après tout, elle avait peut-être inconsciemment encouragé David à croire qu'ils avaient un avenir ensemble.

Etouffant un bâillement, elle pénétra dans la salle à manger.

— Tu as l'air fatiguée, trésor. Il vaudrait peut-être mieux que tu annules le reste de ton voyage.

Elle tourna aussitôt la tête. Cette voix... c'était lui !

— Qu'est-ce que tu fais ici ?

— Ne me dis pas que tu es surprise de me voir ? demanda-t-il, éludant la question.

— Bien sûr que si ! Ça fait une semaine que je ne t'ai pas vu, ajouta-t-elle comme il haussait les sourcils.

— Tu t'attendais à ce que je vienne te rendre visite plus tôt ?

— Non, enfin...

Elle n'avait pas envie de mentir, mais elle n'allait pas lui faciliter les choses pour autant.

— J'ai dû rentrer à New York pour affaires.

— Tu aurais pu appeler. Grand-père a mon numéro de portable.

— Je n'y ai pas pensé, reconnut-il, l'air sombre.

De toute évidence, il s'en voulait.

— Ce n'est rien, lui assura-t-elle avec un sourire, mais tu n'as pas répondu à ma question : qu'est-ce que tu fais ici ?

— J'aimerais visiter Pompéi avec toi.

— Ça me plairait beaucoup.

C'était la vérité. Luciano hantait ses rêves les plus fous depuis plus de cinq ans. C'était le seul homme avec lequel elle pouvait imaginer fonder une famille. Il lui était tout simplement impossible de le repousser.

Son regard se posa soudain sur David qui discutait avec l'une des jeunes femmes de leur groupe.

— Je vois qu'il a enfin compris le message, fit remarquer Luciano.

— Tu n'aurais jamais dû aller lui parler, ce soir-là.

— Je n'avais pas le choix. Tu refusais de reconnaître que tu m'appartenais. J'avais besoin de m'assurer qu'il le savait.

Hope soupira. Ça ne servait à rien de se disputer avec lui. Il était déjà trop tard pour changer quoi que ce soit.

— Je dois avouer que je m'attendais à une autre réaction de ta part, lança-t-il en l'observant avec attention.

Comme elle restait silencieuse, il demanda :

— Cela veut-il dire que tu es d'accord ?

— Tu me poses vraiment la question ? s'enquit-elle, surprise.

Alors ça, c'était une première...

— Je veux savoir si tu es prête à accepter l'inévitable.

Hope se mordit la lèvre. Pour une raison étrange, elle lui faisait confiance. Il n'avait pas cherché à la blesser à la fête du nouvel an et il semblait prêt à tout pour éviter qu'elle souffre de nouveau. Alors, pourquoi ne pas cesser de se mentir ? Elle le désirait avec une force qui l'effrayait et l'émerveillait à la fois. Elle n'avait pas le choix...

— Je suis prête.

6

Luciano ne put s'empêcher de sourire. Tout se passait exactement comme prévu. Di Valerio Shipping lui appartiendrait bientôt… tout comme Hope.

— Nous progressons enfin, dit-il d'un air satisfait.

Il prit le bras de la jeune femme, qui ne chercha pas à l'en empêcher. Et dire qu'il avait presque été forcé de la kidnapper pour la convaincre de dîner avec lui une semaine plus tôt…

Comme elle s'installait, il en profita pour poser un baiser léger sur son front. Ses magnifiques yeux bleus s'écarquillèrent aussitôt. Elle semblait toujours surprise qu'il puisse avoir envie de la toucher ou de l'embrasser. Cette apparente timidité était touchante… bien qu'incompréhensible après les instants qu'ils avaient partagés.

— Tu as l'air épuisée, dit-il comme le serveur venait leur apporter du café. Nous devrions peut-être reporter la visite de Pompéi.

Réprimant un bâillement, elle répondit :

— C'est impossible. Nous prenons l'avion pour Barcelone demain.

— Je préférerais que tu restes en Italie.

Elle se raidit, mais garda son calme.

— Mon voyage est censé durer encore deux semaines.

— Passe-les avec moi à Palerme. Maman aimerait te rencontrer et Martina est rentrée. Elle serait sûrement ravie de passer du temps avec quelqu'un de son âge, ajouta-t-il pour achever de la convaincre.

— Tu as parlé de moi à ta mère ?

— Bien sûr.

Elle n'avait pas été particulièrement heureuse de découvrir que Hope était américaine, mais la perspective d'avoir des petits-enfants lui avait aussitôt rendu le sourire.

— Qu'est-ce que tu lui as dit ? s'enquit-elle d'un air méfiant.

— Que j'avais rencontré *mi moglie*, ma future femme.

— J'avais compris, affirma-t-elle en portant sa tasse à ses lèvres.

Elle se mit à tousser et il lui tendit un verre d'eau.

— Est-ce que ça va ?

— C'était trop chaud, rétorqua-t-elle, les larmes aux yeux.

— Tu devrais faire plus attention, ma chérie. Comment puis-je t'embrasser si tu te brûles la bouche ?

Elle rougit aussitôt.

— Je me demandais si tu étais sérieux pour le mariage, expliqua-t-elle avec une gêne évidente.

— Je le suis.

— Je le sais à présent, mais je n'ai toujours pas digéré la nouvelle.

Elle n'était pas la seule. Il aurait éclaté de rire si on lui avait dit qu'il épouserait un jour une jeune Américaine, vierge de surcroît.

— La vie est imprévisible.

— Tu as sans doute raison, concéda-t-elle.

— Ce qui veut dire que tu acceptes de m'accompagner en Sicile pour aller rencontrer ma famille ?

— Je ne suis pas sûre que ce soit une bonne idée…

Luciano s'évertua à rester calme. Hope était nerveuse. Il ne devait pas la brusquer alors qu'il était sur le point d'obtenir ce qu'il voulait.

— Pourquoi ? demanda-t-il d'une voix douce. Si tu t'inquiètes pour ta réputation, je peux t'assurer que ma mère est prête à jouer les chaperons.

— Ça n'a rien à voir avec ça. Je te rappelle que j'ai vingt-trois ans, ajouta-t-elle avec force. Je n'ai pas besoin d'être protégée.

Sa réaction le fit sourire.

— Alors quel est le problème ?

— Je ne suis pas certaine que grand-père approuvera.

— Je lui en ai déjà parlé.

— Vraiment ? s'enquit-elle, visiblement surprise.

— C'est tout à fait naturel, puisque j'ai décidé d'épouser sa petite-fille.

Reynolds était d'ailleurs déjà au courant. C'était son idée après tout, mais, ça, Hope n'avait pas besoin de le savoir. Elle allait bientôt devenir sa femme, c'était tout ce qui comptait à présent.

— Comment peux-tu être aussi sûr de toi ?

— Je te demande pardon ?

— Tu répètes que tu vas m'épouser comme si nous avions déjà fixé une date, expliqua-t-elle. Tu ne m'as même pas fait ta demande.

Elle n'avait pas tort. Il n'avait même pas pris la peine de lui faire la cour. Toute femme méritait pourtant de se sentir désirée… ce qui était sûrement son cas après ce qui s'était passé entre eux !

— Il me semblait pourtant que c'était la prochaine étape logique. Nous nous sommes embrassés au nouvel an et à Athènes, précisa-t-il comme elle le regardait sans comprendre, ce qui devrait nous amener à coucher ensemble, puis à nous marier. Après tout, tu es encore vierge et j'accorde de l'importance aux traditions.

— Ce n'est pas ce que je voulais dire, affirma-t-elle, les joues rouges.

— Je croyais que tu étais enfin prête à admettre que tu m'appartenais.

Ils n'étaient quand même pas revenus au point de départ ?

— C'est le cas, mais tu n'es pas obligé de m'épouser.

— Bien sûr que si.

— Tu as eu des dizaines de conquêtes, tu ne leur as pourtant jamais fait ce genre d'offre.

C'était vrai… mais il ne les avait pas désirées avec autant de force.

— Je n'avais jamais embrassé de vierge.

— Tais-toi, ordonna-t-elle en jetant des regards anxieux autour d'elle. Ce n'est pas le moment d'évoquer ma vie intime.

— Je partage ton avis.

D'autant qu'il risquait de perdre le contrôle s'il continuait à songer au plaisir qu'ils connaîtraient quand elle partagerait son lit. Il valait mieux changer de sujet...

— Viens à Palerme avec moi et laisse-moi te convaincre.

— Tu veux me faire la cour ? s'enquit-elle, incrédule.

— Oui.

— J'ignorais que ça se faisait encore.

— Fais-moi confiance, ce genre de rituel existera aussi longtemps que les hommes chercheront un moyen d'obtenir ce qu'ils veulent.

— Tu prévois d'en faire autant en m'emmenant voir ta famille ? demanda-t-elle, l'air à la fois choquée et amusée.

— Tout à fait.

— Bon, c'est d'accord.

Hope s'étira paresseusement en observant Martina qui terminait ses longueurs. La petite sœur de Luciano était adorable. Malgré leurs trois ans de différence, elles étaient vite devenues amies. Il faut dire que Martina n'était pas aussi obsédée par les traditions familiales que Luciano et sa mère. Celle-ci l'avait accueillie à bras ouverts, et semblait convaincue que Hope ne tarderait pas à devenir sa belle-fille. Elle était même allée jusqu'à prendre ses mesures pour la robe.

Quand Hope en avait parlé à Luciano, il s'était contenté de sourire et de féliciter sa mère pour son initiative. De toute évidence, il était certain qu'elle finirait par accepter sa proposition. La perspective de se retrouver mariée à un homme aussi arrogant et sûr de lui était pourtant terrifiante, car elle doutait de lui... et d'elle.

Sa réaction était sans doute ridicule. Luciano lui avait bien fait comprendre qu'il appréciait sa compagnie et qu'il souhaitait l'épouser. En fait, il se comportait comme le parfait soupirant. Il prenait le temps de déjeuner avec elle, de l'emmener au restaurant et de lui présenter ses amis. La plupart d'entre eux ne semblaient pas surpris qu'il l'ait choisie au détriment d'une créature plus exotique. C'était compréhensible, du reste. Les hommes comme eux prenaient souvent une maîtresse. C'était peut-être le cas de Luciano ? Il fallait impérativement lui poser la question avant le mariage. Elle avait besoin de savoir... mais elle avait peur de la réponse. Que ferait-elle s'il disait oui ou s'il se mettait en colère ? Ce n'était pas comme s'il lui avait donné des raisons de le soupçonner d'infidélité...

Il la couvrait de cadeaux et lui avait même acheté le Bikini qu'elle portait en ce moment. Le seul problème était qu'il n'avait pas tenté de l'embrasser ou de la toucher une seule fois depuis son arrivée à Palerme. S'était-il déjà lassé d'elle ? Mais, alors, pourquoi s'obstinait-il à vouloir l'épouser ?

Une voix retentit soudain, la faisant sursauter.

— Ça fait une heure que je t'appelle, se plaignit Martina en la rejoignant. A quoi tu penses ?

— A ton avis ?

— A mon frère.

— Gagné !

— Tu comptes toujours l'épouser, n'est-ce pas ? demanda-t-elle, visiblement inquiète.

— Je n'en sais rien.

— Comment peux-tu dire une chose pareille ? Il t'adore. Il t'a même offert ce livre de poésies italiennes ringard.

— Je ne lis pas l'italien, répliqua-t-elle.

— Tu apprends.

C'était vrai. Elle avait même fait d'immenses progrès en quelques jours. Ainsi s'était-elle rapidement rendu compte que Luciano ne lui disait jamais aucun mot d'amour en français ou en italien.

— Tu l'aimes aussi, affirma Martina en s'installant sur la chaise longue à côté de la sienne.

— J'ai le droit de garder le silence... surtout en présence d'une jeune femme un peu trop curieuse, ajouta-t-elle avec un sourire.

Martina éclata de rire.

— Tu n'as pas besoin de confirmer, argua-t-elle en secouant la tête. Ton visage s'illumine littéralement dès qu'il entre dans une pièce. Et tu es bien trop sérieuse pour te contenter d'une liaison sans lendemain. Les femmes comme toi n'envisagent pas le sexe sans amour, conclut-elle avec sérieux.

Etait-elle donc si transparente ? Pas étonnant que Luciano et sa mère soient à ce point convaincus que le mariage aurait bien lieu.

— Qu'est-ce que tu veux dire par « les femmes comme toi » ? demanda-t-elle, curieuse. Tu veux dire que tu pourrais coucher avec un homme que tu n'aimes pas ?

D'ordinaire, elle ne posait pas ce genre de questions, mais Martina avait réussi à la mettre à l'aise.

— Je n'irais peut-être pas jusque-là, répondit-elle avec un sourire, mais je le laisserais m'embrasser.

Hope ne pouvait pas en dire autant. Il n'y avait que Luciano.

— Tu as peut-être raison, en fin de compte, admit-elle à contre-cœur. Je dois être amoureuse de lui.

— J'en étais sûre ! s'écria Martina. Vous allez vous marier, maman me l'a dit.

— Ça ne m'étonne pas.

Elle avait déjà pris les mesures pour sa robe...

— Elle meurt d'envie d'avoir des petits-enfants, tu sais.

— Et si je n'ai pas envie de tomber enceinte tout de suite ?

— Je ne pense pas que Luciano ait envie d'attendre, lâcha-t-elle avec prudence.

C'était bien ce qu'elle pensait. Luciano l'épousait uniquement parce qu'il voulait fonder une famille le plus vite possible.

— De toute façon, ça n'a aucune importance, dit-elle en haussant les épaules. Ton frère ne m'a pas encore fait sa demande, alors ça ne sert à rien de se perdre en conjectures.

— Parce que tu n'es pas sûre qu'il va le faire ou parce que tu n'es pas sûre de dire oui ? s'enquit Martina.

— Dieu du ciel ! s'exclama soudain une voix masculine. Si j'avais su que ce maillot était aussi sexy, j'en aurais choisi un autre.

— Bonjour, Luciano. Pour ma part, je trouve Hope magnifique, ajouta-t-elle en lui faisant un clin d'œil. Cela dit, tu n'as peut-être pas tout à fait tort...

— Ne soyez pas ridicules, les gronda Hope. C'est parfaitement décent.

Le soutien-gorge lui couvrait complètement la poitrine. Quant au short, il était bien moins voyant que les strings qu'arboraient d'autres jeunes femmes sur les plages.

— Je ne suis pas de cet avis, marmonna Luciano.

— Si ça te dérange autant, tu n'as qu'à...

— Surtout pas ! l'interrompit Martina. Si tu le laisses choisir tes vêtements, il ne s'arrêtera pas là. Il cherchera à t'imposer toutes ses décisions.

A ces mots, l'expression du visage de Luciano s'assombrit dangereusement.

— J'allais dire que, si ça le dérangeait autant, il n'avait qu'à détourner les yeux.

Souriant à Luciano, elle reprit :

— Tu es rentré tôt aujourd'hui.

— Nous sommes invités chez DeBreco. Il a organisé une piscine-party pour la signature d'un contrat important.

— Marco donne une fête ? demanda Martina, tout excitée.

— Oui.

— Je suis invitée ?

— Bien sûr.

— Je vais me changer, annonça-t-elle en se relevant. Quand est-ce qu'on part ?

— Dans moins d'une heure. On va se baigner, lui rappela-t-il comme elle s'éloignait d'un pas rapide. Ne perds pas ton temps à te maquiller et à te coiffer.

— Les hommes ! s'exclama-t-elle en levant les yeux au ciel. Ne t'avise surtout pas de te changer, ajouta-t-elle en s'adressant à Hope.

— Bien sûr que non. C'est un cadeau de ton frère. Je n'ai aucune envie de le froisser en refusant de le porter.

— Je t’assure que ça ne me poserait aucun problème, grommela Luciano.

Hope éclata de rire. Un homme qui ne la désirait pas se montrerait-il aussi jaloux ? Probablement pas... mais elle ne comptait pas l’écouter pour autant. Pourquoi ne pas en profiter pour le tenter ? Ainsi pourrait-elle enfin découvrir ce qu’il ressentait pour elle...

Sa bonne humeur s’évanouit rapidement. Malgré ses efforts, Luciano s’obstinait à garder ses distances.

Désespérée, elle prit la crème solaire et se tourna vers lui. Il était si viril, avec son torse musclé. Dieu qu’elle avait envie de le toucher... ou de le frapper pour qu’il comprenne enfin !

— Tu veux bien m’en étaler dans le dos ? Je n’ai pas envie d’avoir un coup de soleil.

— Tu ne sais pas le faire toute seule ? s’enquit-il, visiblement surpris.

Bien sûr que si ! C’était lui qu’elle cherchait à atteindre...

— C’est plus facile si tu t’en charges.

Elle se tourna vers lui avant qu’il ait le temps de trouver une autre excuse.

— Rends-moi un service, sœurette, dit-il comme Martina les rejoignait. Occupe-toi de Hope. Marco a besoin de moi.

Hope le regarda s’éloigner, le cœur serré. Ça ne marchait pas...

— Tu n’avais pas mis de la crème avant notre départ ? s’enquit Martina.

— Si.

— Alors pourquoi voulais-tu que Luciano recommence ? La marque que tu as choisie résiste à l’eau pendant plusieurs heures.

Gênée, Hope haussa les épaules.

— Tu as raison.

Martina écarquilla les yeux.

— J’ai compris, tu cherchais à...

— Laisse tomber, ordonna Hope en lui reprenant le tube.

— J'ai remarqué que Luciano ne te touchait jamais, fit Martina d'un air prudent.

Hope soupira. C'était tellement humiliant ! Même la petite sœur de Luciano s'en était rendu compte.

— C'est plutôt bizarre, puisque vous allez vous marier...

— Je sais, répliqua-t-elle, irritée par l'insistance de Martina et le comportement de Luciano.

— Qu'est-ce qu'elle fait ici ? demanda soudain Martina.

Hope suivit le regard de son amie et réprima un cri. La femme en question n'était autre que Zia Merone, l'une des conquêtes supposées de Luciano. Décidément, c'était de mieux en mieux !

— Marco doit l'avoir invitée, parvint-elle à dire.

— Tu as sans doute raison, mais je ne m'attendais pas à ce qu'elle ose se montrer, affirma Martina, d'une voix vibrante d'indignation. Tout le monde sait que Luciano et toi êtes en couple.

— Peut-être qu'elle l'ignorait, rétorqua-t-elle en observant Zia qui se dirigeait vers Luciano.

Marco l'embrassa sur la joue, mais elle tourna la tête pour offrir ses lèvres quand Luciano voulut l'imiter.

Hope eut soudain l'impression de suffoquer. Ce n'était qu'un simple baiser, mais ç'en était trop pour elle.

— Le soleil est trop fort. Je préfère rentrer.

— Ne t'inquiète pas, lui assura Martina. Luciano aurait pu la retenir s'il l'avait voulu.

Elle s'interrompit en s'avisant que ce n'était pas ce que Hope avait besoin d'entendre. Elle s'apprêtait visiblement à s'excuser quand l'une de ses amies l'entraîna vers la piscine.

Soulagée, Hope se réfugia à l'intérieur. Elle appréciait énormément Martina, mais celle-ci ne comprenait pas ce qu'elle ressentait. Personne ne comprenait...

Un homme s'adressa soudain à elle en italien.

— Je suis désolée, dit-elle en anglais, vous parlez trop vite.

Elle traduisit en italien au cas où il ne l'aurait pas comprise.

— Vous êtes la petite amie américaine, répéta-t-il avec un sourire.

— Je vous demande pardon ?

A l'entendre, elle était quelque créature exotique...

— Luciano vous a amenée à la maison pour vous présenter sa mère.

Malgré elle, Hope lui rendit son sourire. Il n'était pas aussi grand que Luciano, mais il était au moins aussi séduisant.

— Martina m'a dit que tout le monde était au courant, mais je pensais qu'elle exagérait.

— Les rumeurs circulent vite. Je suis Giuseppe, le cousin de Marco, et vous êtes Hope.

Comme elle lui tendait la main, il la porta à ses lèvres et la garda un peu plus longtemps que la courtoisie l'exigeait.

— *Bellissima !* s'exclama-t-il en lui baisant les doigts.

Il y avait au moins un homme qui la trouvait à son goût !

Rougissant, elle sourit.

— Merci.

— Vous êtes vraiment charmante. Je comprends pourquoi mon ami est fou de vous.

— Vous connaissez Luciano ? demanda-t-elle, surprise.

Il ne lui avait pourtant jamais parlé de Giuseppe DeBreco. Cela dit, Luciano avait beaucoup d'amis qu'elle ne connaissait pas encore.

— Bien sûr, répondit Giuseppe en la relâchant. Mais, dites-moi, pourquoi n'êtes-vous pas à la piscine ? Craignez-vous les effets de notre soleil sicilien sur votre peau d'albâtre ?

— Quelque chose comme ça, oui, déclara-t-elle en haussant les épaules.

Elle n'allait sûrement pas lui avouer qu'elle n'avait pas supporté de voir Luciano avec une autre femme...

— Laissez-moi vous offrir un verre et vous tenir compagnie. Vous êtes une invitée de ma famille, ajouta-t-il avec bonne humeur. Je ne peux décemment pas vous laisser seule.

Il l'entraîna vers le salon et sortit une bouteille de champagne du réfrigérateur.

— Portons un toast à une ravissante Américaine qui a volé le cœur de mon ami.

— Je n'irais pas jusque-là, déclara-t-elle en portant son verre à ses lèvres.

— Votre robe de mariée sera bientôt prête.

Elle manqua recracher son champagne.

— Vous avez raison, les rumeurs circulent vite, parvint-elle à dire. Il faut toutefois que vous sachiez que nous ne sommes pas encore fiancés.

— Tout espoir n'est pas perdu dans ce cas, affirma Giuseppe en portant la main à son cœur. Voulez-vous écouter un peu de musique ou regarder la télévision ?

— J'aime la musique, mais vous n'êtes pas obligé de rester.

— Un gentleman n'abandonnerait jamais une jeune femme aussi charmante.

— Vous jouez au gin-rami ?

— Oui, mais je préfère le poker.

— Vous connaissez les règles ? s'enquit-elle, surprise.

— L'un de mes amis est américain et il adore ce jeu. Je peux aller nous chercher un paquet de cartes, si vous voulez ?

— J'aimerais beaucoup, rétorqua-t-elle en prenant une autre gorgée de champagne. Je jouerai avec vous au poker si vous jouez avec moi au gin.

— Ainsi, nous pourrons nous adonner à nos vices respectifs, conclut-il avec un clin d'œil.

Il flirtait avec elle de façon éhontée, mais elle n'en avait cure. Luciano ne se souciait pas d'elle...

Giuseppe revint quelques minutes plus tard. Ils firent plusieurs parties qu'elle remporta haut la main. Comme Giuseppe semblait mécontent, elle lui proposa alors de changer de jeu.

— Je ne suis pas aussi douée au poker, affirma-t-elle pour le rassurer.

Il éclata de rire.

— Vous n'ignorez visiblement pas que les Siciliens détestent perdre !

— C'est vrai, concéda une voix masculine, mais ils aiment encore moins découvrir leur compagne en train de prendre du bon temps avec un autre homme.

7

— C'est ce qui arrive quand on abandonne sa compagne, rétorqua Giuseppe d'un air serein.

Luciano se tourna vers Hope.

— Tu n'as rien à me dire ?

— J'ai besoin d'argent, expliqua-t-elle en montrant son maillot. Nous allions commencer une partie de poker et je n'en ai pas sur moi. Tu pourrais m'en prêter ?

— Non.

— Je suppose que vous n'envisageriez pas de me laisser payer en nature ? s'enquit-elle en se tournant vers Giuseppe.

— En nature ? répéta-t-il, surpris.

— Je pourrais vous donner autre chose que de l'argent.

Giuseppe écarquilla les yeux comme Luciano semblait sur le point de suffoquer. Ça lui apprendrait à la laisser tomber pour aller embrasser une autre femme !

— Pas mes vêtements, poursuivit-elle. Je suis bien trop timide pour le strip-poker et vous auriez l'avantage.

En fait, elle envisageait simplement une reconnaissance de dette, mais Luciano n'avait pas besoin de le savoir... pour l'instant.

Giuseppe remarqua son verre de champagne vide et demanda :

— Vous ne buvez pas souvent d'alcool, n'est-ce pas ?

— Non, mais je suis tout à fait capable de distinguer les cartes.

— Ce n'est pas ce qui m'inquiète, affirma-t-il en jetant un coup d'œil à Luciano.

— Il est hors de question que tu joues au poker ! gronda celui-ci.

Elle l'ignora.

— Que puis-je vous proposer ? s'enquit-elle avec un sourire.

— Je crois que votre petit ami refuse que vous jouiez.

— Je suis américaine, voyez-vous, et je n'ai pas l'habitude de recevoir des ordres. Je suis certaine qu'à notre époque la majorité des femmes serait de mon avis, ajouta-t-elle avec force.

— Même les plus timides d'entre elles, à ce que je vois, rétorqua-t-il, amusé malgré la situation.

— Giuseppe, intervint Luciano, Marco a besoin de toi.

— Veuillez m'excuser, Hope, il faut que je vous laisse. Nous pourrions peut-être remettre ça ? proposa-t-il avec un grand sourire.

— Je vous promets de vous laisser gagner.

— Dans ce cas, il me tarde déjà d'y être, conclut-il avant de sortir.

Hope soupira et récupéra les cartes pour une partie de solitaire. Ce n'était pas parce que Giuseppe était parti qu'elle devait retourner à la piscine observer le petit manège de Zia et de Luciano.

— Pourquoi es-tu restée avec Giuseppe ?

— J'en avais envie, répondit-elle sans le regarder.

— Je n'aime pas te savoir seule avec d'autres hommes, lâcha-t-il entre ses dents.

Elle ne supportait pas de le voir embrasser une autre femme, donc ils étaient quittes.

— Je tâcherai de m'en souvenir.

— Ce qui veut dire que ça ne se reproduira pas ? voulut-il savoir d'une voix dangereusement douce.

— Je n'ai jamais dit ça. J'ai passé un bon moment avec Giuseppe, répliqua-t-elle. Il est gentil et très séduisant, et il ne me donne pas l'impression d'être invisible.

Vraiment, il lui convenait davantage qu'un homme aussi viril et sensuel que Luciano. Pourquoi son cœur ne pouvait-il pas entendre raison ?

— Tu préfères sa compagnie à la mienne ?

Il valait sans doute mieux mentir. Luciano n'apprécierait sûrement pas de connaître la vérité… mais elle n'avait pas envie d'épargner son ego. C'était peut-être l'effet du champagne…

— Je n'en sais rien. Je n'ai pas eu le temps de le découvrir.

— Mais tu penses qu'il y a une chance que ce soit le cas ?

— Peut-être, concéda-t-elle en posant un cinq rouge sur un six noir. Lui au moins n'a pas peur de me toucher.

— Il t'a touchée ?

Se rendant compte qu'elle était allée trop loin, elle se tourna pour lui faire face et manqua défaillir. Luciano avait l'air furieux. Il semblait à deux doigts de s'en prendre à Giuseppe. Il fallait calmer les choses.

— Ce n'est pas ce que tu crois, déclara-t-elle avec force. Contrairement à ton amie Zia, je n'embrasserais jamais un autre homme en public.

Ignorant l'allusion à son ex-maîtresse, il plissa les yeux et demanda :

— Comment t'a-t-il touchée ?

— Il m'a baisé la main et a dit que j'étais magnifique. Et, si tu veux tout savoir, ça m'a fait plaisir. Va retrouver ton mannequin et laisse-moi terminer ma partie !

Non seulement il l'avait humiliée, mais en plus il lui donnait l'impression de se conduire en enfant gâtée ou en épouse jalouse…

— Tu es la seule femme qui m'intéresse et je n'ai pas envie de te laisser seule.

Elle leva les yeux au ciel. S'attendait-il vraiment à ce qu'elle le croie ?

— Pourquoi pas ? Tu m'as bien abandonnée au bord de la piscine.

— Je t'ai laissée avec ma sœur, rétorqua-t-il d'un air têtu. Marco voulait me parler.

— Eh bien, retourne le voir, dans ce cas. Je m'en moque !

Elle aurait dû s'y attendre. Son grand-père avait l'habitude de la négliger dès qu'il s'agissait de son travail. Pouvait-elle réellement envisager d'épouser un homme qui la traitait de la même façon ?

— De toute évidence, tu es furieuse, reprit-il.

— Qu'est-ce que tu en sais ? demanda-t-elle en continuant sa partie.

Les mains chaudes de Luciano vinrent se poser sur ses épaules.

— Si tu me disais ce qui se passe, *cara* ? Si tu es fâchée que Zia m'ait embrassé, sache que tout est fini entre nous, assura-t-il d'une voix douce.

Il semblait tellement sincère qu'elle ne rêvait que de se réfugier dans ses bras. C'était pourtant impossible…

— Ce n'est pas l'impression que j'ai eue.

— Donc il s'agit bien de Zia ? demanda-t-il avec une fierté toute masculine.

Hope manqua se mettre à hurler. Ainsi, il aimait la rendre jalouse…

— Ça n'a rien à voir. J'ai simplement eu envie de rentrer.

— Et de jouer aux cartes avec un débauché notoire ?

— Giuseppe a été très gentil avec moi.

— Je n'en doute pas, ironisa-t-il. Il t'a baisé la main et dit que tu étais magnifique. Et ça t'a plu.

Sa colère semblait être retombée. Il avait l'air perdu… et déçu de son comportement.

— J'aurais préféré que ce soit toi, murmura-t-elle avant de pouvoir s'en empêcher.

Si elle n'y prenait garde, elle allait finir par lui avouer qu'elle l'aimait.

Sans perdre une seconde, il l'attira à lui. Son cœur se mit aussitôt à battre la chamade, mais elle garda les yeux baissés. Vraiment, elle n'avait aucune envie de voir le sourire suffisant qu'il ne manquait sûrement pas d'afficher.

Il prit sa main dans la sienne et la porta à ses lèvres.

— Tu es très belle, affirma-t-il.

Il continua en italien, ajoutant que sa peau était aussi douce que de la soie et qu'elle était la seule femme qu'il voulait épouser.

Il entreprit ensuite de déposer une pluie de baisers brûlants dans son cou. Elle glissa la main dans ses cheveux et l'enlaça.

— Je savais que ça risquait d'arriver, grogna-t-il avant de la soulever.

Cela faisait des jours qu'elle rêvait qu'il la touche. Peu importait où il l'emmenait, tant qu'il continuait à lui prouver qu'il la désirait autant qu'elle le désirait.

Le brouhaha de la fête se tut comme il refermait la porte de la chambre d'amis. Il la déposa sur le lit et s'allongea sur elle sans cesser de l'embrasser.

— Tu es parfaite, nous sommes parfaits l'un pour l'autre, déclara-t-il en se pressant plus étroitement contre elle.

Hope exhala un soupir sensuel. C'était comme si un incendie s'était soudain déclaré dans son corps.

— Je t'excite, Hope. Admets-le.

Etait-ce vraiment indispensable ? Ne le voyait-il donc pas ?

Un gémissement lui échappa comme il glissait la main entre ses cuisses. Il commença à la caresser avant de s'interrompre.

— Aucun homme ne te fait autant d'effet. Tu me désires, Hope. Dis-le, ordonna-t-il sans cesser ses caresses.

C'était plus qu'elle ne pouvait supporter.

— Oui, c'est toi que je veux ! murmura-t-elle.

A ces mots, Luciano sembla perdre tout contrôle. Il la débarrassa à la hâte de son Bikini et ôta son short. Enfin ! Il n'y avait plus aucune barrière de tissu pour les séparer.

Elle étouffa un cri quand il referma les lèvres sur son mamelon.

— Je t'en prie, Luciano, continue...

C'était la première fois qu'elle ressentait une chose pareille. C'était encore plus fort que ce qu'ils avaient partagé à Athènes...

— Tu m'appartiens, ma chérie, affirma-t-il tandis que ses doigts continuaient leur délicieuse torture.

Hope se mit à trembler comme une vague de plaisir menaçait de l'engloutir tout entière.

— Luciano !

Il se plaça au-dessus d'elle, son membre en érection tout près du cœur de sa féminité.

— Je pourrais te prendre, maintenant. Si tu savais comme j'en ai envie !

— Oui, oh oui..., l'implora-t-elle.

C'est tout ce dont elle avait toujours rêvé.

— Mais je ne le ferai pas, affirma-t-il d'une voix rauque.

Pourquoi ? C'était à n'y rien comprendre.

— Je n'ai pas l'habitude de séduire des vierges.

— J'ai envie de toi, Luciano...

Il posa son front contre le sien.

— Moi aussi, ma chérie, mais j'attendrai que nous soyons mariés.

— Qu'est-ce que tu veux dire ?

— Epouse-moi, Hope, ou rentre à Boston. Je ne supporterai pas cette situation plus longtemps, expliqua-t-il en s'écartant brutalement.

Hope se mit aussitôt à frissonner. Ainsi, c'était le mariage ou rien ! Enfin, pas tout à fait. Luciano lui avait procuré du plaisir, mais refusait de la satisfaire entièrement tant qu'elle n'aurait pas accepté son offre.

— Je croyais que c'était la femme qui était censée tenir ce genre de discours, dit-elle dans l'espoir d'alléger l'atmosphère.

En vain. Il resta obstinément silencieux.

Mal à l'aise, elle se redressa et passa les bras autour de ses genoux. Que faire ? Elle aimait Luciano et le désirait avec une force qui l'effrayait et l'émerveillait à la fois. De toute évidence, il tenait à elle. Il avait même pris le temps et la peine de la courtiser pour lui prouver qu'il la respectait. Mais était-ce suffisant pour envisager de l'épouser ? Elle avait besoin d'en savoir plus...

— Luciano ?

— Oui ?

— Est-ce que...

Elle s'interrompit, gênée. Comment était-elle censée poser ce genre de question ?

— Est-ce que tu crois à la fidélité ?

Il se redressa aussitôt.

— Il n'y aura aucun autre homme une fois que nous serons mariés.

— Je parlais de toi, précisa-t-elle. Envisages-tu de prendre une maîtresse ?

— Non.

— Tu en as une pour le moment ?

— Je t'ai déjà dit qu'il n'y avait aucune autre femme dans ma vie.

— Certains pensent pourtant que c'est indispensable.

C'était le cas de nombreux collaborateurs de son grand-père.

— Pas moi. Tu es la seule que je veuille dans ma vie.

— Pour toujours ? demanda-t-elle, incrédule.

— Pour toujours, affirma-t-il en prenant son visage dans ses mains. Tu seras ma femme et la mère de mes enfants. Je te promets de ne jamais t'humilier de la sorte.

Elle en eut les larmes aux yeux. Dieu qu'elle avait envie de le croire...

— D'accord.

— Tu acceptes de m'épouser ?

— Oui.

— Tu pleures, fit-il en essuyant une de ses larmes. Pourquoi ?

— Je n'en sais rien. Je crois que c'est parce que j'ai peur, admit-elle. Tu veux qu'on se marie, mais tu ne m'aimes pas.

— Mais toi, oui.

De toute évidence, il était inutile de le nier.

— Oui.

— J'en suis heureux, *cara*. Tu n'as rien à craindre, lui assura-t-il, je chérirai cet amour.

Il n'avait pas promis de l'aimer en retour, mais était-ce si différent ? Son grand-père avait été forcé de la recueillir, mais il ne s'était jamais soucié d'elle. Luciano, au moins, l'avait choisie. Ça devait vouloir dire quelque chose, n'est-ce pas ?

Elle se força à sourire. L'homme dont elle était amoureuse lui avait demandé de devenir sa femme. Il voulait fonder une famille avec elle et lui avait promis fidélité. Peut-être qu'il finirait par éprouver des sentiments pour elle ?

— Nous devrions nous rhabiller.

— Attends une minute. J'ai également quelque chose à te demander.

— Quoi ?

— Je ne veux plus te trouver seule avec un autre homme.

Elle soupira.

— Pour l'amour du ciel, Luciano ! Nous ne faisions que jouer aux cartes.

— Je le sais bien, mais je n'aime pas te savoir avec Giuseppe. C'est un séducteur invétéré, ajouta-t-il pour achever de la convaincre.

— Il s'est comporté en parfait gentleman avec moi. Il semble aimer flirter, mais je ne crois pas qu'il tenterait de séduire une femme mariée ou fiancée.

— Promets-le-moi, ordonna Luciano comme si elle n'avait rien dit.

— Tu es ridicule. Que suis-je censée faire si un homme entre dans une pièce ? M'enfuir en courant ?

Comme il semblait penser que c'était une bonne idée, elle précisa :

— Je ne ferais jamais une chose pareille. Et tu ne peux t'en prendre qu'à toi-même, poursuivit-elle comme il fronçait les sourcils. Tu étais tellement obnubilé par tes amis que tu n'as même pas remarqué que j'étais rentrée. J'ai été forcée de trouver à m'occuper.

— Je croyais que tu étais avec Martina, rétorqua-t-il avec humeur. Je suis parti à ta recherche dès que je l'ai vue revenir à la piscine sans toi.

— Je serais restée si tu n'avais pas embrassé ton ex.

— Je te rappelle que c'est elle qui m'a embrassé.

Il fallait bien reconnaître qu'il avait raison, mais ça n'excusait pas son comportement pour autant.

— Tu l'as touchée alors que tu refuses de me mettre de la crème solaire ! Quand m'as-tu donné un baiser sur la joue pour la dernière fois ? demanda-t-elle, furieuse. Tu me traites comme une pestiférée.

— Et ça t'étonne ? s'enquit-il d'un air moqueur. Regarde où ça nous a menés.

— Tu veux dire que tu as peur de ne pas réussir à te contrôler ?

C'était à la fois difficile à croire et très flatteur.

— Je t'ai promis de ne pas chercher à te mettre dans mon lit.

Et il avait tenu parole, du moins jusqu'à aujourd'hui. Avait-elle donc autant de pouvoir sur lui ?

— Et tu veux que je te promette de ne pas rester seule avec un autre homme ?

— Oui.

C'était compréhensible. Après tout, la voir avec David l'avait rendu furieux. Elle lui avait pourtant juré fidélité… De toute évidence, ce n'était pas suffisant.

— J'essayerai de ne pas me retrouver seule avec un autre homme et je ne te tromperai jamais.

C'était le mieux qu'elle puisse faire…

Visiblement satisfait, il acquiesça.

— Le mariage aura lieu dans deux semaines.

8

— Pourquoi veut-il te voir avant la cérémonie ? Ça ne se fait pas ! Ces Américains sont étranges, déclara Claudia en secouant la tête.

Hope réprima un sourire. Sa future belle-mère avait des idées bien arrêtées sur la conduite à adopter en certaines circonstances.

— Tout ira bien, lui assura-t-elle. Je suis certaine qu'il veut simplement me présenter ses vœux.

Son grand-père avait été ravi d'apprendre ses fiançailles. Il s'était impliqué dans la préparation du mariage, au grand dam de la mère de Luciano. Elle n'avait pas l'habitude d'obéir aux ordres d'un inconnu, mais Joshua Reynolds n'était pas homme à se laisser décourager facilement.

Pour une raison inconnue, il semblait décidé à participer activement à son mariage. Il était vrai qu'il avait changé depuis sa crise cardiaque, mais son comportement restait incompréhensible.

— Je m'incline, concéda Claudia di Valerio en levant les yeux au ciel.

Joshua Reynolds entra, le sourire aux lèvres. Il semblait si heureux...

— Tu es magnifique, Hope. Tu ressembles à ta grand-mère le jour de notre mariage.

Elle ne l'avait jamais connue, mais le compliment lui fit plaisir.

— Je t'ai négligée, poursuivit-il, la voix chargée de regret. Ta mère aussi, mais j'ai retenu la leçon. Je veux ce qu'il y a de mieux pour toi. Epouser Luciano te rend heureuse, n'est-ce pas, ma petite ?

— Oui.

Elle s'inquiétait de leur avenir, mais était néanmoins ravie de passer le restant de ses jours avec lui.

— Dans ce cas, j'ai fait ce qu'il fallait.

Il parlait sans doute de sa décision d'envoyer Luciano à Athènes.

— Oui.

Se tournant vers Claudia, il demanda :

— Quand commence la cérémonie ?

— Quand tout sera prêt, rétorqua la mère de Luciano, visiblement irritée par la question. Un mariage prend du temps.

Joshua acquiesça et sortit.

— Je crois qu'il a peur de toi, maman, lança Martina avec un sourire.

— Cet homme n'a peur de rien, mais au moins il va nous laisser tranquilles.

Une heure plus tard, son grand-père conduisit Hope jusqu'à l'autel. Elle avait le cœur qui battait à tout rompre. Elle allait vraiment se marier !

Comme ils arrivaient à hauteur de Luciano, les deux hommes échangèrent un regard tendu qui la mit mal à l'aise. Il se passait quelque chose. Luciano était nerveux depuis l'arrivée de son grand-père. Elle faillit lui poser la question, mais renonça. Ce n'était ni le lieu ni le moment.

Luciano lui prit la main et elle se concentra sur les paroles du prêtre…

— Ce n'était pas si difficile que ça, finalement.

Luciano se tourna vers Reynolds. Le vieil homme semblait particulièrement content de lui.

Il serra les poings, mais s'efforça de se calmer. Ça n'allait pas durer. Reynolds changerait sûrement d'attitude quand il aurait vu lui échapper d'importants contrats. Vraiment, il ne perdait rien pour attendre…

— Le mariage dure toute une vie. C'est dans mon intérêt de m'assurer que Hope soit heureuse, déclara Luciano.

— Vous êtes impitoyable en affaires, mais vous êtes plus traditionnel quand il s'agit de la famille, n'est-ce pas ? répliqua Reynolds avec un sourire satisfait.

Luciano se contenta de l'observer. Joshua Reynolds découvrirait bien assez tôt ce qu'il en coûtait de forcer un homme comme lui à se marier…

— Vous ne commettrez sûrement pas la même erreur que moi, reprit Reynolds. Je l'ai ignorée pendant des années. Elle avait l'habitude d'entrer dans mon bureau quand elle avait six ans, expliqua-t-il, comme Luciano haussait les sourcils. Elle voulait que j'aille la border, mais j'étais trop occupé à travailler. Et un jour elle a cessé de venir me voir, soupira-t-il, la voix chargée de regret. Les gouvernantes et les nounous n'ont rien arrangé. Elles étaient efficaces, certes, mais pas très affectueuses.

Malgré lui, Luciano frissonna en imaginant la vie que Hope avait dû mener.

— Elle est très généreuse.

— Sa grand-mère et sa mère étaient des femmes douces, aimantes et très belles, ajouta-t-il en observant Hope.

Luciano acquiesça.

— Elle est merveilleuse. Je suis certain qu'elle n'aurait eu aucun mal à trouver un mari. Vous n'étiez pas obligé d'en arriver là, affirma-t-il avec colère.

Le vieil homme secoua la tête.

— Vous vous trompez. J'ai donné à Hope exactement ce qu'elle voulait.

— Moi.

— J'étais prêt à faire n'importe quoi pour que ses rêves se réalisent, déclara Reynolds d'un air farouche.

Luciano plissa les yeux comme une idée s'imposait soudain à

son esprit. Hope avait-elle demandé à son grand-père de le forcer à l'épouser ? Non, c'était impossible. Elle avait paru surprise qu'il s'intéresse à elle et ne lui avait pas rendu les choses faciles. Loin de là...

Reynolds avait sans doute tiré ses propres conclusions du baiser qu'ils avaient échangé le soir du nouvel an. Il avait ensuite tout planifié, seul... et Hope ne devait jamais le découvrir. Elle ne manquerait sûrement pas d'être horrifiée par le comportement de son grand-père et blessée qu'il ait accepté un tel marché.

Non, vraiment, il allait s'assurer qu'elle ne connaisse jamais la vérité et que Reynolds paie pour ce qu'il lui avait fait, pour ce qu'il leur avait fait à tous les deux...

Hope étudia son reflet dans le miroir et soupira. Cela faisait une heure qu'elle se cachait dans la salle de bains. Il était peut-être temps de sortir. D'autant que Luciano l'attendait dans la chambre à coucher.

C'est lui qui lui avait proposé d'aller se rafraîchir et elle s'était empressée d'accepter. Elle avait besoin de temps pour se calmer. Sa réaction était sans doute ridicule. Après tout, ils avaient déjà failli faire l'amour à deux reprises. Mais ça ne changeait rien. Elle était à la fois impatiente et terrifiée...

Inutile de le nier, elle désirait Luciano, mais elle craignait de le décevoir. Elle était très différente des femmes qu'il avait l'habitude de fréquenter. Et s'il se détournait d'elle dès qu'il aurait obtenu ce qu'il voulait ?

Elle sursauta comme Luciano frappait soudain à la porte. C'était déjà la troisième fois en une heure. Si elle ne se décidait pas rapidement, il risquait de s'impatienter...

— Hope ?

— Oui ?

— Tu pourrais me dire quand tu comptes sortir de là ?

Elle aurait aimé répondre « jamais », mais c'était impossible.

Prenant une profonde inspiration, elle tourna la poignée et le découvrit qui l'attendait, vêtu uniquement d'un pantalon de pyjama noir.

Son souffle se bloqua dans sa poitrine. Il était tellement séduisant !

— Tu as l'air terrorisée, lança-t-il en fronçant les sourcils.

Etait-elle donc si transparente ? Quelle humiliation !

— Peut-être un petit peu.

— Tu n'as aucune raison de l'être, *cara*, lui assura-t-il avec un sourire.

C'était facile à dire. Il avait déjà de l'expérience et elle était vierge... et s'apprêtait à se donner entièrement au seul homme qu'elle avait jamais aimé !

— Je n'ai pas peur de toi, déclara-t-elle d'une voix tremblante.

— Prouve-le-moi, demanda-t-il. Viens à moi, Hope.

Luciano s'efforça de calmer son impatience. Cela faisait si longtemps qu'il rêvait de cet instant !

Les dernières semaines avaient été un véritable supplice. Il était déterminé à tenir sa promesse de ne pas séduire Hope, mais ça n'avait pas été facile. C'était presque en désespoir de cause qu'il avait posé cet ultimatum, et elle avait accepté. Lui permettant ainsi de regagner le contrôle de la société familiale et de satisfaire la faim qui le tenaillait depuis si longtemps.

Joshua Reynolds n'avait pas tort. Finalement, les choses s'étaient plutôt bien passées. Hope lui appartenait et il était bien décidé à la rendre heureuse. Le seul point noir était Reynolds. Il ne pouvait pas le laisser s'en sortir aussi facilement...

Tout désir de vengeance le quitta soudain, comme Hope faisait un pas dans sa direction. Dieu qu'il avait envie d'elle ! La seule chose qui le retenait de se jeter sur elle était la peur qu'il lisait dans ses yeux.

— Je suis nerveuse, avoua-t-elle en plongeant son regard dans le sien.

Elle était si belle dans son long déshabillé de soie bleue !

— Tout va bien se passer, ma chérie.

— J'ai peur de ne pas être à la hauteur. Je ne suis pas comme Zia et tes autres maîtresses. Je n'ai aucune expérience, ajouta-t-elle dans un souffle.

A l'entendre, c'était un péché impardonnable. C'était pourtant tout le contraire.

Doucement, pour ne pas l'effrayer, il posa les mains sur ses épaules.

— Ton innocence est un cadeau.

Comme elle doutait toujours, il ajouta :

— Je suis honoré d'être ton premier amant, ma douce, et il me tarde de t'apprendre tout ce que je sais.

— De m'apprendre ? répéta-t-elle, visiblement surprise.

— Oui.

— Tu es sincère, affirma-t-elle en écarquillant les yeux. Tu te réjouis d'être mon premier amant !

— Ton unique amant.

— Mon unique amant, répéta-t-elle d'un air sérieux. Sois mon professeur, Luciano. Fais de moi ce que tu veux.

A ces mots, il manqua devenir fou. Il l'attira à lui et prit ses lèvres. Hope l'enlaça immédiatement et se pressa contre lui.

Sans perdre une seconde, il l'allongea sur le lit et la déshabilla. Il s'écarta ensuite pour la contempler. Elle était si belle ! Toute crainte semblait avoir déserté son regard où ne brillait plus que du désir...

— Luciano ?

— Si on ne ralentit pas un peu, je risque de te faire mal, déclara-t-il d'une voix rauque.

C'était tout simplement hors de question. Il devait se montrer prudent.

Hope n'était pas du même avis, car elle tendit les bras vers lui.

— Je t'en prie, Luciano. Viens...

Où était donc passée la timide jeune femme qu'il connaissait ?

— Je n'ai pas envie d'y aller doucement, reprit-elle.

— C'est ta première fois.

— Je le sais, mais je ne veux pas me laisser le temps d'avoir peur.

Le reste du monde disparaît quand tu me touches, ajouta-t-elle pour achever de le convaincre.

Il sourit, soudain impatient de lui faire découvrir le plaisir qu'il pouvait lui donner.

— Tu n'en auras pas l'occasion, ma chérie. Je te promets que tu me supplieras de te prendre, mais j'attendrai que tu sois folle de désir pour m'exécuter.

Hope frissonna. Ce soir, ils ne s'arrêteraient pas. Ils iraient jusqu'au bout...

— Tu as un goût de miel, *mi moglie*, affirma-t-il en l'embrassant.

Ma femme. Qu'elle aimait l'entendre l'appeler ainsi !

— Tu es très petite, dit-il, prenant son talon dans sa main.

— Contrairement à toi.

Il sourit et commença à la caresser langoureusement. Le souffle de Hope s'accéléra. Comment aurait-elle pu se douter que les pieds étaient une zone érogène ?

— Tu sens les fleurs sauvages.

— Ce sont mes sels de bain, parvint-elle à dire.

— Ta peau est aussi douce que la soie. Il y a plus de sept mille terminaisons nerveuses dans tes pieds, ajouta-t-il en y posant les lèvres.

— Vraiment ?

Un gémissement lui échappa soudain comme une autre partie de son corps réagissait à ses caresses.

— Si je te touche ici, tu en ressens les effets ici, expliqua-t-il en glissant les doigts entre ses cuisses.

— Oh ! oui...

Elle n'arrivait plus à réfléchir. Ses membres ne lui obéissaient plus. Elle était à la merci de Luciano.

Sa bouche remonta lentement le long de ses jambes et s'aventura toujours plus haut.

— Tu ne peux pas faire une chose pareille ! s'écria-t-elle soudain.

— Je te promets que tu vas aimer ça, déclara-t-il en la tenant fermement par les hanches.

— Je ne...

Elle s'interrompit, incapable de continuer. C'était encore plus merveilleux que tout ce qu'elle aurait pu imaginer. La langue de Luciano éveillait en elle des sensations nouvelles qui manquaient la faire mourir de plaisir. C'était plus qu'elle ne pouvait supporter...

— Luciano, je t'en prie. Je n'en peux plus...

Sans perdre une seconde, il se débarrassa de son pantalon et s'allongea entre ses jambes.

— Tu es prête, chérie ?

— Je te veux en moi, souffla-t-elle.

— Ce soir, tu deviens ma femme, dit-il en la pénétrant d'un mouvement fluide.

9

— Oui ! s'écria-t-elle en glissant les doigts dans ses cheveux.

— Nous sommes faits l'un pour l'autre. Fais-moi confiance, murmura-t-il en s'efforçant de se contrôler.

Il ne rêvait de rien tant que de se perdre en elle, mais c'était encore trop tôt.

— Abandonne-toi à moi, *mi moglie*.

— J'ignore comment.

— Laisse-toi aller.

Elle ferma les yeux et commença à se détendre. Il s'enfonça alors plus profondément en elle et la barrière de son innocence céda comme elle se pressait contre lui.

— Est-ce que ça va ? demanda-t-il, inquiet.

En guise de réponse, elle plongea son regard dans le sien et lui sourit.

Il commença alors à bouger en elle. Hope noua les jambes autour de ses reins et il accéléra le rythme de ses mouvements et la posséda encore et encore, jusqu'à ce qu'elle se cambre contre lui en criant son nom. Alors, ivres de désir, ils s'abandonnèrent tous deux à la jouissance, qui les unit dans un même cri.

— Tu m'appartiens, à présent.

— Tu m'appartiens aussi, souffla-t-elle en se blottissant contre lui.

Il était inutile de le nier. C'était la première fois qu'il faisait l'amour avec autant de passion. Hope était vraiment une femme hors du commun.

— Je t'aime, Luciano, murmura-t-elle.

A ces mots, une vague d'émotions le balaya soudain, le laissant songeur. Peut-être devait-il remercier Reynolds au lieu de chercher à se venger ? Sans le vieil homme, rien de tout ceci ne serait arrivé...

Ils passèrent leur lune de miel à Naples. Luciano avait tenu parole et l'avait emmenée à Pompéi. Il lui avait également fait découvrir la ville avec une patience qui l'étonnait. Il ne s'irritait jamais de ses questions et semblait même prendre un certain plaisir à y répondre.

La nuit, il lui faisait l'amour passionnément jusqu'à ce qu'elle en perde la tête. Pour la première fois de sa vie, elle se sentait spéciale et aimée. Luciano ne lui avait rien dit, mais il se montrait si prévenant et attentionné qu'elle en arrivait presque à croire qu'il avait des sentiments pour elle...

— On dirait que le mariage te réussit, déclara Martina le lendemain de leur retour à Palerme. Tu es resplendissante.

— Je suis heureuse.

— Je savais bien que vous étiez faits l'un pour l'autre.

Elle avait raison. C'était comme si elle avait enfin trouvé sa place...

— Luciano est tellement merveilleux.

Martina fit la grimace.

— Tu n'es pas vraiment objective, mais Luciano a l'air de partager ton avis. Il ne t'a pas quittée des yeux de la soirée, ajouta-t-elle. Maman s'attend sans doute à ce que vous fondiez une famille rapidement.

Hope posa la main sur son ventre. Ça ne faisait que deux semaines qu'ils étaient mariés, mais elle était peut-être déjà enceinte. Luciano était tout simplement insatiable... et elle adorait ça !

Refusant de donner de faux espoirs à Martina, elle se contenta de hausser les épaules.

— On verra bien.

La sonnerie du téléphone retentit et une domestique entra quelques instants plus tard.

— *Signora* di Valerio, votre grand-père souhaiterait vous parler.

— Tu n'as qu'à prendre l'appel ici, proposa Martina. Je vais me changer pour le dîner.

Hope acquiesça et décrocha.

— Bonjour, grand-père.

Il lui posa des questions sur sa lune de miel avant de demander :

— Tu es heureuse alors, ma petite ?

— Je nage dans le bonheur, répondit-elle, sincère.

— Tant mieux.

Il était sans doute un peu tard pour qu'il s'inquiète de son sort, mais sa sollicitude était touchante.

— Merci de t'en préoccuper.

— On dirait que j'ai enfin réussi à te donner ce que tu voulais. Je sais que tu as vendu le manteau et que ta voiture n'a jamais quitté le garage. C'est la gouvernante qui me l'a dit, précisa-t-il.

— Je ne sais pas conduire.

Il éclata de rire et elle sentit son cœur se serrer. Malgré tous ses défauts, il lui manquait.

— Je comprends mieux, à présent. Je ne te connais pas très bien, ajouta-t-il après un instant.

C'était vrai. Il n'avait jamais pris la peine de s'intéresser à elle, mais il semblait déterminé à changer.

— Ce n'est pas grave.

— Bien sûr que si, mais il n'est pas trop tard. Je suis ravi que tout se passe bien avec Luciano. C'est quelqu'un de bien. Il est sans doute un peu trop fier et têtu, poursuivit-il, mais il est intelligent et il comprend l'importance de la famille.

— Tu as raison.

— Je te l'ai offert sur un plateau, reprit-il, visiblement satisfait de lui-même. Il ne manquait plus qu'un emballage cadeau.

C'était peut-être un peu exagéré, songea-t-elle. Luciano n'était pas homme à se laisser dicter sa conduite par qui que ce soit, mais peu importe. Elle n'avait aucune envie de se disputer avec son grand-père. D'autant que c'était grâce à lui que Luciano et elle s'étaient rencontrés.

— Je te remercie pour ton aide, dit-elle avec chaleur.

— Je suis heureux pour toi. Tant que j'y pense, tu pourrais demander à Luciano de m'appeler quand il...

— Ce ne sera pas nécessaire, l'interrompit celui-ci, qui avait décroché un autre combiné. Consuela m'a prévenu que vous étiez en ligne avec Hope.

— Je voulais m'assurer que vous la traitiez bien, répliqua le vieux monsieur d'une voix étrangement menaçante.

— Hope va bien, affirma Luciano d'un ton cassant qui la mit mal à l'aise.

Pour une raison inconnue, elle eut soudain l'impression de les déranger.

— Je vous laisse parler affaires, dit-elle avant de raccrocher.

Hope regagna la chambre à coucher et se lava rapidement avant d'enfiler une paire de sous-vêtements assortis. Elle était en train de choisir une robe quand Luciano entra.

Comme elle se dirigeait vers lui pour l'embrasser, il la dépassa en déclarant :

— J'ai besoin de prendre une douche.

— C'est inutile, rétorqua-t-elle avec un sourire. Tu es parfait.

C'était peu dire. Son costume fait sur mesure mettait en valeur son torse musclé. Il était tout simplement à tomber.

— Il ne manque plus qu'un emballage cadeau, sans doute ? demanda-t-il, l'air renfrogné.

— Tu as tout entendu ?

— Oui.

Il semblait vraiment en colère.

— Tu ne devrais pas te mettre dans un état pareil, dit-elle en s'habillant. Grand-père a toujours été...

— Direct ?

— Il manque de tact, concéda-t-elle, mais je t'assure qu'il n'a pas de mauvaises intentions.

— Il s'inquiète pour toi.

— Je crois que tu as raison.

C'était sans doute maladroit de sa part, mais elle avait enfin la preuve qu'elle comptait pour lui.

— Pour être honnête, sa sollicitude me touche, ajouta-t-elle avec un sourire que Luciano ne lui rendit pas.

— Son comportement ne te gêne pas ? s'enquit-il, visiblement furieux.

— C'est sa façon de me montrer qu'il tient à moi.

— Tu te fiches complètement de ce qu'il est prêt à faire pour toi ou tu te contentes de profiter de sa générosité ?

Inutile de le nier, la remarque de son grand-père était loin d'être flatteuse, mais Luciano exagérait.

— Nous sommes ensemble à présent, c'est tout ce qui compte, non ? demanda-t-elle en posant la main sur sa poitrine pour le calmer.

— Pour toi, peut-être, rétorqua-t-il en quittant la pièce.

Perplexe, Hope se contenta de fixer la porte. De toute évidence, Luciano ne supportait pas que son grand-père l'ait envoyé à Athènes sous de faux prétextes. Il avait sans doute l'impression d'avoir été manipulé, mais ce n'était quand même pas si grave.

Il avait d'ailleurs sa part de responsabilité dans ce qui s'était passé. Luciano était loin d'être idiot. Il aurait dû se douter que Joshua avait une idée derrière la tête, surtout après les avoir vus s'embrasser le soir du réveillon. Et puis, ce n'était pas comme s'il avait forcé Luciano à lui faire sa demande. C'est lui qui avait insisté pour qu'elle l'accompagne à Palerme afin de rencontrer sa famille.

Non, vraiment, la réaction de Luciano était disproportionnée… et édifiante. Elle prouvait aussi qu'il ne l'avait pas épousée par amour. Si ç'avait été le cas, il n'accorderait aucune importance aux machinations inoffensives d'un vieil homme. Il se réjouirait au contraire que le destin les ait réunis. Et dire qu'elle commençait à croire qu'il l'aimait !

Luciano laissa échapper un juron. Hope s'était bien moquée de lui. Elle l'avait manipulé pour obtenir exactement ce qu'elle voulait. Il n'y avait vu que du feu. Pis, il lui avait fait confiance !

Soudain furieux, il abattit son poing sur le mur de la salle de bains. Il avait cru qu'elle était différente des femmes qu'il avait l'habitude de fréquenter. Et il avait eu raison. Elle était bien meilleure menteuse et avait réussi là où toutes les autres avaient échoué : ils étaient mariés !

Comment avait-il pu être aussi stupide ? Il s'était laissé duper par son apparente innocence et par sa fausse timidité. Vraiment, il aurait dû se douter que ce n'était qu'un piège ! Elle était au courant des projets de son grand-père depuis le début, mais elle ne perdait rien pour attendre. Elle découvrirait bien assez tôt ce qu'il en coûtait de tromper Luciano di Valerio...

Hope serra son oreiller contre sa poitrine. Cela faisait déjà trois nuits que Luciano avait déserté son lit. Il lui adressait à peine la parole depuis leur dispute. C'était à n'y rien comprendre, vraiment.

Elle se redressa soudain comme une idée s'imposait à son esprit. Pourquoi devait-elle se contenter d'attendre qu'il la rejoigne ? Elle pouvait très bien aller le retrouver et exiger une explication. Il lui devait au moins cela. Ils étaient mariés, après tout.

Déterminée, elle enfila sa robe de chambre et partit à sa recherche. Elle le trouva installé à son bureau en train d'étudier des papiers.

— Luciano ?

— Quoi ?

Malgré elle, elle tressaillit. Il avait l'air si sombre...

— Il faut qu'on parle.

— Nous n'avons rien à nous dire, rétorqua-t-il froidement.

— Comment peux-tu affirmer une chose pareille ? Ta réaction est ridicule, ajouta-t-elle, outrée par son comportement.

— Je te demande pardon ? demanda-t-il, furieux.

Bon, elle avait peut-être manqué de tact, mais c'était la vérité.

— Nous étions heureux à Naples. Tu tiens vraiment à tout gâcher pour une broutille ?

— C'est important pour moi.

— Je t'aime, Luciano, dit-elle en tendant la main vers lui. Ça ne compte pas davantage que les machinations d'un vieil homme ?

— Je t'interdis de me parler d'amour, déclara-t-il d'un ton sec. Je peux parfaitement me passer de l'amour d'une femme comme toi.

— Une femme comme moi ? répéta-t-elle, perdue. Tu m'as dit que tu chérirais mon amour.

— Un homme est prêt à dire n'importe quoi pour mettre une femme dans son lit.

— Tu mens ! s'écria t elle. Tu voulais que je devienne la mère de tes enfants.

Il devait tenir à elle, au moins un petit peu...

— Je n'ai plus vraiment le choix, n'est-ce pas ?

Il croyait visiblement qu'elle était enceinte. C'était certes une possibilité, mais pas une certitude.

— Après tout, je suis un ardent défenseur des valeurs familiales, ajouta-t-il avec un rire moqueur.

— Es-tu en train de dire que tu te sens obligé de me faire des enfants ?

Ce n'était pas possible. Elle devait avoir mal compris.

— Arrête ton cinéma, Hope. Tu sais aussi bien que moi ce qu'il en est.

— Tout ce que je sais, c'est qu'il y a trois jours j'étais parfaitement heureuse et que je n'ai jamais été aussi malheureuse de toute ma vie, rétorqua-t-elle, des sanglots dans la voix.

— Retourne te coucher, Hope, ordonna-t-il en lui tournant le dos.

— Pas sans toi.

C'était une tentative pitoyable, mais elle était désespérée...

— Je ne suis pas d'humeur.

— Moi non plus, murmura-t-elle en regagnant sa chambre.

Elle avait toujours voulu davantage que du sexe, mais ce n'était visiblement même plus possible.

Le lendemain, Luciano partit en voyage d'affaires. Hope s'efforça de cacher son désespoir à sa mère et à sa sœur, mais les deux femmes ne furent pas dupes. Heureusement, elles attribuèrent sa mélancolie à l'absence de Luciano. Elles n'avaient pas tout à fait tort, du reste. Il lui manquait horriblement.

Le troisième jour, il l'informa qu'il ne rentrerait pas avant une semaine et elle se mit à croire que les choses allaient peut-être s'arranger. Luciano s'était certes montré plutôt froid, mais il avait pris la peine de l'appeler pour la prévenir. Peut-être tout espoir n'était-il pas perdu, en fin de compte ?

Luciano entra dans sa chambre sans allumer la lumière. Il était parti depuis dix jours et il lui tardait de retrouver Hope. C'était une erreur, il le savait, mais il ne pouvait s'en empêcher. Malgré tous ses efforts, il ne cessait de penser à elle. Elle hantait ses rêves et ne le quittait jamais. Aussi avait-il décidé d'aller la rejoindre.

Il n'avait d'ailleurs pas le choix. Ils ne pouvaient pas continuer à faire chambre à part. Sa mère et sa sœur ne manqueraient pas de remarquer que quelque chose n'allait pas et il était hors de question qu'elles découvrent la vérité. Son orgueil n'y survivrait pas. C'était également ce qui l'avait poussé à appeler aussi souvent. Personne ne devait se douter que Hope et son grand-père l'avaient forcé à épouser la jeune femme.

Sans bruit, il se déshabilla et s'allongea à côté de Hope. Elle devait impérativement tomber enceinte s'il voulait regagner le contrôle de la société familiale... ce qui voulait dire qu'il devait lui faire l'amour...

Un frisson d'excitation le saisit soudain comme il se rappelait la façon dont elle avait crié son nom. Cette fois, au moins, elle n'avait pas menti. Elle le désirait autant qu'il la désirait.

Doucement, en prenant garde à ne pas la réveiller, il déposa une pluie de baisers brûlants dans son cou avant de lui ôter sa nuisette. Elle poussa un soupir quand il prit son sein dans sa main et il manqua devenir fou.

Cela faisait près de deux semaines qu'il ne l'avait pas touchée. Il était temps d'assouvir le désir qui le tenaillait.

Il se plaça entre ses jambes et ferma un instant les yeux pour mieux savourer la douceur de sa peau contre la sienne. Dieu qu'il avait envie d'elle !

La respiration de la jeune femme s'accéléra soudain comme il glissait les doigts entre ses cuisses. Elle était en train de se réveiller...

10

Hope ouvrit les yeux, certaine d'être en train de rêver. C'était impossible. Luciano était en voyage, il ne pouvait pas être en train de l'embrasser et de la toucher.

— Tu es rentré, murmura-t-elle d'une voix endormie.

— Oui, *cara*.

Avait-elle bien entendu ? Il venait de l'appeler « chérie » !

— Je suis contente que tu sois là. Tu m'as manqué, ajouta-t-elle comme une vague de plaisir menaçait de l'engloutir tout entière.

— Ça aussi ça m'a manqué, rétorqua-t-il en prenant son mamelon dans sa bouche.

Hope gémit. Il avait toujours envie d'elle.

— Je te veux en moi. Je t'en prie, Luciano. Prends-moi, supplia-t-elle en se lovant contre lui.

Sans plus attendre, il prit ses lèvres et la pénétra. Il commença alors à bouger en elle, lentement d'abord, puis de plus en plus vite. Emportés par la passion, tous deux entamèrent un corps à corps aussi fougueux que sensuel et, bientôt, Hope se donna sans retenue à Luciano. Soudain, celui-ci poussa un cri en italien et roula sur lui-même pour qu'elle le chevauche.

— Tu n'es plus fâché, murmura-t-elle en l'embrassant.

En guise de réponse, il agrippa ses hanches et reprit ses mouvements de va-et-vient. Hope manqua devenir folle quand la jouissance les emporta tous deux.

Toujours sans un mot, Luciano l'attira à lui. Quelques instants plus tard, il s'endormit.

Allongée près de lui, Hope réfléchissait. Luciano la désirait toujours, ce qui tendait à prouver qu'il lui avait pardonné... mais pas qu'il l'aimait. Dieu seul savait pourtant à quel point elle avait besoin de son amour !

Elle posa la main sur son ventre. Avec tout ce qui s'était passé, elle n'avait pas eu l'occasion de faire un test de grossesse, mais c'était inutile. Elle savait au fond d'elle-même qu'elle portait l'enfant de Luciano.

Restait à savoir comme il allait réagir en apprenant la nouvelle. Sa mère serait sûrement ravie, mais ce n'était pas le plus important. Elle voulait retrouver Luciano, l'homme qui semblait tenir à elle et dont elle était tombée amoureuse.

Ces deux dernières semaines avaient été horribles. Elle en était presque venue à croire que ce mariage était la plus grosse erreur de sa vie. Ce n'était que lorsqu'il avait commencé à lui téléphoner tous les jours qu'elle s'était autorisée à croire que tout espoir n'était pas perdu. Il l'interrogeait sur sa journée et lui parlait des contrats qui n'avançaient pas assez vite ou au contraire avaient été signés. Exactement le genre de conversations qu'un homme partageait avec son épouse. La situation ne devait donc pas être aussi catastrophique que ça, n'est-ce pas ?

Cette question l'avait hantée pendant des jours, mais elle était loin d'en trouver la réponse.

Se blottissant contre lui, elle finit par sombrer dans l'inconscience...

Le lendemain matin, Luciano était déjà parti lorsqu'elle ouvrit les yeux. Il l'avait réveillée à l'aube pour lui faire l'amour, aussi ne lui en tint-elle pas rigueur. Ils n'avaient certes pas encore eu l'occasion de discuter, mais ils avaient passé la nuit ensemble. Les choses étaient forcément en train de s'arranger, n'est-ce pas ? Elle n'avait plus aucune raison de s'inquiéter, même s'il l'avait appelée pour dire qu'il rentrerait tard.

Ce soir-là, elle dîna en compagnie de Claudia et de Martina. Elle passa ensuite le reste de la soirée à enseigner les rudiments du gin-rami à sa belle-mère.

Claudia lui ayant assuré que Luciano travaillait toujours autant, elle se coucha de fort bonne humeur. Luciano la rejoignit quelques heures plus tard et il lui fit l'amour avec passion. Et, comme la veille, il ne lui laissa pas l'occasion de parler.

Malheureusement, les jours suivants se passèrent exactement de la même façon. Luciano se levait aux aurores, rentrait tard et s'endormait juste après leurs ébats. Il lui adressait rarement la parole et, plus d'une fois, elle l'avait surpris à la regarder d'un air sévère. Elle avait bien tenté d'aborder le sujet, mais il l'avait embrassée pour la faire taire.

Il semblait avoir perdu tout respect pour elle et la considérait désormais comme une maîtresse et non comme son épouse. C'était à la fois humiliant et incompréhensible. Comment pouvait-il la tenir responsable des agissements de son grand-père ? Elle n'y était pour rien et ne pouvait même pas le lui expliquer puisqu'il refusait d'en parler.

Si elle ne s'était pas rebellée plus tôt, c'était uniquement parce qu'elle craignait de le perdre, mais la situation n'avait que trop duré. Il était temps qu'ils aient une conversation. Et c'était ce qui allait se passer… dès qu'elle aurait découvert si elle était enceinte.

Hope se rendit chez le médecin en début d'après-midi. C'était Claudia qui lui avait donné l'adresse quand elle avait affirmé vouloir rencontrer le médecin de famille des di Valerio.

Elle se sentait coupable d'avoir menti, mais elle n'avait pas eu le choix. Luciano devait être le premier au courant.

Deux heures plus tard, elle demanda au chauffeur de l'emmener voir son mari. Il fallait impérativement lui apprendre la bonne nouvelle... sans compter que cela lui fournissait un excellent prétexte pour venir le voir.

Luciano avait toujours voulu avoir des enfants. Il serait sûrement ravi et cesserait enfin de la traiter comme une moins que rien !

Arrivée à destination, elle s'engouffra dans l'ascenseur et pénétra dans son bureau.

— En voilà une surprise ! déclara-t-il en se levant.

— J'ai quelque chose à te dire.

— Et ça ne pouvait pas attendre que je sois rentré ?

— On n'a jamais le temps de parler, rétorqua-t-elle, irritée.

— Tu veux quelque chose à boire ? s'enquit-il en l'escortant jusqu'à un fauteuil.

— Non. Je veux simplement qu'on discute.

— J'ai un rendez-vous dans dix minutes, affirma-t-il en s'installant à ses côtés. Ça ne peut pas attendre ?

— Non.

— Alors, dépêche-toi.

Hope soupira. C'était censé être l'un des plus beaux moments de leur vie et il était en train de tout gâcher. Elle aurait peut-être dû attendre qu'il soit rentré ?

Comme elle restait silencieuse, il regarda sa montre d'un air impatient.

— Je suis enceinte, lâcha-t-elle.

— Tu en es sûre ?

Elle acquiesça.

— Je suis allée voir le médecin.

— C'est lui qui te l'a dit ?

— Oui.

Mais enfin qu'avait-il donc ? Il semblait aussi détaché que s'ils parlaient de la pluie et du beau temps.

— Je suis surpris que tu n'aies pas pris de mesure pour éviter ce genre de situation, déclara-t-il d'un air moqueur qui la surprit. Je croyais que tu appréciais nos ébats.

Craignait-il qu'ils ne puissent plus faire l'amour ?

— Le médecin m'a affirmé que le bébé ne courait aucun risque.

— Tu lui as posé la question ? Ça m'étonne de ta part, tu es toujours si timide...

— C'est lui qui a abordé le sujet, rétorqua-t-elle, les joues rouges.

— C'est bien ce qu'il me semblait.

Elle attendit qu'il ajoute quelque chose, en vain. Il se contenta de vérifier l'heure.

— C'est tout ? demanda-t-il enfin.

Elle se leva à son tour.

— Oui, mais...

— Mais quoi ?

— Tu n'es pas content ?

— Tu sais bien que j'ai toutes les raisons de me réjouir que tu sois tombée enceinte aussi rapidement.

Elle le dévisagea, le cœur au bord des lèvres. Etait-ce vraiment le même homme qui lui avait fait l'amour aussi passionnément la nuit dernière ?

— J'aimerais te l'entendre dire.

Il eut un sourire froid.

— Je suis ravi. Tu es satisfaite à présent, je peux me remettre au travail ?

Hope manqua éclater en sanglots. Qu'avait-elle bien pu faire pour que les êtres qu'elle aimait le plus la rejettent en permanence ? Luciano, son grand-père... Quoi qu'elle fasse, ce n'était jamais suffisant.

Tournant les talons, elle sortit à la hâte. De toute évidence, son rendez-vous comptait davantage à ses yeux que sa femme et son enfant à naître.

— Hope ! cria-t-il.

Elle l'ignora, quitta précipitamment le bâtiment et renvoya le chauffeur. Elle avait besoin d'être seule.

Luciano retourna s'asseoir à son bureau, furieux contre lui-même. Il aurait dû mépriser Hope pour ce qu'elle lui avait fait au lieu d'envisager de se lancer à sa poursuite. Non, vraiment, elle ne méritait pas qu'il s'inquiète pour elle. Il ne pouvait pourtant pas s'en empêcher. Elle avait eu l'air tellement perdue et vulnérable face à son absence de réaction. Se pouvait-il qu'il se soit trompé ?

Hope était à la fois généreuse et passionnée, certainement pas le genre de femme à manipuler un homme pour obtenir ce qu'elle voulait. Elle était pourtant au courant des machinations de Reynolds et ne lui avait rien dit…

Qu'était-il censé croire ? Elle avait affirmé l'aimer, mais comment pouvait-il lui faire confiance ? D'autant qu'elle n'avait plus prononcé ces mots depuis son retour. Il rêvait pourtant de les entendre de nouveau, ce qui était incompréhensible. Hope lui avait menti. Il n'avait pas besoin de son amour, alors pourquoi se sentait-il aussi mal ?

Sa secrétaire le prévint que son visiteur était arrivé et il se força à oublier ses préoccupations. Ce n'était pas le moment de se mettre à douter, il avait du travail devant lui…

Hope héla un taxi et lui donna l'adresse de la villa di Valerio. Arrivée à destination, elle s'avança dans les immenses jardins et s'assit au pied d'un arbre. Ici, personne ne viendrait la déranger, et c'était aussi bien ainsi.

Il était temps de voir la réalité en face. Elle avait commis une erreur monumentale en épousant Luciano. Il ne l'aimait pas, ne s'intéressait même pas à elle alors qu'elle portait son enfant !

A cette idée, elle éclata en sanglots. Pourquoi fallait-il qu'elle soit tombée amoureuse d'un homme qui ne s'inquiétait pas plus de son bonheur que son grand-père ? C'était vraisemblablement son destin d'être malheureuse…

Elle sursauta soudain comme son portable se mettait à sonner. Elle l'ignora. C'était sûrement Luciano et elle n'avait aucune envie de lui parler, pas après ce qui s'était passé. Il avait réussi à transformer le plus beau jour de sa vie en un véritable cauchemar.

La sonnerie s'arrêta enfin avant de reprendre dix minutes plus tard. Irritée, elle coupa le son et partit en direction de la villa. Elle en avait bien pour vingt minutes, mais peu importait. Marcher lui ferait du bien.

Une domestique l'aperçut et entra en courant dans la maison. Quelques secondes plus tard, Claudia et Martina vinrent à sa rencontre.

— Où étais-tu ? demanda Martina comme sa mère s'agitait en parlant en italien. Luciano s'inquiétait pour toi, tout comme nous. Tu ne décrochais pas, poursuivit-elle sans lui laisser le temps de répondre. Tu ferais bien de l'appeler, il était sur le point de prévenir la police.

C'était difficile à croire, après la façon dont il l'avait traitée. A moins que... A moins qu'il ne craigne pour la santé du bébé ? Il n'était peut-être pas aussi indifférent que ça à l'idée d'être père, en fin de compte...

— Je suis désolée, fit-elle avec un sourire rassurant. J'ai simplement eu envie de me promener et j'ai coupé la sonnerie de mon portable.

— Pourquoi as-tu fait une chose pareille ? demanda sa belle-mère, visiblement bouleversée.

Hope se sentait un peu coupable de mentir, mais elle ne pouvait pas leur dire la vérité.

— Vous n'avez même pas de téléphone, répliqua-t-elle pour changer de sujet.

Claudia grimaça.

— Mais je n'ai pas renvoyé le chauffeur et disparu pendant des heures !

Surprise, Hope vérifia sa montre. Cela faisait plus de trois heures qu'elle avait quitté le bureau de Luciano. Pas étonnant qu'il ait envisagé d'appeler la police.

— Ne me dites pas que vous n'êtes jamais allée faire du shopping ou vous promener seule ?

— Ça ne sert visiblement à rien de discuter avec toi, affirma Claudia en secouant la tête.

Comme Hope restait silencieuse, Martina vola à son secours.

— Ce n'est qu'une tempête dans un verre d'eau, maman. Hope avait juste envie de marcher un peu.

— Tu n'as qu'à l'expliquer à ton frère.

— C'est hors de question ! rétorqua-t-elle avec force.

— Parce que tu sais très bien comment il va réagir, conclut-elle en adressant un regard lourd de reproches à sa belle-fille.

— Le *signore* di Valerio souhaite parler à sa femme, les interrompit une domestique.

A ces mots, Hope pâlit et prit le combiné d'une main tremblante.

— Est-ce que ça va, Hope ? s'enquit Claudia, visiblement inquiète.

Comme celle-ci acquiesçait, elle reprit :

— Tous les mariages connaissent des débuts difficiles, mon enfant. Ne sois pas trop dure avec mon fils, quoi qu'il ait pu faire. Une femme doit avoir le courage de pardonner, ajouta-t-elle avec un sourire d'encouragement.

Hope se força à le lui rendre.

— Qu'est-ce qu'il y a ? demanda-t-elle lorsque sa belle-mère et sa belle-sœur se furent éloignées.

— Est-ce une façon de saluer son mari ?

— Va au diable, Luciano ! rétorqua-t-elle, furieuse.

Visiblement surpris, il émit un son étranglé, mais elle l'ignora.

— Je ne veux pas te parler.

— Le chauffeur m'a dit que tu l'avais renvoyé. Comment es-tu rentrée à la maison ?

— En quoi ça t'intéresse ?

— Tu étais bouleversée quand tu as quitté mon bureau.

— Et ça t'étonne ?

— Non, bien sûr que non.

Il soupira avant de poursuivre.

— Comment es-tu rentrée ?

— J'ai pris un taxi et j'ai marché. J'avais coupé la sonnerie de mon portable après ton premier appel, précisa-t-elle d'un ton froid. Tu as d'autres questions ?

— Non.

— C'est tout ?

— Je dois partir pour Rome. Je rentre demain. Je sais que ce n'est pas le bon moment, ajouta-t-il précipitamment, mais je n'ai pas le choix.

— Pourquoi prends-tu la peine de me prévenir ? répliqua-t-elle. Tu me traites comme si j'étais ta maîtresse et non ta femme. Tu ne veux même pas de notre enfant ! ajouta-t-elle avant de se remettre à pleurer.

— Hope…

Elle raccrocha. Non, vraiment, elle n'avait plus envie de lui offrir l'occasion de la blesser de nouveau. Elle avait déjà assez souffert…

11

Luciano appela le soir même. Elle se résigna à décrocher, mais uniquement parce qu'elle ne voulait pas que Claudia et Martina lui posent des questions.

— Bonjour, Luciano. Qu'est-ce que tu veux ? demanda-t-elle d'une voix éteinte.

C'était comme si une part d'elle-même était morte…

— Beaucoup de choses, Hope, mais je voudrais commencer par te présenter des excuses.

Lui aussi avait l'air fatigué.

— Je suis sincèrement ravi que tu sois enceinte. Je veux cet enfant, *cara*.

— Ne m'appelle pas comme ça, ordonna-t-elle. C'est censé vouloir dire que tu m'aimes et nous savons tous les deux que ce n'est pas le cas. Je t'interdis d'utiliser ce mot à l'avenir.

— Hope, je…

Il s'interrompit comme s'il cherchait ses mots. C'était assez inhabituel chez un homme qui était si sûr de lui.

— Y a-t-il autre chose ? J'ai envie d'aller me coucher.

— Moi aussi, mais j'aimerais que tu sois à mes côtés.

Etrangement, cette dernière réplique n'eut pas l'effet escompté. C'était comme si elle était devenue insensible à son charme.

— Je n'ai plus l'intention de partager ton lit.

Il jura en italien.

— Je te l'interdis.

— Comment comptes-tu m'arrêter ? s'enquit-elle d'un ton moqueur.

— Je te rappelle que tu es ma femme.

— Je ne t'apprécie plus suffisamment pour dormir à tes côtés.

C'était vrai, mais elle l'aimait toujours. Malgré tout, elle était toujours irrémédiablement, éperdument, amoureuse de lui... et c'était bien là le problème...

— *Cara*...

— Je t'en prie, Luciano, le coupa-t-elle, soudain épuisée. Je n'ai plus la force de discuter. J'ignore pourquoi tu m'as épousée, mais je me rends compte que c'était une énorme erreur.

— Tu sais parfaitement pourquoi.

Parce qu'il la désirait ?

Comme elle restait silencieuse, il poursuivit :

— Ce n'était pas une erreur. Nous pouvons encore sauver notre mariage, affirma-t-il. Nous en parlerons quand je serai rentré.

Avait-elle bien entendu ? Il voulait arranger les choses ? C'était une plaisanterie...

— Je n'en peux plus, souffla-t-elle. Je ne supporterai pas que tu continues à me faire souffrir.

— Je ne te blesserai plus jamais, *cara*.

Comme elle avait envie de le croire... mais c'était impossible.

— Nous en parlerons quand tu seras rentré, conclut-elle en répétant ses propres mots.

Ainsi, au moins, il la laisserait peut-être tranquille...

Le lendemain matin, Hope s'éveilla dans un autre état d'esprit. Elle était prête à avoir une conversation avec Luciano. Il était temps qu'il comprenne qu'il ne pouvait plus la traiter de cette façon. Il s'était certes déjà excusé pour sa réaction ou plutôt son absence de réaction en découvrant qu'elle était enceinte, mais ils avaient encore un long chemin à parcourir avant de retrouver la complicité et la tendresse qui les unissaient auparavant. Elle était d'ailleurs prête à prendre ses responsabilités pour que leur mariage fonctionne.

Comme une domestique lui apportait le téléphone, elle inspira profondément pour se calmer. Le moment était venu... sauf que son interlocuteur n'était pas Luciano, mais son grand-père.

— Qu'est-ce qui se passe ? vociféra-t-il.

— Je ne comprends pas...

Luciano l'avait-il appelé pour le mettre au courant de la situation ? C'était peu probable. Les hommes comme lui n'aimaient pas étaler leurs problèmes de couple.

— Tu peux m'expliquer pourquoi il y a des photos de ton mari dînant avec une autre femme dans deux magazines ?

A ces mots, Hope manqua suffoquer. Luciano avait promis de ne pas prendre de maîtresse ! Cela dit, il avait également promis de chérir son amour. Et dire qu'elle l'avait cru...

— Je ne vois pas de quoi tu parles, rétorqua-t-elle d'un ton calme.

— Il pourrait s'agir de sa secrétaire, mais pourquoi n'es-tu pas avec lui ?

— Je suis toujours à Palerme. Luciano est rentré à New York après notre lune de miel.

Quand il était en colère contre elle... Se pouvait-il qu'il ait décidé de se venger ?

Peut-être devait-elle demander à son grand-père de lui faxer les articles en question ? Elle connaissait sa secrétaire et pourrait facilement l'identifier... Le seul problème était qu'il saurait alors qu'elle s'inquiétait, ce qui était tout bonnement hors de question.

— C'était sûrement pour le travail. Tu n'insinues tout de même pas que Luciano irait chercher du réconfort ailleurs ? Nous ne sommes mariés que depuis quelques semaines, ajouta-t-elle avec un rire forcé.

— Il ne serait pas le premier, ma petite.

— Luciano ne ferait jamais une chose pareille.

C'est du moins ce qu'elle pensait il y avait encore deux semaines...

— Il y a certaines choses que tu ignores.

— Qu'est-ce que tu veux dire ? demanda-t-elle, soudain inquiète.

— Ça n'a aucune importance, affirma-t-il. Parle-lui des photos, Hope. Une bonne communication est primordiale au sein d'un mariage.

Quelle ironie, venant d'un homme qui détestait qu'on lui pose la moindre question !

Elle le remercia et raccrocha avant de s'installer dans le bureau de Luciano. Il fallait qu'elle sache...

Après de courtes recherches, elle trouva les photos. Le journaliste n'avait pas identifié la compagne de Luciano, mais c'était inutile. La magnifique jeune femme n'était autre que Zia Merone.

L'estomac de Hope se retourna soudain et elle eut à peine le temps d'atteindre la salle de bains.

Quinze minutes plus tard, elle se réfugia dans sa chambre, bien décidée à découvrir la vérité. Elle avait besoin de discuter avec Luciano et d'entendre sa version des faits. Aussi décida-t-elle de l'appeler.

— Allô ?

Pourquoi Zia avait-elle décroché ?

— Mademoiselle Merone, je voudrais parler à mon mari.

— Hope ? s'enquit-elle, visiblement surprise.

— Oui. Où est Luciano ?

— Sous la douche.

Hope fut de nouveau prise de nausée.

— Je suis surprise que vous ne soyez pas avec lui, rétorqua-t-elle, sarcastique.

— Je n'étais pas d'humeur.

Malgré elle, Hope s'écroula sur le lit. C'était donc vrai...

— Avez-vous passé la nuit avec mon mari ? demanda-t-elle d'une voix tremblante.

— Vous tenez vraiment à ce que je réponde à votre question ?

— Non, murmura-t-elle, mais j'en ai besoin.

Zia sembla hésiter.

— Vous feriez peut-être mieux d’avoir une conversation avec Luciano.

Bouleversée, Hope resta silencieuse. Qu’était-elle censée faire à présent ?

— Hope, c’est toi, *cara* ? interrogea une voix masculine.

— Je t’interdis de m’appeler comme ça, espèce de salaud ! cria-t-elle, hors d’elle. Tu m’as menti.

Il voulut parler, mais elle l’en empêcha.

— Tu avais promis que tu ne prendrais jamais de maîtresse et je t’ai cru ! Quelle idiote je fais. Tu es incapable de tenir parole, l’accusa-t-elle. Tu n’as pas chéri mon amour, tu l’as détruit.

— Hope, ce n’est pas ce que tu crois, affirma-t-il, avec force.

— Est-ce que tu as couché avec elle ?

— Non.

— Tu veux me faire avaler ça ?

— Il ne s’est rien passé, assura-t-il.

— Vous avez pourtant dîné ensemble à plusieurs reprises.

Comme il restait silencieux, elle insista :

— Tu croyais que je ne le découvrirais pas ?

Comment l’as tu su ?

— Grand-père m’a appelée.

— Il se mêle vraiment de tout, celui-là ! lâcha-t-il, furieux.

— Il a simplement tenu à m’avertir que tu n’étais qu’un salaud, un menteur et un manipulateur. Tu ne peux t’en prendre qu’à toi-même. C’est toi qui as trahi ta promesse.

— Je ne t’ai pas menti, Hope.

— Je te rappelle que tu étais sous la douche, Luciano.

— Ça ne prouve rien.

— Ça prouve que tu es dans une chambre d’hôtel avec une autre femme.

— C’est faux.

Comment osait-il ? A moins que… mais bien sûr !

— Tu l’as ramenée à l’appartement de ta compagnie ? J’aurais dû m'y attendre, reprit-elle, ironique. Ce n'est pas la première fois, après tout.

— Hope, je t'assure que tu te trompes, déclara-t-il, désespéré.

— Ce n'est pourtant pas ce qu'a dit Zia.

— Zia a commis une erreur.

— C'est nous qui avons commis une erreur en nous mariant.

— Non, mon amour, se récria-t-il. Nous sommes faits l'un pour l'autre. Je t'en prie, écoute-moi.

— Pour que tu me racontes d'autres mensonges ? demanda-t-elle, les larmes aux yeux. Au moins, ta maîtresse est honnête, elle.

Luciano s'adressa à Zia, qui prit le combiné.

— Hope, je suis désolée, assura-t-elle. Je n'aurais jamais dû vous faire croire que j'avais couché avec votre mari.

— Dans ce cas, dites-moi pourquoi il était sous la douche.

— Luciano dormait quand je suis arrivée. Je voulais lui parler, rien de plus.

— Oh ! je vous en prie.

La croyaient-ils vraiment aussi stupide ? Luciano ne faisait jamais la grasse matinée.

— Il avait la gueule de bois. Il a mauvaise mine, ajouta-t-elle après un instant.

— Vous espérez vraiment que je vais gober ça ?

— C'est la vérité. Je suis navrée de vous avoir joué un mauvais tour, mais vous êtes la seule qui compte à ses yeux.

— Pourquoi vouliez-vous le voir ? demanda-t-elle, curieuse.

Elle avait besoin de savoir s'il y avait encore de l'espoir. C'était sans doute ridicule, mais c'était plus fort qu'elle.

— Je lui ai demandé de faire des investissements en mon nom. Une carrière de mannequin ne dure pas éternellement.

— Vous l'avez accompagné à New York.

— C'était une coïncidence, rien de plus, affirma-t-elle. J'avais un défilé.

— Vous êtes pourtant sortis ensemble à deux reprises.

— Ce n'était qu'un dîner entre amis. Vous n'avez jamais passé la soirée avec un homme sans arrière-pensée ? demanda-t-elle.

A de nombreuses reprises, mais jamais avec Luciano.

— Je ne suis pas comme vous, rétorqua-t-elle d'un ton froid.

Zia soupira.

— Il ne s'est rien passé. Il refuse même de m'embrasser sur la joue, à présent, ajouta-t-elle pour achever de la convaincre.

Dieu qu'elle avait envie de la croire, mais n'était-ce pas la meilleure façon d'avoir le cœur brisé… de nouveau ?

— Hope ?

C'était Luciano.

Elle voulut parler, mais en fut incapable.

— Tu es là, *cara* ?

Mon aimée. Sauf qu'il ne l'aimait pas, il l'avait seulement épousée.

— Oui.

— J'attends que l'aéroport me donne l'autorisation de décoller pour rentrer.

— Et ?

— Il faut qu'on parle. Attends-moi à la villa. Je t'en prie, *cara*, la supplia-t-il.

Etait-elle capable de lui donner une dernière chance ? Sans doute.

— Très bien, je serai là.

Hope replia les jambes et s'installa confortablement sur le canapé. Elle était pieds nus et portait un simple pantalon de coton et un T-shirt. Ainsi, Luciano verrait qu'elle ne cherchait plus à lui plaire. Elle avait peut-être accepté de le voir, mais elle n'allait certainement pas lui rendre la tâche facile.

— Hope…

Elle sursauta et manqua lâcher son magazine sur la maternité. Elle le rattrapa in extremis et le posa sur la table en gardant les yeux obstinément baissés. Elle ne pouvait pas, ne supporterait pas de croiser son regard. C'était bien trop douloureux…

— *Cara*, dit-il en prenant sa main dans la sienne.

Malgré elle, elle se mit à trembler et releva la tête. Il s'était débarrassé de sa veste et de sa cravate, et avait ouvert sa chemise. Ses cheveux étaient décoiffés comme s'il y avait passé les doigts à plusieurs reprises. Il semblait aussi épuisé qu'elle.

— Ta mère et Martina sont allées faire les magasins à Palerme, annonça-t-elle. Elles m'ont proposé de les accompagner, mais je leur ai dit que je préférais t'attendre.

Il n'avait rien demandé, mais elle avait besoin de gagner du temps...

— Je suis content que tu sois restée.

— Tu as dit que nous devions discuter.

— Je veux que notre mariage fonctionne, affirma-t-il en s'écartant.

— Pourquoi ?

Après tout ce qui s'était passé, elle avait besoin de réponses claires.

— Je te rappelle que je suis sicilien, je ne crois pas au divorce.

— Pourquoi as-tu insisté pour m'épouser alors que tu ne m'aimes pas ? demanda-t-elle, curieuse.

Qu'il refuse de séduire une vierge était une chose, mais qu'il aille jusqu'à faire sa demande à une femme qu'il méprisait était tout bonnement incompréhensible...

— Tu sais parfaitement pourquoi, rétorqua-t-il, les dents serrées. Je me suis sans doute montré désagréable, mais tu as ta part de responsabilité dans ce qui s'est passé.

— Parce que j'étais vierge ?

— Ne te moque pas de moi, ordonna-t-il en serrant les poings. Je t'ai entendue remercier ton grand-père pour ces machinations.

Perplexe, Hope étudia son visage.

— Je ne comprends pas pourquoi tu es tellement furieux qu'il ait joué les entremetteurs. Il ne t'a pas forcé la main.

— Pas forcé la main ? répéta-t-il. C'était du chantage !

« Il y a certaines choses que tu ignores. » Les paroles de son grand-père lui revinrent soudain à la mémoire.

— Es-tu en train de dire qu'il t'a fait chanter pour que tu m'épouses ?

C'était impossible. Ce genre de pratiques n'avait plus cours au XXIe siècle.

— Tu cherches à me convaincre que tu l'ignorais ?

— Je n'ai pas à te convaincre de quoi que ce soit ! hurla-t-elle en se levant brutalement.

Il était en train d'inverser les rôles. C'était elle qui l'avait surpris avec son ancienne maîtresse, pas le contraire.

— Si tu refuses de me répondre, ajouta-t-elle, hors d'elle, je demanderai à grand-père.

— Non, Hope, je vais tout te dire. Si je comprends bien, reprit-il après un instant, tu savais qu'il voulait nous unir, mais tu ignores comment il s'y est pris ?

— Il t'a demandé de me rejoindre à Athènes.

Il acquiesça.

— J'étais censé te convaincre de m'épouser.

Voilà pourquoi il agissait ainsi. Luciano était un homme fier et orgueilleux. Il n'avait pas supporté qu'on le manipule de la sorte.

— De quel moyen de pression dispose-t-il ?

— Di Valerio Shipping.

— La compagnie de ton grand-père ? s'enquit-elle, incrédule.

Il lui en avait parlé il y a longtemps. A l'époque, l'idée qu'il tienne à conserver l'héritage familial lui avait semblé très romantique.

— Elle appartient à ta famille, n'est-ce pas ?

— Mon oncle a perdu beaucoup d'argent au jeu, expliqua-t-il. Il a préféré vendre ses parts à ton grand-père plutôt que de demander mon aide.

— Je ne comprends toujours pas, avoua-t-elle.

Luciano dirigeait la société. Son grand-père pouvait lui compliquer la tâche, mais il ne pouvait sûrement pas le forcer à faire quoi que ce soit.

— Joshua a réussi à prendre le contrôle. Il m'a menacé de

fusionner l'entreprise avec notre concurrent direct. Di Valerio Shipping cesserait tout simplement d'exister, conclut-il, l'air sombre.

— Quels étaient les termes de votre accord ?

Il s'expliqua et elle manqua suffoquer.

— Tu avais donc prévu de me mettre enceinte et de te débarrasser de moi ?

C'était logique. La naissance du bébé lui garantissait le contrôle de la compagnie même en cas de divorce. Ce qui expliquait son absence de réaction. Comment aurait-il pu se réjouir de la situation alors qu'elle était la petite-fille de l'homme qui avait failli lui prendre tout ce à quoi il tenait ?

— C'est pour ça que tu voulais à tout prix que je tombe enceinte ? souffla-t-elle. Tu n'avais aucune intention de partager mon lit après la naissance...

— Ce n'est pas vrai.

— C'est pourtant ce que tu viens de dire, rétorqua-t-elle, soudain épuisée.

Il fit un pas dans sa direction, mais s'arrêta, visiblement conscient que cela ne ferait qu'empirer les choses.

— Au début, j'ai cru que tu ne savais pas. Je ne pouvais pas te faire payer les machinations de Reynolds. J'étais convaincu que tu ferais une bonne épouse et une mère admirable, poursuivit-il en plongeant son regard dans le sien.

Deux semaines plus tôt, elle se serait réjouie d'entendre ces mots. Aujourd'hui, ils n'étaient qu'une preuve de plus qu'il ne l'aimait pas et ne l'aimerait jamais.

— Tu as décidé de faire contre mauvaise fortune bon cœur.

Il hocha la tête.

— C'est ça.

— Mais, ensuite, tu as surpris notre conversation et tu as tiré tes propres conclusions, déclara-t-elle, amère.

— Est-ce que tu comprends ce que j'ai ressenti ? s'enquit-il. Ton grand-père a profité des faiblesses de mon oncle pour attaquer la famille di Valerio. Je ne pouvais pas le laisser faire, affirma-t-il d'un air féroce.

— Tu as donc décidé de te venger en te débarrassant de moi dès que je serais tombée enceinte.

12

Comment avait-il pu envisager une chose pareille ? C'était si cruel... Non, vraiment, il n'aurait jamais agi ainsi s'il l'avait aimée.

Luciano secoua la tête.

— Ce n'est pas ce que j'avais prévu.

— Qu'est-ce que tu avais prévu ? s'enquit-elle, redoutant déjà sa réponse.

Il avait toujours le pouvoir de la faire souffrir...

— Je voulais te convaincre que j'avais une maîtresse, expliqua-t-il en baissant les yeux. Zia a accepté de m'aider. J'espérais que tu demanderais le divorce.

— Dans ce cas, comment aurais-tu repris le contrôle de ta société ?

N'avait-il pas dit qu'il ne récupérait que cinquante pour cent des actions dans ce cas de figure ?

— J'ai racheté toutes les parts disponibles. En obtenir la moitié m'aurait suffi pour me venger.

— Et le bébé ? s'enquit-elle en posant la main sur son ventre.

— Je n'y avais pas réfléchi, avoua-t-il.

Comme elle le regardait d'un air méfiant, il reprit :

— J'étais complètement fou. Je n'arrêtais pas de me répéter que tu m'avais piégé et que j'avais été idiot de te faire confiance. Je refusais de penser à notre enfant, poursuivit-il d'une voix rauque. Je voulais te faire souffrir et me venger de Joshua.

— Tu peux être fier de toi, car tu as réussi au-delà de tes espérances.

C'était peu dire. Il lui avait littéralement brisé le cœur.

— J'ai honte de moi et je suis désolé, affirma-t-il en croisant son regard.

— Je sais...

Mais ça ne changeait rien. Il ne l'avait pas épousée parce qu'il la désirait, mais parce qu'il n'avait pas eu le choix. C'était plus qu'elle ne pouvait supporter...

— Je croyais que je comptais pour toi. Je savais que tu ne m'aimais pas, mais je ne m'attendais pas à ça, reconnut-elle, les larmes aux yeux. Je ne pourrai jamais oublier que notre mariage n'est que le résultat d'un arrangement pour que tu puisses garder ta société.

Elle s'interrompit, incapable de poursuivre.

— Tout s'explique à présent, reprit-elle après un instant.

Luciano s'avança, les mains tendues.

— Hope, je t'en prie, nous pouvons sauver notre mariage.

— Ne t'approche pas ! ordonna-t-elle en s'écartant. Je ne veux pas que tu me touches.

Il n'avait pas hésité à se servir du désir qu'il lui inspirait pour parvenir à ses fins.

— J'ai besoin de réfléchir. Seule, précisa-t-elle comme il fronçait les sourcils.

— Nous avons passé trop de temps séparés.

— A qui la faute ? demanda-t-elle en le repoussant. J'ai tenté de me rapprocher de toi, mais tu m'as traitée comme une vulgaire putain.

— C'est faux !

— Tu refusais de me parler, mais tu ne te gênais pas pour profiter de mon corps. Je suppose que ça faisait partie de ton plan, ajouta-t-elle, bouleversée, pour que je souffre davantage.

Il la dévisagea, visiblement choqué.

— Ça ne s'est pas passé comme ça.

— C'est pourtant comme ça que je l'ai vécu. Je ne sais pas si je supporterai de rester mariée à un homme comme toi, murmura-t-elle, à bout de forces.

— Je ne te laisserai pas divorcer !

— Contrairement à ce que grand-père et toi semblez penser,

nous ne sommes plus au Moyen Age. Tu ne peux pas me dicter ma conduite.

— J'ai reconnu que j'avais commis une erreur, mais je peux m'amender. Je te le promets.

— Et tu tiens toujours parole, n'est-ce pas ? le railla-t-elle.

Il grimaça.

— Je n'ai pas couché avec Zia.

— Le jury ne s'est pas encore prononcé sur la question.

Son comportement était certes compréhensible, mais ça ne voulait pas dire qu'elle allait lui pardonner. C'était impossible, même si elle l'avait voulu. Il ne pouvait pas sauver leur mariage, car il ne l'aimait pas. Et c'était précisément ce dont elle rêvait tant...

— J'ai besoin d'être seule, répéta-t-elle d'un ton résolu. Je veux appeler grand-père. Je n'arrive pas à croire qu'il ait pu me faire une chose pareille.

Luciano tendit la main avant de la laisser retomber.

— Accepterais-tu que nous reparlions de tout cela ?

— Oui.

De toute façon, c'était inévitable.

— Je te laisse, ajouta-t-il en tournant les talons.

Elle faillit le rattraper, mais se força à se contrôler. Ce n'était pas une bonne idée. Elle avait besoin de temps pour déterminer si leur mariage avait une chance de survivre...

Luciano quitta la pièce le cœur lourd. Sa merveilleuse épouse le détestait. Ses magnifiques yeux qui brillaient autrefois d'amour brûlaient à présent de haine. Et les choses ne risquaient pas de s'arranger si elle parlait à son grand-père. Dieu seul savait ce que ce salaud de Reynolds allait lui raconter !

Luciano soupira. C'était la première fois qu'il se retrouvait dans une situation pareille et il ignorait comment réagir. Il s'était excusé, mais Hope ne semblait pas prête à lui pardonner. Comment lui en vouloir ? Il s'était conduit comme un idiot...

Bon sang ! Il devait bien y avoir un moyen de sauver leur mariage. Inutile de le nier à présent, la perspective de vivre sans Hope était tout simplement insupportable. Non, vraiment, il trouverait un moyen de la retenir, même si ça signifiait lui avouer ses sentiments. Il serait alors à sa merci — ce qui ne l'enchantait guère — mais l'idée de la perdre était bien pire encore...

Hope s'impatienta. Il était encore tôt à Boston, mais son grand-père devait déjà être au travail depuis longtemps.

— Hope ? dit-il en décrochant.

— Oui, c'est moi.

— Tu as découvert ce qui se passait à New York ?

— Oui. Je sais tout, ajouta-t-elle en insistant bien sur le dernier mot.

— Luciano t'a parlé de notre accord ?

— Du chantage que tu lui as fait pour le forcer à m'épouser ? corrigea-t-elle, des sanglots dans la voix. Oui, il m'a tout avoué.

Joshua jura.

— Comment as-tu pu me faire une chose pareille ?

— Je t'ai rendu un service, ma petite, affirma-t-il. J'ai compris que tu étais amoureuse de Luciano le soir du réveillon. Je savais déjà qu'il te plaisait, mais je n'avais pas compris que c'était aussi sérieux.

Comme elle restait silencieuse, il poursuivit :

— Il te désirait, c'était évident, mais je savais qu'il n'aurait jamais envisagé de te faire sa demande. Je n'avais pas le choix, déclara-t-il avec force, il t'aurait laissée tomber pour une Sicilienne.

— Il fréquentait quelqu'un d'autre ? demanda-t-elle, horrifiée à cette idée.

— Non, mais ce n'était qu'une question de temps. Je lui ai tendu un piège et il est tombé dedans. Le désir a fait le reste.

— Il ne m'aime pas !

— Les hommes comme Luciano ne parlent jamais de leurs sentiments. Je n'ai dit qu'une seule fois « je t'aime » à ta grand-mère, avoua-t-il d'une voix plus douce. Le jour où elle a donné naissance à notre fille.

Pauvre femme... Elle ne l'avait jamais connue, mais ça ne l'empêchait pas d'être désolée pour elle.

— Je voulais un mari qui m'aime, souffla-t-elle, épuisée.

— C'est Luciano que tu voulais.

— Pas de cette façon ! s'écria-t-elle. Tu te rends compte à quel point c'est humiliant ? Je souffre, grand-père.

— Qu'est-ce qu'il a fait ?

— Rien du tout. C'est toi le responsable. Tu m'as piégée.

— J'ai fait ce que j'avais à faire, rétorqua-t-il, visiblement vexé.

— J'ai épousé un homme qui me déteste et ne supporte pas d'avoir été manipulé de cette façon. Tu pensais vraiment que les choses allaient bien se passer ? demanda-t-elle, incrédule.

— Bien sûr que oui. Luciano avait besoin d'une épouse, pourquoi pas toi ?

— Parce qu'il ne m'aime pas ! hurla-t-elle, soudain furieuse devant son absence de remords.

— Je suis peut-être vieux, mais j'entends parfaitement bien. Tu n'as pas besoin de crier, petite. Luciano te désire, c'est tout ce que tu peux attendre d'un homme comme lui, ajouta-t-il après un instant.

Hope se recroquevilla sur son siège. Se pouvait-il qu'il ait raison ?

— Tu n'aurais pas dû en arriver là, murmura-t-elle.

— J'avais envie de te donner quelque chose, mais tu ne voulais rien de moi.

— C'est ton amour que je voulais, argua-t-elle, au bord des larmes.

Les deux êtres qui comptaient le plus dans sa vie semblaient décidés à lui refuser ce dont elle avait le plus besoin...

— Attends...

— Qu'est-ce qu'il y a ?

— Je t'aime, tu sais.

Ça faisait si longtemps qu'elle attendait ces mots, mais ils n'avaient pas le pouvoir d'effacer sa douleur.

— Moi aussi, je t'aime, répondit-elle pourtant.

— Je n'ai jamais voulu te blesser, ajouta le vieil homme, ému.

— Je sais.

Elle raccrocha, mit ses sandales et sortit se promener. Elle avait besoin de réfléchir.

Luciano avait été forcé de l'épouser, et il avait décidé de se venger. Il était d'ailleurs allé à New York dans le seul but de la faire souffrir. S'il n'avait pas couché avec Zia, son comportement l'avait blessée. Certes, il lui avait présenté des excuses, mais la seule raison pour laquelle il refusait d'envisager le divorce était le bébé. C'était insuffisant pour sauver leur mariage...

Qu'était-elle censée faire ? Ils ne pouvaient pas continuer ainsi, mais elle était incapable d'imaginer la vie sans lui. C'était bien trop douloureux. Malgré tout ce qui s'était passé, elle l'aimait encore...

Tournant les talons, elle retourna vers la villa et le trouva assis au bord de la piscine. Il semblait étonnamment pâle.

— Luciano...

Il leva aussitôt la tête.

— Il faut qu'on parle.

Il acquiesça.

— Où ?

— On pourrait peut-être retourner dans notre chambre. Là, au moins, Martina et ta mère ne risqueront pas de nous entendre quand elles rentreront, ajouta-t-elle à la hâte pour qu'il ne se fasse pas d'idées.

Il la rejoignit et lui prit le bras. Comme elle ne résistait pas, il sembla se détendre légèrement.

— Qu'est-ce que tu as décidé ? demanda-t-il en s'installant à son côté sur le canapé.

— J'ai besoin que tu m'expliques pourquoi tu es allé voir Zia.

— Je voulais que tu penses que j'avais une liaison, expliqua-t-il en serrant sa main dans les siennes. Je te promets qu'il ne s'est rien passé. Je n'ai désiré aucune autre femme depuis le soir du réveillon.

Avait-elle bien entendu ? Venait-il vraiment de dire qu'il était resté célibataire pendant plus de six mois avant leur mariage ?

— Tu n'as jamais...

— Non.

Ça signifiait quelque chose, mais quoi ? Elle l'ignorait.

— Ces dîners avec Zia, c'était ta façon de te venger de grand-père et de moi ?

— Je voulais te faire souffrir, admit-il. Tu ne comprends pas ce que j'ai ressenti en découvrant que tu étais au courant des machinations de Reynolds. Je sais à présent que ce n'était pas le cas, ajouta-t-il comme elle ouvrait la bouche. Je n'arrivais plus à réfléchir, mais j'ai fini par me rendre compte que c'était une erreur.

— Mais Zia n'était pas au courant, devina-t-elle. Quand j'ai appelé, elle a simplement joué le jeu.

— Oui.

— J'ai envie de te croire...

— Mais... ? insista-t-il.

— Tu as trahi ta promesse de chérir mon amour.

Elle tenta de se libérer, mais il la retint.

— C'est faux. Je l'ai toujours chéri au fond de mon cœur, affirma-t-il en plongeant son regard dans le sien. Je souffrais que tu ne me dises plus ces mots, et je voulais me prouver que la passion était toujours là en te faisant l'amour aussi souvent que je le pouvais.

C'était tout ce qu'elle avait besoin d'entendre et pourtant...

— Ce n'était donc pas juste une façon d'assouvir ton désir ? demanda-t-elle, méfiante.

Il la prit dans ses bras.

— Bien sûr que non ! C'était ma façon de me rapprocher de toi, de m'unir à toi.

— Aussi souvent ?

— Oui, répondit-il, d'un air sérieux.

— Tu veux vraiment que je reste et pas uniquement pour le bébé ?

Il grimaça et enfouit son visage dans son cou.

— Je veux que tu restes avec moi. Je ne peux pas vivre sans toi, *cara*. Ne me quitte pas, conclut-il en déposant une pluie de baisers brûlants sur sa nuque.

Malgré elle, elle se mit aussitôt à trembler.

— Un mariage sans amour a pourtant peu de chances de survivre, parvint-elle néanmoins à dire.

— C'est ma faute si tu ne m'aimes plus, mais moi je t'aime, mon amour. Tu m'es aussi indispensable que l'air que je respire, déclara-t-il d'une voix rauque. Tu es mon âme sœur et je suis prêt à te le prouver en te faisant l'amour encore et encore. Je sais que tu me désires, ajouta-t-il en lui caressant les seins.

— Tu m'aimes ? demanda-t-elle en prenant son visage entre ses mains.

— Je t'aime depuis si longtemps. Je refusais de l'admettre parce que je craignais de perdre mon indépendance, d'être vulnérable. J'ai été tellement stupide, poursuivit-il sans la quitter des yeux. Sans toi, le monde est une prison de solitude.

Hope n'arrivait pas à en croire ses oreilles. Luciano l'aimait tant qu'il en devenait poète...

— C'est une déclaration très romantique.

Il haussa les épaules, visiblement gêné.

— Tu es la seule à me rendre romantique, dit-il en l'embrassant. Reste, et laisse-moi tenter de te reconquérir.

— Je veux bien rester, mais je ne retomberai jamais amoureuse de toi.

Il semblait tellement blessé qu'elle s'empressa de le rassurer.

— Pour la bonne raison que je n'ai jamais cessé de l'être. Je t'aime, Luciano. Je t'ai toujours aimé et je t'aimerai toujours.

— Ma merveilleuse Hope, sourit-il. Je t'aime.

Sans perdre une seconde, il l'entraîna jusqu'au lit et lui fit l'amour avec passion.

— Dois-je en conclure que tu es ravi de devenir père ?

— Oui.

Comme pour le lui prouver, il lui refit l'amour, baisant et caressant son ventre avec tendresse en murmurant des mots doux à leur futur enfant.

— Luciano ? s'enquit-elle à bout de souffle.

— Oui, mon amour ?

— Tu m'aimes vraiment ?

Il la prit dans ses bras.

— Comment peux-tu encore en douter ? Je serais prêt à mourir pour toi.

— Ça me semble tellement irréel, avoua-t-elle en baissant les yeux, embarrassée. Tu m'as épousée juste parce que grand-père t'y a forcé.

— Il a joué les entremetteurs d'une façon fort peu conventionnelle, mais je n'étais pas obligé de me laisser faire.

Comme elle soupirait, il reprit :

— Hope, j'espère que tu as compris que je n'ai plus aucune intention de me venger de lui. Je suis heureux que tu sois ma femme. J'étais simplement trop fier pour le reconnaître plus tôt.

Se pouvait-il qu'il soit sincère ?

— Tu en es sûr ?

— C'est toi que je ferais souffrir en m'en prenant à lui et je n'ai aucune intention de te blesser de nouveau.

— La culpabilité l'emporte donc sur le désir de vengeance chez les Siciliens ? s'enquit-elle d'un air léger.

— Pas la culpabilité, l'amour, la corrigea-t-il en lui donnant un baiser.

Dieu qu'elle avait envie — ou, plutôt, besoin — de le croire, mais c'était si difficile ! Comment pouvait-il l'aimer autant qu'elle l'aimait ?

— Grand-père ne t'a pourtant pas laissé le choix...

Il secoua la tête.

— Tu te trompes. J'avais déjà racheté la majorité des actions de la société avant notre mariage. Je n'avais pas besoin de tes cinquante pour cent pour reprendre le contrôle de Di Valerio Shipping.

— Mais je croyais que...

— Je cherchais à te faire souffrir. Je te le promets, *cara*, je n'ai pas besoin de ta part.

— Tu voulais vraiment m'épouser ? s'enquit-elle, surprise.

— Oui. Quand tu as découvert que j'étais avec Zia, j'ai eu si peur que tu me quittes ! ajouta-t-il en la serrant contre lui.

— Tu étais pourtant convaincu que je connaissais les projets de grand-père...

Elle s'interrompit soudain comme la vérité s'imposait à elle.

— Tu voulais sauver notre mariage même en pensant que j'étais au courant du chantage ?

Il devait forcément l'aimer pour faire une chose pareille.

— Je ne pouvais pas te perdre, affirma-t-il avec tendresse. Tu fais partie de moi. Sans toi, je ne suis rien.

— Je t'aime, Luciano.

Il ferma un instant les yeux comme pour mieux savourer ses mots.

— Redis-le.

— *Ti amo.*

— Pour toujours, dit-il en les rouvrant.

— Pour toujours.

— Je t'aimerai jusqu'à ma mort. Je te promets qu'aucune femme n'aura jamais été aussi aimée que toi.

Il était sincère, elle le savait. Leur amour était plus important que sa fierté, ou même sa société.

Ivre de bonheur, elle l'embrassa.